KB272427

낭만이 있는 그라운드,
완투에서 불펜까지

낭만의 그라운드,

완투에서 불펜까지

야구광 철학자의
한국 야구 50년 관전기

탁석산 지음

열린책들

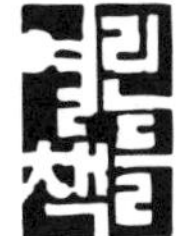

한여름
햇빛이
눈부시게
쏟아지던
동대문야구장

셰익스피어 「소네트 30」

저는 적어도 초등학교(제가 다닐 때는 국민학교라 불렀습니다) 때까지는 야구장에 가본 기억이 없습니다. 6학년 때인가 친척 아저씨가 들려준 야구 이야기가 기억에 남아 있습니다. 아주 가끔 동네에서 야구를 하면서 놀았고, TV에서 야구를 보기도 했지만, 왠지 저와 별로 상관없는 세계로 느껴졌습니다. 그런데, 아저씨가 들려준 야구 이야기는 제 흥미를 끌었습니다. 선린상고 야구부에 김태석이란 선수가 있는데, 장타를 엄청 잘 친다, 제일은행에 들어갔다, 그리고 같은 팀에 그 후배 김우열이라는 선수가 있는데, 체구는 작아도 꽤 잘한다는 이야기였습니다. 마침 아저씨는 선린상고 출신이라 잘 알고 있었습니다. 저는 아, 그런 선수들이 있구나, 잘하나 보다,

했습니다.

　중학교에 들어간 후 어느 여름날 야구장에 가게 되었습니다. 여름방학이 시작되고 얼마 후 당시 동대문에 있던 서울운동장 야구장에 혼자 갔습니다. 그리고 잊지 못할 시합을 보게 됩니다. 1969년 8월 15일, 한국을 방문한 재일 동포(지금은 재일 교포라 부릅니다) 학생야구단과 선린상고의 시합이었습니다. 더블헤더 2차전이었는데, 아직도 시합이 끝난 후 야구장을 나와 버스 타러 걸어가던 그날 밤이 떠오릅니다. 그날 당시 고교야구 최강이었던 선린상고는 고전했습니다. 저는 상대 팀 투수에게 무척 깊은 인상을 받았습니다. 투구 자세가 특이했는데 지금으로 말하면 언더스로 유형이었습니다. 특히 팔을 높이 쳐들던 모습이 기억에 남아 있습니다. 김병현과 비슷하다고 할 수 있으나 처음 보는 모습이라 놀랐습니다. 그날 밤 이후 야구를 보기 시작합니다.

　그날 시합은 1 대 1 무승부였습니다. 선린상고는 9회 말 4구, 도루, 상대 실책 등을 묶어 1점을 내 간신히 비겼습니다. 안타는 하나도 치지 못했습니다. 저는 그날 시합의 재일 동포 팀 투수 이름도 몰랐습니다. 나중에 알아보니 김기태였습니다. 충격을 받았지만 정작 충격을 준 사람의 이름은 몰랐던 거죠. 하지만 선린상고 투수 이름은 그때도 알고 있었습니다. 유남호입니다. 그는 후에 해태 타이거즈에서 선수와 지도자로 활약합니다. 김기태는 일본 프로야구로 진출해 요미우리 자이언츠 등을 거쳐 1986년 한국으로 와 청보 핀토스 등에서 뛰었다고 합니다. 한국 프로야구에 남긴 인상은 그리 뚜렷해 보이지 않는군요.

중학교 1학년생이 왜 밤에 홀로 야구를 보았을까요? 전혀 기억나지 않습니다. 8월 15일은 마침 노는 날이었고, 방학이어서 다음 날도 노는 날이기는 했습니다. 하지만 무엇인가 야구장의 매력에 끌리지 않았을까요? 아마도 그해 여름 야구장에 자주 갔을 겁니다. 무언가에 끌렸겠지요. 당시에 보던 『한국일보』의 영향도 받지 않았나 합니다. 제 기억에 재일동포 학생야구단 초청 경기는 한국일보사가 주최하여, 신문에서 연일 관련 기사를 볼 수 있었습니다. 경기 결과가 자세하게 알려졌습니다. 그해 여름 이후로 저는 매년 여름을 동대문야구장에서 보냈습니다. 거의 매일, 하루에 적어도 세 게임은 보지 않았나 싶습니다. 1971년에는 제1회 봉황대기 전국고교야구대회가 열렸습니다. 전국 고교야구 팀 모두가 참가하는 대회였습니다. 여름방학은 야구장이 되어 버렸습니다. 야구의 어떤 매력이 저를 사로잡았을까요?

세익스피어의 「소네트 30」을 어설프게나마 한번 옮겨

보겠습니다.

달콤하고 고요한 사색의 법정에

지난 일을 떠올리면,

원하던 바가 많았으나 이루지 못해 한숨짓게 되고,

이제는 가버린 슬픈 풍경을 생각하면, 자신의 소중한 지난날을 허비했기에 다시금 비통해집니다.

그리하여 이제는 죽음이란 영원한 밤에 숨어 버린 사랑하는 친구 때문에, 눈물이 흐르지 않았던 눈을 적시게 됩니다.

그리고 오래전에 없던 걸로 되어 버린 사랑의 슬픔으로 새삼 울게 되고,

사라져 버린 광경이 손실이기에 울게 됩니다.

이제는 가버린 슬픔을 슬퍼하고,

이미 슬퍼한 슬픔을 하나하나 반복해서 무거운 마음으로 알려 줍니다.

마치 전에 계산하지 않은 양 새롭게 계산합니다.

하지만, 당신을 생각하면,

손실은 모두 복구되고, 슬픔은 끝이 납니다.

제가 좋아하는 시인데, 왠지 과거를 대하는 제 마음을 잘 표현해 주고 있는 듯합니다. 하나씩 보겠습니다.

우선 과거 생각은 소리가 나지 않지만, 기분이 좋습니다. 실제로 그렇지요. 지난 일을 생각하면 당연히 아무런 소리도 나지 않습니다. 시끄러운 놀이동산도 회상 속에서는 무음으로 처리되니까요. 그렇다고 생생함이 없어지지는 않습니다. 소리는 기억에서 재생되니까요. 따라서 무음으로 처리된 과거 장면을 더 자세하게 볼 수 있습니다. 소리가 없으니 움직임과 세부가 더 잘 보입니다. 놀이동산에서 즐거워하는 표정이 더 잘 보이지요. 그리고, 보통 무음으로 처리된 과거 장면은 기분을 즐겁게 합니다. 심지어 고생하고 있는 장면조차도요. 군대 행군은 엄청 힘들었습니다. 일주일씩 계속되는 야외 행군 훈련이 즐거운 사람은 없겠지요. 하지만 지나고 보면 그런 행군도 기억에 남는 장면이 되고, 그런 고난을 이겨 낸 자신이 자랑스럽기까지 합니다. 왜냐하면 이제 안전하게 옛날을 돌아보기 때문입니다. 이미 과거 일이기에 더는 위험하거나 힘들지 않습니다. 마치 남 일을 보듯 자기의 지난 일을 보는 것입니다.

한여름 야구장의 뜨거운 햇볕은 이제는 회상 속에서 강도가 많이 낮아진 햇살처럼 느껴집니다. 무음으로 처리된 한

여름 대낮의 야구장은 뜨거움이 사라진 쾌적한 공간처럼 보입니다. 그 속에서 어린 저는 마치 에어컨이 켜진 방에 앉아 야구를 보는 듯한 모습입니다. 무음이지만 기분 좋습니다. 과거 기억은, 이렇게 다가옵니다.

누구나 과거를 생각하면, 후회와 아쉬움 그리고 슬픔이 남습니다. 원하는 바를 이루지 못했고, 이제는 가버려 없어진 풍경에 비통해합니다. 소중한 날을 허비했다고 자책하고, 사라진 친구를 떠올리면 눈물짓게 됩니다. 누구나 겪는 일이지요. 지난날을 돌이켜 보면 후회투성이이고 아쉽고 슬픕니다. 아마도 이제는 평가를 하기 때문이겠지요. 옛날에는 눈앞의 일들을 처리하느라, 욕망에 사로잡혀 세속의 성공을 좇느라 밖에서 자기를 볼 수 없었는데, 이제는 객관적으로 자신을 평가하기 시작합니다. 하지만 평가에 비난이나 비판은 없습니다. 왜냐하면 이제는 돌이킬 수 없으니까요. 지난 일을 교정할 수도 없지요. 그러니 후회, 아쉬움, 슬픔으로 과거를 다시 칠하고자 합니다. 즉 의미를 달리 부여하는 것이지요.

원하는 바를 이루지 못해 한숨짓지만, 그 한숨은 땅으로 꺼지지 않고 공중으로 흩어져 사라집니다. 마치 반성문을 쓰고 나면 잘못이 어느 정도 없어지는 느낌이 드는 것과 비슷하다고 할까요. 남에게 잘못을 용서받으면 잘못이 없어지는 듯

한 생각이 드는 것과 같이, 자신의 과거를 스스로 평가하고 안아 주면, 과거는 다른 의미를 띠게 되고 따뜻해집니다.

세익스피어는 과거의 무상함과 반복되는 슬픔을 말하지만, 반전도 준비해 놓습니다. 그는 마지막에, 〈당신을 생각하면, 손실은 모두 복구되고, 슬픔은 끝이 납니다〉라고 말합니다. 저는 이 구절이 좋습니다. 옛일을 생각하면 슬프고 아쉽고 비통하지만, 당신을 생각하는 일 자체로 그런 마음이 사라진다고 하기 때문입니다. 지난 모든 일이 지금 와 생각하면 아쉽고 슬플 뿐이지만, 당신을 생각하는 일만으로도 모든 손실이 회복되고 더는 슬프지 않다니 얼마나 다행입니까. 사랑을 노래하는 시답게 이 시에서 모든 손실을 복구하고 모든 슬픔을 끝내는 대상은 당신입니다.

사람들은 흔히 말합니다. 나이 들면 추억을 먹고 산다고. 그런데 이 말은 다소 부정적으로 들리기도 합니다. 이제 할 일이 없고 미래도 없으니 지난 추억이나 파먹고 산다는 뜻으로요. 늘 같은 추억만 말하면 재미없고 지루하고 피곤하기도 하겠지요. 뭐, 그런 면도 있습니다. 사람들이 흔히 말하는 추억 파먹기는 소리가 있으며 기분 좋지도 않습니다. 똑같은 이야기를 소리 높여 반복하면 누가 좋아할까요. 헛된 자랑질이 되기 십상이지요. 하지만 세익스피어가 말하는 기억은 소리가 없습니다. 소리는 나지 않지만 기분 좋은 기억입니다. 그리고 같은 기억도 매번 다른 모습입니다. 왜냐하면 평가가 그때그때 달라질 수 있기 때문입니다. 다시 생각해 보면 의미가 다를 수 있고, 지금 환경이 변하여 과거의 일이 달리 보일 수도 있습니다.

새로운 정보가 옛날 일에 대한 평가를 바꾸는 일은 실제로 흔합니다. 과거 생각으로써 새로운 세계를 만들고, 그 세계에서 안전하게 지난날을 평가하고 음미합니다. 기분 좋지요. 아무리 슬픈 일이었다 해도, 그 생각만 하면 슬픔이 끝납니다. 이것을, 과거를 먹고 사는 일이라고 할 수 있을까요? 과거를 소재로 새로운 세계를 만들어 간다고 해야 하지 않을까요? 이는 연극이나 영화를 보는 것과 비슷합니다. 내용이 아무리 슬프고 허망해도 자기 일이 아니니 관객은 흥미롭게, 기분 좋게 관람할 수 있습니다. 그리고 마음에 들면 몇 번이라도 다시 봅니다. 볼 때마다 새로울 수 있고 몰랐던 혹은 보지 못했던 바를 알게 되니까요. 과거에 대한 생각은 이와 비슷한데 주인공이 자기이기에 좀 더 밀착감이 있습니다. 자기 이야기라서 더 실감이 나겠지요. 그리고 역시 소리가 없습니다. 내면에서 소리 없이 진행되기에 남들은 잘 모릅니다. 소리가 나지 않지만 기분 좋은 일입니다.

차례

들어가며

셰익스피어「소네트 30」 7

네 타자 연속 홈런 19

오늘을 잡아라! 25

사바나 가설 35

선발투수는 끌고 가는 힘이다 42

센터라인이 강해야 한다 49

왜 〈고로〉인지 도저히 모르겠어요 56

다이아몬드 64

역도루는 아웃이다 70

왜 1000만인가?　　77

점수판　　85

『주간야구』　　92

ERA　　98

해설자들　　108

야구는 확률 게임?　　114

DTD　　123

찬스에 강한 타자?　　130

수비 평가　　137

빗맞은 안타?　　144

사와무라상　　150

고시엔　　157

유니폼　　163

리틀 야구　　169

일본에서 온 한국 선수　　173

먹튀　　180

은퇴식　　187

체크 스윙　　194

군더더기　　200

바깥쪽 약점　　207

직구와 변화구 214

돌버츠 221

트레이드 228

시시콜콜 235

아직도 그대는 내 사랑: 타격 3관왕 242

팬 249

인생극장 256

동네 형 263

하이라이트 267

오타니와 저지 271

장훈 275

김병현 279

보살팬 283

불문율 288

나가며

다시 보기 293

참고 문헌 297

네 타자 연속 홈런

1977년, 신문 기사를 보고 저는 깜짝 놀랐습니다. 제일은행이 네 타자 연속 홈런을 쳤다는 내용이었습니다. 아니, 세 타자도 아니고 네 타자씩이나 연속으로 홈런을 치다니! 이게 무슨 일인가! 이런 심정이었습니다. 상대 팀은 생각이 나지 않지만, 네 타자의 이름과 순서는 압니다. 이종도 – [박준영(사구)] – 김우열 – 김차열 – 김태석.

이종도는 중앙고 출신으로 후에 프로야구에서 활약합니다. 개막전 만루 홈런으로 유명하지요. 공군 소속이었을 때 당시 별로 유명하지 않았던 박철순의 공을 받아 준 포수였습니다. (박준영은 선린상고 출신으로, 제일은행을 그만두고 미국으로 갔다가 프로야구 출범 이후 돌아와 삼미 슈퍼스타즈에서 뛰었습니다.)

김우열은 프로야구 초창기에 홈런 타자로 유명했습니다. 프로에 뛰어들었을 때 나이가 서른이 넘었기에 전성기가 지난 후였지요. 저는 실업야구 시절의 김우열을 기억합니다. 여섯 게임 연속 홈런을 기록하기도 했지요. 엄청난 홈런 타자로, 별명이 〈아가리〉였는데, 당시 제일은행 감독이 아가리로 야구 하냐고 꾸짖은 데서 생겼다고도 하고, 3루에서 홈으로 들어올 때 입을 벌리고 뛴 데서 유래했다고도 합니다. 제가 좋아하는 선수였습니다. 아주 오래전에 어느 식당에서 옆자리에 앉은 그를 본 적이 있습니다. 생각보다 작은 체구에 말쑥한 얼굴이었습니다. 정말 김우열이었는지는 분명하지 않습니다만.

김차열은 강타자로 이름이 높았습니다. 이름 때문에 김우열과 형제라고 생각한 사람이 많았습니다. 마산상고 출신으로 프로야구 출범 전인 1981년 은퇴한 뒤 미국으로 갔다가 2년 후엔가 돌아와 동아대 감독을 했던 것으로 기억합니다. 그 후의 이야기는 알기가 어려운데 아마도 직장 생활을 계속하지 않았을까 합니다.

1977년 무렵 저는 건국대 야구부의 팬이었습니다. 1976년부터 1978년까지 열심히 건국대를 응원했습니다. 우승을 기원하거나 요구하지는 않았습니다. 그저 건국대의 공격 야구가 좋았습니다. 당시 강태정 감독이 팀을 이끌었는데, 제 기억에는 〈닥치고 공격〉이었습니다. 건국대의 시합을 보러 가면 기분이 좋았는데, 한마디로 야구를 시원시원하게 했습니다. 도루도 많이 했고, 타순도 고정적이지 않았습니다. 뭐, 져도 개의치 않았습니다. 꼭 우승해야 할 이유가 있는 것은 아니니까요.

김호인, 조흥운, 김우근, 조종규 선수 등이 생각납니다. 김호인과 조흥운은 인천고 출신으로, 후에 한국화장품에 같이 들어갔습니다. 둘 다 대학과 실업에서 큰 활약을 했지만 프로에서는 그다지 성공하지 못했습니다. 김우근은 군산상고 출신으로 대학 시절 크게 활약했지만 프로에서는 통하지 않았습니다. 조종규 역시 군산상고 출신으로 건국대를 거쳐 한국화장품에서 활약하다가 프로로 진출했으나 큰 성과를 거두지는 못했습니다. 세월이 흐른 후 심판이 된 조종규를 프로야구에서 보게 됐습니다. 어, 그 선수인가? 생각했는데 맞았습니다. 심판으로 그라운드에 돌아온 조종규를 보니 묘한 느낌이 들었습니다. 그리고 김호인도 심판이 되었습니다. 은퇴 후 프로야구 코치나 고교야구 감독으로 활동하는 모습을 떠올렸기에 심판이 된 그들은 조금은 생소했습니다.

과도기는 혼란스럽고 헤쳐 나가기 어렵습니다. 말을 타고 강을 건너는 모양새라고 할까요. 자칫 잘못하면 물살에 휩쓸려 떠내려갈 수도 있습니다. 취약한 거지요. 더 큰 문제는 강을 건너도 아무런 보장이 없다는 겁니다. 강 너머가 어떤 곳일지 미리 확인할 수 없으니까요. 이것이 1970년대 후반 실업야구, 대학야구 선수들의 처지가 아니었을까요. 누구도 1982년 프로야구의 탄생을 생각하지 못하던 때이기도 했고요.

1972년 실업야구연맹이 일본 원정 선수단 구성을 발표했다는 기사를 봅니다. 단장부터 선수까지 모두 열거하고 있는데, 코치 명단에 김성근이란 이름이 보입니다. 김우열, 김태석의 이름도 찾을 수 있는데, 그들의 소속은 제일은행이 아니라 해병대입니다. 한국전력, 제일은행, 농협, 상업은행, 기업은행, 제일은행, 한일은행 등이 소속 팀 이름입니다. 대부분 은행 팀이고, 한국전력과 해병대 정도가 더해진 모습입니다. 제 기억과도 크게 어긋나지 않는 구성입니다. 주로 은행 팀과 군인 팀이었습니다. 언제인지는 확실히 기억나지 않는데, 육군 경리단, 공군도 있었습니다. 박철순 선수가 공군 출신이지요. 해군 팀은 나중에 해병대 팀으로 바뀌었습니다.

그런데, 2021년 도쿄 올림픽을 앞두고 발표한 대표 선수 명단을 보면, 두산, LG, SSG, 키움, 삼성, KT, NC, 롯데, 한화, KIA 등 모두 기업 소속입니다. 군인 팀인 상무 선수는 한 명도 보이지 않고, 은행 소속 선수도 없습니다. 완벽하게 프로화된 거지요. 1982년 프로야구 출범 후 40년 넘는 시간 동안 한국 야구에도 많은 변화가 있었습니다.

요즘 변화에는 두 가지가 있다고 합니다. 정변과 역변. 정변은 바람직한 방향으로의 변화이고, 역변은 그 반대라고 합니다. 보통은 연예인의 변화를 말하더군요. 아역 배우가 어른이 되었을 때 정변 혹은 역변했다고 말하는 거지요. 그런데 이런 표현은 가치를 전제로 합니다. 바람직한 방향을 전제하고 평가를 하니까요.

1972년의 실업야구와 요즘의 프로야구를 보면 많은 변화가 있습니다. 이를 어떻게 평가해야 할까요? 정변일까요, 아니면 역변일까요? 저는 관점에 따라 다르다고 봅니다. 구장 규모나 게임 수준으로 보면 정변이지요. 하지만 야구에 대한 순수한 사랑의 측면에서 보면 역변일 수도 있지 않을까요? 실업야구 시절의 야구가 지금의 야구보다 재미없었다고 할 수는 없습니다. 아주 재미있었습니다. 아마 제가 어렸을 때 경험한 일이기 때문일 겁니다. 감수성이 예민한 시기에 당시 야구가 제게 깊은 인상을 남겼겠지요. 지금 세대도 그런 과정을 겪지 않을까요. 그러니까 비교는 별 의미가 없습니다. 정변이나 역변이 아니라, 그냥 변화인 거죠.

이는 야구 선수에게도 해당합니다. 조종규, 김호인의 심판 변신은 역변인가요? 아무도 그렇다고 답할 수 없을 겁니다. 그냥 변화인 거죠. 김우열의 프로야구 진출은 정변인가요? 그저 개인의 선택이겠지요. 김태석이 프로야구로 갔다는 기록은 찾을 수 없는데 그 역시 개인의 선택이겠지요. 박승호는 프로로 진출하여 후에 타격 코치가 되었는데, 이는 흔히 말하듯 선수의 길을 걸어간 것이지요. 물론 이 또한 변화일 뿐입니다.

생존하기 위해 환경에 적응하는 것을 진화라 한다면, 한국 야구도 진화했다고 할 수 있을 겁니다. 살아남으려고 환경에 적응한 것이지요. 진화의 반대말은 아마도 멸종 아닐까요. 살아남지 못하는 것이니까요. 한국에서 야구가 사라진다면 진화에 실패한 것이라고 해야겠지요. 실업야구는 살아남기 위해 프로야구로 진화했습니다. 시대의 변화에 발맞춘 것이지요. 물론 한국 프로야구 탄생에는 정치의 개입이 있었다고 하나 그렇더라도 토양이 적합하지 않았다면 뿌리내릴 수 없었을 것입니다. 당시에 성장하는 기업들이 없었다면 아마도 실패하지 않았을까요.

오늘을 잡아라!

1977년 백호기 쟁탈 실업야구대회가 열렸습니다. 실업, 대학 모두 참가하여 토너먼트로 우승을 가리는 대회였는데, 당시 실업 최강 한국화장품과 대학 최강 연세대가 1회전에서 맞붙었습니다. 놓칠 수 없는 경기라 보러 갔습니다. 저는 최동원의 연세대가 이기지 않을까 생각했습니다. 한번은 연세대에 놀러 갔다가 최동원 선수의 투구를 보았는데, 멀리서도 위압감을 느꼈습니다. 커브조차 빨랐습니다. 한국화장품은 역시 실업팀이라 전력이 한 수 위였고 김재박이 전성기를 맞고 있었습니다. 그래도 최동원이지, 하는 마음이었습니다. 하지만 이날 최동원은 4실점 후 7회 2아웃 이후에 교체됩니다. 김재박에게는 2루타를 맞았습니다. 경기 초에 김유동에게 홈런을 맞은 장면이 특히 기억에 남았습니다. 타자가 마치 눈을 감고 친 것만 같아서인데 아마도 안타까워서 그런 느낌이 들었겠지요. 연세대는 결국 4 대 6으로 패하고 말았습니다.

당시 두 선수는 전성기였습니다. 김재박이 1954년, 최동원은 1958년에 태어났으니 각각 23세, 19세였습니다. 지금 같으면 잘 관리받을 프로 꿈나무 정도로 생각할 수 있습니다. 하지만 당시는 환갑잔치를 진지하게 치르던 시절입니다. 30세 은퇴가 자연스러운 일이었습니다. 특히 최동원은 이미 너무 많이 던진 상태였습니다. 김재박은 1975년 아시아 야구선수권대회에서 투수로 등판한 적이 있는 베테랑이었습니다. 호주를 상대로 3회엔가 올라와 9회까지 엄청나게 잘 던졌습니다. 그때 저는 대입 재수생이었는데 무슨 생각으로 공부 안 하고 야구를 봤는지는 잘 생각나지 않는군요. 세계 야구선수권대회가 끝나고 김재박이 프로에 입단했을 때가 1982년이니 28세로 은퇴를 앞둔 시점이었고, 최동원도 24세였습니다. 혹사로 몸 상태가 좋지 않았다고 하고요. 프로에서도 〈무쇠팔〉이란 별명에 어울리게 한국 시리즈에서 4승을 거두기도 했지만, 결국 1990년 32세라는 이른 나이에 은퇴합니다. 김재박 역시 1992년에 은퇴하는데 그나마 투수가 아니어서 조금 더 활동하지 않았나 싶습니다.

두 선수 모두 과도기를 거쳤습니다. 아마추어로서 대학, 실업야구에서 전성기를 보내다가 새롭게 생긴 프로야구로 옮겨 갔으니까요. 프로야구가 두 사람에게 득이 되었을까요? 두 사람은 수준 높은 선수들과 경기하게 되어 기뻤을까요? 더 많은 돈을 벌어 즐거웠을까요? 아니면 그 돈 탓에 더 많이 마음을 다쳤을까요? 저는 그들이 명예를 지키려 하지 않았나 생각합니다. 아마추어로서 쌓은 명성과 자부심 그리고 투쟁심을 지키기 위해 자신과 싸웠다는 느낌이 듭니다. 전성기를 지나고 있음을 알지만, 여기에서 포기하면 도망가는 것만 같아서 과감하게 도전을 택한 것이 아닐까요. 돈이 문제가 아니었을 겁니다. 지금처럼 엄청나게 많은 돈을 주던 시대도 아니었습니다. 자신을 증명하고자 도전한 것입니다.

이를 잘 보여 준 경기가 1987년 5월 16일 부산 사직야구장에서 벌어진 최동원 대 선동열의 대결일 겁니다. 한국시리즈 7차전도 아니고 정규 리그 경기 가운데 하나였던 이 시합에서 두 투수는 15회까지 던집니다. 결국 2 대 2 무승부로 승부를 가리지 못했는데, 놀라운 것은 투구 수입니다. 요즘 선발투수는 보통 100구 정도 던지면 교체합니다. 그만하면 선발투수로서 자기 몫은 했다는 것이죠. 그런데 이 경기에서 최동원은 209구, 선동열은 232구를 던졌습니다. 아무리 옛날 일이라 해도 믿기 어렵습니다. 이 한 경기의 승패가 팀의 정규 리그 성적에 크게 영향을 주지도 않았을 겁니다. 시즌 초중반이었으니 그렇게까지 무리해서 던질 일은 아니었지요. 하지만 두 선수는 자존심을 걸고 던졌습니다. 프로야구가 아니라 그냥 순수한 야구였습니다. 이런 시합은 아름답고 위대합니다.

이날 두 선수의 투구 수가 얼마나 대단한 것인지는 미국, 일본의 기록과 비교해 보면 바로 알 수 있습니다. 1963년 7월 2일 샌프란시스코 자이언츠와 밀워키 브레이브스의 경기가 열립니다. 브레이브스 선발투수는 워렌 스판, 자이언츠는 후안 마리첼이 선발로 나섰습니다. 당시 워렌은 42세, 후안은 25세였는데, 둘은 16회까지 던졌습니다. 자정 넘어서까지 계속된 이 경기에서는 자이언츠가 1 대 0으로 승리했는데, 후안은 227구, 스판은 201구를 던졌습니다. 지금도 최다 투구 수 기록으로 남아 있다고 하는데, 두 투수 모두 훗날 명예의 전당에 들어갑니다. 일본의 경우 2013년 11월 2일 일본 시리즈 6차전에서 다나카 마사히로가 던진 160구가 21세기 최다 기록입니다. 당시 신문은 이번 세기에 160구를 던진 선발투수는 없다고 보도했습니다. 하지만 고교야구를 포함하면 이야기가 달라집니다. 1998년 고시엔 대회에서 마쓰자카 다이스케가 17회까지 250구를 던졌던 것입니다. 물론 아마추어 경기라서 프로 리그의 비교 대상은 아닙니다. 다나카, 마쓰자카 모두 일본의 대표 투수입니다.

최동원은 최고의 투수로 이름을 남겼지만 감독을 맡지는 못했습니다. 저는 왜 최동원은 감독이 되지 못할까 하는 의문을 품고 있었습니다. 들려오는 풍문이야 많았지만 확인할 수 없기에 그냥 흘려보냈습니다. 그런데 김재박은 달랐습니다. 은퇴 후 코치를 거쳐 42세에 현대 유니콘스 감독을 맡아 이후 네 번이나 한국시리즈에서 우승했습니다. 굉장한 업적이지요. 당시로는 젊은 감독이었는데, 제가 보기에는 공부를 많이 하는 느낌이었습니다. 파고드는 공부랄까 어쩐지 독종 냄새가 났습니다. 제2의 전성기를 맞이한 거죠. 그 모습도 좋았습니다.

첫 전성기는 1977년 한국화장품 소속으로 실업야구 7관왕을 했을 때였겠지요. 당시 동대문야구장에서 야수로서 그의 모습을 자주 보았습니다. 날렵한 동작, 강한 어깨, 그리고 무엇보다도 한발 빠른 움직임이 눈에 띄었습니다. 그는 투수가 던지는 공의 구질을 보고 타구의 방향을 예측하지 않았나 생각해 봅니다. 타자가 타격을 하기도 전에 미리 움직이는 모습을 많이 보았습니다. 프로에 가서도 그의 이런 모습은 변하지 않았습니다. MBC 청룡 시절에는 수비할 때 입으로 무슨 소리를 내곤 했습니다. 동료 수비수들에게 무엇인가 의사 전달을 하는 것으로 보였는데, 역시 예측 수비와 연관이 있지 않았을까요.

김재박 하면 떠오르는 것은 바로 노력입니다. 영남대 진학 후 개인 훈련과 감독의 조련으로 작은 체구를 극복하고 약한 체력과 주력을 모두 끌어 올린 노력을 좋아합니다. 대학 2학년 추계 대회에서 타격상을 받은 일이 가장 기억에 남는다고 한 인터뷰를 본 적이 있습니다. 노력의 결과를 확인하는 순간은 누구에게나 벅차지요. 포기하지 않고 노력하면 꿈을 이룰 수 있다는 사실을 그는 잘 보여 주었습니다. 전성기가 한참 지나 프로에 갔지만 역시 노력으로 굉장한 감독이 되었습니다. 굉장하군요!

로버트 프로스트의 「오늘을 잡아라(Carpe Diem)」란 시가 있습니다. 지나가는 두 명의 아이를 보고 행복해, 행복해, 행복해, 그리고 오늘의 즐거움을 누려, 라고 세월이 말해 주려는 듯합니다. 이것이 세월의 주제라고 하는데, 반전이 있어 보입니다. 있어 보인다고 한 이유는 순전히 제 해석이기 때문입니다. 세월은 이렇게 말합니다. 〈그러나 인생에게 현재를 잡으라고 말할까? 인생은 언제나 현재보다 미래에 살고, 또한 현재와 미래보다 과거에 산다. 현재는 감각에는 너무 많고, 너무 붐비고, 너무 혼란스럽고, 너무 눈앞에 있어서 상상할 수가 없다.〉 저는 이 시를 오늘은 잡을 수 없다는 주장으로 봅니다. 현재를 잡으려 해도 현재는 너무 많은 감각 자료가 쏟아져 들어오기에 그것을 처리하느라 급급하기 때문입니다. 게다가 감각 자료는 정리되어 있지도 않기에 혼란스럽기까지 하고 또한 너무 눈앞에 존재하기에 거리가 없습니다. 거리가 없기에 상상할 틈도 없습니다. 그러니 해석이나 의미 부여도 할 수 없습니다. 현재는 감각 자료 처리 과정에 지나지 않아서 해석, 의미, 상상력과는 거리가 멉니다. 그러한데 오늘을 잡으라는 주장이 성립할 수 있을까요? 보통은 지나간 일을 반추할 때 그 일의 의미를 알게 됩니다.

1987년 5월 16일의 명승부 당시 최동원, 선동열 두 선수는 즐거움을 느꼈을까요? 아니면 대단한 시합이라고 여겨 자부심을 느꼈을까요? 두 선수 본인이 아니면 알 수 없지만, 아마도 그저 공 하나하나에만 온 신경을 집중하지 않았을까요. 그러지 않았다면 200개가 넘는 투구를 할 수 없었겠지요. 많은 안타를 맞고 강판했겠지요. 두 사람은 고도의 집중력을 발휘해 한번 해보자는 마음으로 던졌을 뿐, 아, 인생의 즐거운 순간이므로 이 순간을 즐기자, 하는 마음은 아니었을 겁니다. 후에 다시 돌아보고 나서야 그 시합이 정말 굉장했구나, 다시는 그렇게 던지지 못하지, 그렇게 생각하지 않았을까요.

지난 후에야 진짜 모습이 보이기 마련입니다. 지난 후에야 즐거움이 마음을 적시기 마련입니다. 모든 일이 과거가 되어야만 제대로 즐거움을 맛볼 수 있는 것은 아닐 겁니다. 지금 바로 꽉 잡고 싶은 순간 그리고 실제로 잡은 순간도 있습니다. 상을 받거나 시험에 합격하거나 학교를 졸업하는 순간 등입니다. 그런데 이런 순간도 세월이 지나 다시 돌아보면 거기서 또 다른 즐거움이나 의미를 발견하게 됩니다. 미처 알지 못했던 과거 그 순간의 의미와 즐거움을 회상으로 알 수도 있고, 이미 느꼈던 기쁨의 순간을 새롭게 음미할 수도 있습니다.

프로스트의 시「오늘을 잡아라」에는 세월이 장미를 모으는 과제를 시에 맡긴다는 구절이 나옵니다. 여기서 시는 흔히 말하는 문학의 시입니다. 시의 과제가 장미를 모으는 바라는 말은 무슨 뜻인지 잘 모르겠습니다. 좋은 일을 찾아내는 과제 혹은 즐거운 순간을 모으는 과제일까요? 그런데 이런 과제를 시에 맡긴 이유는 흠뻑 사랑에 빠진 사람들에게 위험을 경고하기 위해서입니다. 넘쳐흐르는 행복을 마땅히 누려야 하지만 자신이 지금 행복하다는 걸 모르는 위험에 대한 경고입니다. 우리가 잡으려는 즐거움이 지금 여기에 있다는 사실을 모릅니다. 그래서 후에 시가 장밋빛 나날을 다시 모아서 상기시켜 주어야 합니다.

시는 이렇게 시작합니다. 세월이 저녁 무렵 조용한 두 아이를 봅니다. 그런데 아이들이 집으로 가는지, 마을을 벗어나 교외로 가는지, 아니면 교회 묘지로 가는지 모릅니다. 인생의 앞날을 누가 알겠습니까. 이런 의미로 보입니다. 그런데 세월은 아이들의 소리가 들리지 않을 때까지 기다렸다가 행복해, 행복해, 행복해, 그리고 오늘의 즐거움을 누려, 라고 말하려 합니다. 실제로 말하지는 않았습니다. 왜냐하면 오늘의 즐거움을 누리는 일은 가능하지 않기 때문입니다. 만약 가능하다면, 비록 모르는 아이들이어도 사라질 때까지 기다리지 않고 불러서 말해 주었겠지요. 하지만 가능하지 않기에 사라진 후에 말해 주려고 했다고만 합니다. 그러고는 언제나 미래와 현재보다 과거가 낫다고 하면서 시를 끝냅니다.

미래는 희망을 주어 즐겁고 현재는 지금 즐거움을 주기에 좋지만, 프로스트는 과거가 즐거움을 가장 많이 준다고 합니다. 미래의 즐거움은 불확실한 바람이고, 현재의 즐거움

은 감각이 너무 넘치고 너무 눈앞에 있어 알기 어렵기에, 안
전하고 거리가 충분하며 아무리 반복해 끄집어내도 새로운
즐거움과 의미를 주는 과거가 제일 낫다는 것입니다.

사바나 가설

아마도 1976년 아니면 1977년이었을 겁니다. 백호기 대회를 보러 동대문야구장에 갔을 때는 아직 여름 햇살이 남아 있었습니다. 조금 더웠지만 대체로 쾌적한 늦은 오후였습니다. 저는 야구장에 일찍 갔습니다. 보통은 경기 시작 한 시간 전에는 도착해 자리에 앉아 있곤 했습니다. 영화관과 달리 일찍 가도 구경거리가 많기 때문입니다. 선수들은 시합 전에 몸을 풉니다. 감독이나 코치가 공을 쳐주면서 가볍게 수비 훈련을 시키기도 하고, 선수들을 모아 놓고 이런저런 지시를 하기도 합니다. 두 팀의 선수들이 운동장을 나누어 쓰면서 몸을 푸는 모습도 보기 좋고요. 심심하지 않고 소소한 볼거리가 많아 야구장에 일찍 가곤 했지요.

그런데, 이날은 당시 실업야구 롯데 김동엽 감독이 홈 플레이트 뒤편 잔디에 물을 뿌리고 있었습니다. 마치 자기 집 정원에 물을 뿌리는 것으로 보일 만큼 자연스러운 모습이었습니다. 이상하게도 시간이 멈춘 듯 이 장면이 아직도 기억에 남아 있습니다. 김동엽 감독은 다혈질이었습니다. 카리스마로 선수단을 휘어잡았고 시합 중에는 심판에게 거칠게 항의하기도 했습니다. 바지 뒷주머니에는 항상 빨간 장갑이 꽂혀 있어 〈빨간 장갑의 마술사〉라는 별명도 있었고요. 한마디로 역동이었지 결코 차분한 이미지는 아니었습니다. 그런데 제가 기억하는 이 장면은 평화롭고 세속적이지 않은 모습입니다. 당시에는 야구장에서도 분업이 이루어지지 않았습니다. 운동장 정리도 선수나 코치가 하는 경우가 많았으니, 감독이 잔디에 물을 뿌리는 일 또한 특별하지는 않았을 겁니다.

사실 제가 야구장에 일찍 간 이유는 야구장이 그저 좋았기 때문입니다. 우선 들어가면 시원합니다. 탁 트인 데다 녹색 잔디가 생기 있어 보이고, 그 위로 푸른 하늘이 펼쳐져 기분이 좋습니다. 햇볕이 따가운 날도 앉아 있기만 해도 좋았습니다. 그런데 후에 사바나 가설에 관한 글을 읽게 되었습니다. 이런 이야기입니다. 한 번도 가본 적이 없어도, 사람들은 사바나 그림을 좋아한다고 합니다. 물론 학자들의 실험과 검증을 통한 주장입니다. 오스트리아 사람들을 대상으로 관찰해 보니, 어린아이도 나무가 점점이 박혀 있는 풍경을 좋아한다는 겁니다. 즉, 사바나와 비슷한 풍경을 좋아한다는 것인데, 사춘기가 지나면 촘촘한 나무, 더 높은 산을 더 좋아한다고 합니다. 이는 그들의 오스트리아에서의 경험 때문으로 보이는데, 경험이 쌓이면 주변 환경을 좋아하게 됩니다. 하지만 사바나 풍경은 그것을 경험한 적이 없어도 사람들이 좋아한다는 것이 이 가설의 내용입니다.

일본의 정원을 예로 들 수도 있습니다. 나무를 고르고 잘라 내어 꾸미는데 의도와 무관하게 사바나와 비슷한 풍경이 된다고 합니다. 이런 의미에서 저는 교토의 료안지가 사바나 풍경과 닮았다고 여깁니다. 잔디나 이끼 대신에 작은 돌로 정원 바닥을 메우고 드문드문 나무 대신 큰 돌을 놓은 모습에서 사바나를 떠올립니다. 단순히 평지여서는 사바나가 되지 않습니다. 드문드문 나무가 있어야 합니다. 이런 풍경을 한 번도 본 적이 없어도 많은 사람들이 좋아한다고 사바나 가설은 말합니다.

야구장이 이런 가설에 잘 들어맞습니다. 우선 넓은 녹색 평지가 있습니다. 잔디가 깔린 운동장은 녹색이고 평평하게 잘 골라져 있으며 시합이 시작되면 선수들이 자리를 잡습니다. 그들의 모습은 드문드문 서 있는 나무와 흡사합니다. 게다가 그들은 사바나의 사자들이 뛰듯이 이리저리 전력으로 뛰어다닙니다. 그 모습을 보고 있으면 기분이 좋아지고 편안해집니다. 그래서 제가 야구장에 갔는지도 모르겠습니다. 축구장도 마찬가지입니다. 사바나의 조건을 다 갖추고 있습니다. 넓은 녹색 평지 위에 드문드문 자리 잡고, 뛰어다니는 선수들. 야구장과 아주 비슷한 모습입니다.

축구장 이야기를 하니 물방개 생각이 납니다. 당시 야구장 바로 옆에 축구장이 붙어 있었습니다. 축구장에서 큰 대회가 열리면 야구장에 있던 사람들이 축구장 쪽으로 몸을 기울여 축구 경기를 보기도 했습니다. 축구장 아래쪽은 여름이면 항상 그늘이 져 있어 꽤 시원했습니다. 그래서인지 잡상인들이 자리 잡고 있기도 했는데 그 가운데는 물방개 아저씨도 있었습니다. 둥글고 커다란 함석 통에 물을 넣고 통의 가장자리를 나누어 상품을 올려놓습니다. 돈을 내면 물방개를 통 가운데에 떨어뜨립니다. 그러면 물방개가 헤엄쳐 통 가장자리로 이동하고, 도착지에 따라 상품이 결정됩니다. 물론 꽝도 많습니다. 담배가 상품 중 하나였던 것은 기억이 나는군요. 더운 여름날 저는 돈을 걸지도 않으면서 꽤 오랫동안 앉아서 구경했습니다. 신기하게도 아니면 당연하게도 물방개는 비싼 상품 쪽으로는 가지 않습니다. 꽝이나 싼 상품 쪽으로만 갑니다. 아무리 봐도 조작 가능성이 별로 없어 보여 이상했습니다. 물방개를 훈련할 수는 없지 않나요? 된다고요? 아니면 통의 특정한 곳에 무엇인가 물방개가 좋아하는 물질을 발라 놓았을까요? 아직도 그것이 알고 싶습니다.

다시 사바나로 돌아오겠습니다. 서울 잠실에 있는 서울종합운동장 야구장은 프로야구 출범 후인 1982년 7월에 개장했습니다. 개장 기념 경기는 그해 8월 1일에 열렸습니다. 처음 갔을 때 크기에 조금 놀랐습니다. 동대문야구장보다 훨씬 크고 멋있다고 해야 할까요, 세련된 느낌이었습니다. 게다가 다 새것이라서 깨끗했습니다. 좋은 구장이란 인상을 받았지요. 그런데, 시간이 조금 흐르고 보니 친밀감에서 동대문야구장보다 못했습니다. 너무 크다 보니 외야에서 시합을 보면 어쩐지 고립된 느낌이 들 정도였습니다. 사파리 차를 타고 멀리서 보는 느낌이랄까요. 맨발로 사파리 안을 거니는 듯했던 기분과는 매우 달랐습니다. 홈 플레이트 뒤의 공간도 꽤 넓었고, 더는 감독이 잔디에 물을 뿌릴 것 같아 보이지 않았습니다. 더그아웃 뒤에 바짝 붙어 선수들이 하는 이야기를 듣던 일은 추억이 되어 버렸지요. 2층이나 3층으로 이사 가서 길거리를 내다보는 듯한 느낌을 지울 수 없었는데 모두 동대문야구장에 길들어 일어난 일이겠지요. 동대문야구장은 마치 오래되고 낡았지만 깊이 정이 든 집 같았습니다.

잠실이든 동대문이든 야구장에서 여름 하늘을 본 일은 제게 각별한 추억으로 남아 있습니다. 시합 전에 하늘을 보면 여름이라 보통은 뭉게구름이 떠 있습니다. 구름이 이동하면서 여러 가지 모습으로 변하고, 그럼 저는 상상을 해봅니다. 용의 모습인가? 화난 아저씨 얼굴? 여러 모습을 그려 보면 즐거웠습니다. 그래서 시합을 기다리는 시간이 지루하지 않았습니다. 푸른 하늘에 하얀 구름이 떠가는 모습은 저에게 여름의 대표적인 풍경입니다.

비가 와도 야구장은 심심하지 않았지요. 시합 도중에 비가 심하게 오면 시합을 중단하고 피합니다. 그런데 동대문야구장은 좁고 낡았기에 비를 피하기가 쉽지 않았습니다. 그래서 출입구에 기대서서 하늘을 바라보곤 했습니다. 야외에서 비 오는 풍경을 보는 일도 상쾌했습니다. 한여름에 갑자기 내리는 소나기는 더위를 식혀 주었고 마음도 쉬게 해주었습니다. 바람이 불면 경기가 미묘하게 달라집니다. 홈런이 되지 않을 타구인데 바람의 힘으로 넘어가는 수가 있고, 그 반대의 경우도 있습니다. 갑자기 회오리가 일어나면 수비수가 평범한 뜬공을 놓치기도 하지요. 그날의 운이라 어쩔 수 없습니다.

여름의 야구는 단순히 승패에만 그 의미가 있지 않았습니다. 자연과 하나 되는 체험의 장이었습니다. 뜨거운 햇빛, 뭉게구름, 가끔 부는 시원한 바람, 갑작스러운 소나기, 그리고 몰려오는 시커먼 구름, 흘러가는 구름이 빚어내는 다양하고 변화무쌍한 모습들, 그리고 야간경기에서만 맛볼 수 있는 여름밤의 열기 등이 지금도 생각납니다. 이런 체험이 저를 야구장으로 불러들이지 않았나 합니다. 경기 결과야 다음 날 신문에 납니다. 그리 중요한 문제가 아니지요. 저는 특정 팀의 우승을 바란 적이 없습니다. 여름 야구장이 좋았고, 야구장에서 벌어지는 시합이 좋았습니다. 지금 생각해 보니 사파리를 좋아했던 모양입니다.

선발투수는 끌고 가는 힘이다

요즘 투수는 많이 던지지 않습니다. 선발투수가 보통 100구 정도 던지면 교체를 예상합니다. 물리치료사와 전문 의료인들은 투수가 100구 정도 던지면 피로가 나타나기 시작한다고 말합니다. 기준을 세워 투수를 보호하는 조치로 보입니다. 그래서 선발투수는 6이닝이든 7이닝이든 100구를 기준으로 던집니다. 아주 순조로운 날은 100구 조금 넘는 투구 수로 완투를 하기도 합니다. 선발투수가 5이닝을 던지면 이어서 중계 투수가 나오고 앞서는 상황이라면 마무리 투수가 등판합니다. 분업화가 이루어져 있습니다. 저는 옛날 야구를 보았기에 이런 분업화가 아직도 낯섭니다. 예전에 투수는 곧 선발투수였습니다. 1회에 등판한 투수가 크게 무너지지 않으면 끝까지 던졌습니다. 그때는 다 그렇게 하는 줄 알았습니다. 다치거나 통타당하지 않는 한 선발투수는 계속 던졌습니다. 만약 중간에 강판하면 상황에 따라 다른 투수가 나왔지요. 포기하는 게임이냐 아니냐에 따라 그에 맞는 투수가 나왔습니다.

저는 선발투수를 보고 많이 배웠습니다. 어느 투수나 몸 상태가 안 좋은 날이 있겠지요. 그런 날 투구는 아무래도 조심스러울 수밖에 없을 겁니다. 상태가 좋지 않지만 어떻게든 버텨야 한다는 마음가짐으로 마운드에 올라가지 않을까요. 몸 상태가 좋은 날이라도, 마음먹은 대로 되지 않는 경우도 많겠지요. 그래도 선발투수는 끌고 갑니다. 위기에 몰리면 최소 실점으로 지나가려 하고, 연타를 맞으면 수비가 도와주기도 하며, 많은 실점을 한 날에는 공격이 도와주기도 합니다. 어떻게든 끌고 가는 투수의 모습을 보면 인생도 마찬가지라는 생각이 듭니다. 언제나 좋은 환경, 좋은 상태에서 살아가는 사람이 얼마나 되겠습니까. 대부분 힘들죠. 하지만 끌고 가야 합니다. 끌고 가야 한다는 의지가 있다면, 예상하지 못한 도움을 받을 수도 있고 그러다 보면 투지가 내면화하기도 합니다. 중요한 것은 어쨌든 끌고 간다는 의지와 자세이겠지요.

선발투수가 최소 5이닝을 던져야 승리 투수가 될 수 있다는 조항은 메이저리그에서 1950년에 만들었다고 합니다. 세이브 기록을 공식적으로 인정한 것은 1969년이라고 하는데, 지금과 같은 세이브 규정이 만들어진 것은 1975년입니다. 꽤 오래되었군요. 그렇다고 해서 1975년 무렵에 투수 분업이 지금처럼 이루어지지는 않았습니다. 1988년 토니 라루사 감독이 데니스 에커슬리를 1이닝 마무리로 기용한 일이 지금과 같은 본격 마무리 투수 운용의 시작이라고 합니다. 그 감독은 전문 왼손 투수도 쓰기 시작했다고 합니다. 그리하여 메이저리그에서는 1990년대부터 지금의 투수 분업화가 시작되었습니다. 물론 우리나라 야구도 이 영향에서 벗어나지 못했습니다. 중요한 순간에 왼손 타자가 등장하면 예전과 달리 그 타자만을 상대하기 위해 좌완 투수가 등판하기 시작했습니다. 저는 이런 과정을 야구 발전 혹은 진화의 과정이라고 봅니다. 하지만 아쉬운 점도 있습니다.

야구에서 드라마가 사라지고 있습니다. 승리를 해도 그것은 분업의 결과이기에 전체를 아우르는 드라마를 찾기 힘듭니다. 지고 있는 상황에서 6회에 선발투수가 내려가고, 그 후 역전을 하여 결국 승리한 경우, 드라마는 없습니다. 누가 드라마의 주인공인가요? 역전 홈런이나 끝내기 안타를 친 선수인가요? 아니면 1점 차를 지킨 마무리 투수인가요? 예전에는 선발투수가 역전, 재역전의 게임을 끌고 가면서 드라마를 만드는 경우가 꽤 있었습니다. 심지어 패했는데도 기억에 남는 투수도 있습니다. 1970년대 초반으로 기억하는데 재일 교포 출신의 김호중이란 투수가 있었습니다. 국가대표도 지낸 강속구 투수였는데, 제 기억으로는 어떤 게임에서 단 하나의 안타, 즉 홈런을 맞고 패했습니다. 그날 완투를 했으니 1 대 0으로 패한 거죠. 타선의 뒷받침이 전혀 없었거나 상대 팀 투수가 호투했기 때문이겠지만, 지금도 그 게임을 기억합니다. 선발투수는 묵묵히 완투합니다. 많은 생각이 오갔겠지요. 저는 그런 드라마가 좋습니다. 그런 드라마에서 배웁니다. 인생은 겉보기와 다르다는 사실을.

윤학길은 롯데에서 1986년부터 1997년까지 뛰었습니다. 12시즌이면 지금 보면 그렇지 않지만, 당시로서는 충분히 긴 기간이었습니다. 윤학길의 별명이 〈고독한 황태자〉였는데, 두 가지 의미가 있었던 것으로 보입니다. 〈고독한〉은 타선 지원이 신통치 않아서 많은 승수를 올리지 못했다는 뜻으로 보입니다. 마운드에서 고군분투한다, 타자들이 도와주질 않는다, 이런 의미겠지요. 그는 통산 117승 94패를 기록했는데, 평균자책점이 3.33으로 아주 좋습니다. 더 많은 승수를 쌓을 수 있는 투수였다는 근거가 되기에 충분하지요. 〈황태자〉라는 말에는 황제나 왕은 아니라는 의미가 들어가 있는 것으로 보입니다. 윤학길의 활동 시기는 최동원, 선동열과 겹칩니다. 윤학길의 성적이 아무리 좋아도 두 선수를 능가한다는 인상을 주기는 힘들었을 겁니다. 그런 의미에서 이인자라는 뜻의 황태자로 불리지 않았을까요.

저는 윤학길 투수를 완투왕으로 기억합니다. 100번을 완투했으니 할 말이 없지요. 선발로 등판하여 9회 시합을 마칠 때까지 혼자 던진 것이 12년 동안 100번이라면, 1년에 8번 이상은 완투했다는 이야기이니 대단합니다. 최동원 선수가 81회로 두 번째이니 얼마나 대단한 기록인지 알 수 있습니다. 100번의 완투 성적은 74승 26패인데, 저는 26회의 완투패에 눈길이 갑니다. 완투를 하고도 패하면 심신이 극도로 피로하지 않을까요. 승리하면 피로도 날아간다고 하지만, 완투패를 당하면 몸이 물에 젖은 솜처럼 가라앉겠지요. 하지만 다음 시합에서 아무 일도 없었던 양 다시 완투합니다. 완투패는 씁쓸하지만, 거기에는 아름다움이 있습니다. 최선을 다하고도 졌을 때의 비장함이 있지요. 저는 완투패 하고 마운드를 내려가던 투수들의 모습을 또렷이 기억합니다. 낮 경기였어도, 제 기억에는 석양의 이미지로 남아 있습니다. 아마도 윤학길의 완투 기록은 깨지지 않을 겁니다. 요즘 같은 투수 분업 시대에 어떻게 선발투수가 그렇게 많이 완투할 수 있겠습니까. 드라마는 사라지고 있습니다.

선발투수가 끌고 가는 힘이라면, 이닝을 되도록 많이 소화해야 합니다. 5회 정도 던지면서 끌고 가는 힘을 말한다면 아무래도 이상합니다. 5회까지 던지면 보통 타순이 두 바퀴 정도 돕니다. 투수와 타자의 세 번째, 네 번째 대결에서는 투수가 어느 구종, 어떤 볼 배합으로 타자를 상대할까, 이런 궁금증을 안고 보기에 야구가 재미있습니다. 같은 투수가 적어도 네 번은 같은 타자를 상대할 때 어떤 드라마가 펼쳐질지 생각이 복잡해지고 그에 따라 재미도 더해지지요. 그런데, 선발투수가 5회나 6회까지 던지고 내려가면 그런 재미는 허공으로 사라져 버립니다. 끌고 가는 힘을 논할 그 무엇도 없습니다. 철저한 분업으로 각자의 역할을 다하는 야구는 왠지 허전합니다.

인생에 구원 투수가 어디 있습니까. 어느 정도만 버티면 다음 사람이 기다렸다 도와주려 나타나고, 그 사람이 자기 역할을 다하면 마무리를 하는 사람이 나타나나요. 그런 일은 없고 있을 수도 없습니다. 인생은 처음부터 끝까지 자기가 혼자 끌고 가야 합니다. 대타나 구원투수나 마무리 투수는 없습니다. 비바람과 폭설을 혼자 견뎌 내야 합니다. 저는 완투하는 투수를 보고 배웁니다.

참고로, 윤학길 투수는 12시즌 동안 117승 94패 10세이브를 기록했습니다. 평균자책점은 3.33, 총 투구 이닝은 1,863과 2/3이닝입니다. 100번의 완투에서 74승 26패를 기록했는데 20번 완봉승을 했습니다. 그는 은퇴할 때 2,000이닝을 채우지 못해 아쉽다고 했습니다. 한국 프로야구 최다 이닝을 소화한 투수는 송진우인데, 무려 3,003이닝을 던졌습니다. 210승으로 200승을 돌파한 유일한 투수이고 패 역시 153패로 최다입니다. 게다가 탈삼진 수도 2,048개입니다. 양현종의 168승이 2위인 걸 보면 대단한 기록입니다. 많은 드라마가 있었겠지요. 이렇게 정리하니, 마치 전설 시대를 보는 느낌입니다.

센터라인이 강해야 한다

예전에 TV 야구 중계에서 이런 말을 들은 적이 있습니다. 아마도 해설자의 말이었겠지요. 포지션에 따라 해줘야 하는 타율이 있다, 외야수와 1루수는 3할, 유격수는 2할 5푼, 2루수와 3루수는 2할 7푼, 포수는 2할 2푼 정도는 돼야 한다는 것이었습니다. 투수는 빠졌는데, 투구가 우선인 포지션이기에 타격은 무시해도 된다는 의미인 듯했습니다. 우선 외야수는 수비도 수비이지만 방망이가 강해야 하기에 3할, 1루수는 내야 가운데 가장 수비 부담이 적다고 여겨 3할 타율을 요구하지 않았나 생각합니다. 그리고 유격수는 공격보다는 수비가 중요하기에 내야수 가운데서는 타율이 조금 낮아도 괜찮다, 포수는 수비 부담이 크기에 그 정도면 충분하다고 판단하지 않았을까 합니다. 그러면서 야구는 역시 센터라인, 즉 포수 - 유격수 - 2루수 - 중견수가 강해야 한다고 했습니다. 그들이 수비의 중심이기 때문이라는 것입니다. 이는 아무래도 가운데 방향으로 공이 많이 간다는 의미 아니겠습니까. 그런 배경에서 각 포지션에 따른 타율을 말한 것이겠지요.

그런데 요즘은 수치로 공격을 평가합니다. wRC+라는 지표인데 보통 조정 득점 창출력이라고 합니다. 평균 타격 생산력이라고도 부르는데, 타자의 타격 능력을 보여 주는 수치로서 주루 능력도 일부 포함하지만, 꽤 믿을 만한 공격 능력 지표입니다. 복잡한 계산 과정은 저도 잘 모르니 넘어가기로 하고, 읽는 방법만 보겠습니다. 100을 기준으로 하여 100보다 높으면 타격으로 인한 득점 생산력이 좋은 겁니다. 110이면 평균보다 10퍼센트 잘하고, 90이면 평균보다 10퍼센트 못한다고 해석합니다.

메이저리그 전체 역사를 기준으로 하는 포지션 평균 타격 생산력(wRC+)은 다음과 같다고 합니다. 투수 21, 포수 87, 1루수 111, 2루수 92, 3루수 99, 유격수 86, 우익수 110, 중견수 103, 좌익수 108, 지명타자 111. 이를 바탕으로 포지션 조정 wRC+(PoswRC+)를 만들 수 있습니다. 포지션의 특성이 다르므로 이를 수치로 반영합니다. 유격수와 지명타자는 다른 포지션, 즉 다른 환경에서 시합하므로 이를 반영한다는 취지입니다. 그래서 포지션 조정 wRC+를 만들면 다음과 같습니다. 투수 +79, 포수 +13, 1루수 -11, 2루수 +8, 3루수 +1, 유격수 +14, 우익수 -10, 중견수 -3, 좌익수 -8, 지명타자 -11. 두 자료를 합하면, 다음과 같은 해석이 나옵니다. 유격수와 좌익수로 출전한 두 선수가 똑같이 wRC+에서 100을 기록해도, 조정을 하면 유격수이기에 +14를 해서 114이고, 지명타자는 -11을 해서 89가 됩니다. 이렇게 되면 유격수가 공격에서 더 좋은 모습을 보인다고 해석합니다. 여기에 인용한 수치는 인터넷 나무위키 wRC+ 항목을 인용한 것입니다. 팬그래프와 베이스볼 레퍼런스와는 다를 수 있습니다.

그런데, 이런 지표를 예전의 해설과 비교해 보면 차이가 그렇게 큰 것 같지는 않습니다. 포지션 조정 타격 생산력은 수비가 어려운 자리라면 가산점을 줍니다. 예를 들어 유격수는 제일 힘든 자리이기에 +14이고, 다음은 포수로 +13, 그리고 2루수 +8입니다. 제일 수비 부담이 적은 자리는 -11인 지명타자와 1루수이고, 그다음은 -10인 우익수이며, 좌익수는 -8입니다. 따라서 수비 부담이 적은 자리는 대신 공격을 잘해야 합니다. 예전에 1루수와 외야수에게 3할 타율을 요구했던 것도 그래서입니다. 수비 부담이 큰 유격수와 포수에게 각각 2할 5푼, 2할 2푼 정도의 타율을 바랐던 것도 마찬가지입니다. 거의 비슷하지 않나요. 조정하지 않은 앞의 wRC+를 보아도 비슷합니다. 타격 생산력이 100을 넘는 포지션은 1루수, 우익수, 좌익수, 중견수 그리고 지명타자입니다. 3할 이상을 요구하는 1루수와 외야수와 일치합니다. 예전에는 지명타자가 없었으니 제외해도 괜찮겠지요. 그리고 포수의 생산력이 가장 떨어지고(물론 투수는 예외입니다), 유격수가 2루수, 3루수보다 타격 생산력이 떨어지는데, 이 역시 예전의 통념과 거의 일치합니다.

요즘은 야구의 많은 부분을 수치로 환산해 지표로 만들고 표를 만듭니다. 그리하여 경험에 의존한 예전의 주장들이 얼마나 사실과 부합하는지를 확인할 수 있는데, 별로 차이가 없어 흥미롭습니다. 물론 wRC+는 공격 기여도가 아니라 타격 기여도이지만, 타자를 파악하는 데에 크게 도움이 됩니다.

여기에서 한국 프로야구에서 가장 높은 wRC+를 기록한 선수 가운데 몇 명을 골라 PoswRC+로 바꿔보겠습니다. 통계를 보면 장효조가 wRC+ 166.7로 선두이고 양준혁, 김기태 순으로 이어집니다. 장효조를 우익수로 여기면 −10, 즉 10점을 감점하므로 156.7이 되고, 양준혁을 1루수로 본다면 원래165.4인데 -11이므로 154.4가 됩니다. 별 차이가 없습니다. 각각 외야수, 1루수이니까요. 그런데 이만수는 다릅니다. 원래 152.8인데 조정하면 포수이므로 +13이 되어, 165.8이 됩니다. 수비 부담이 큰 포수로서 조정 지표는 최고가 됩니다. 장효조보다 16퍼센트가 앞서는 기록입니다. 이렇게 하면 이종범은 126.1에서 140.1로 오릅니다. 이 조정 수치는 이정후의 조정 수치 141.3, 심정수의 141.5와 비슷하고, 정근우의 120을 크게 웃돕니다. 그리고 김동주의 조정 수치는 150.5로 이승엽의 139를 능가합니다.

wRC+는 타자의 생산 능력만이 아니라 구장 조건과 시기와 같은 중요한 외부 요인을 셈합니다. 타자에게 유리한 구장이 있고 불리한 구장이 있으며, 유독 타자들이 잘 치는 해가 있고, 또 어떤 해에는 타자들이 투수에 눌리기도 합니다. 그리고 홈구장이 아무래도 유리하겠지요. 이런 요인 모두를 셈하여 기준을 100으로 삼기에, 이 수치는 완전히 다른 시기, 완전히 다른 구장을 조건으로 가져도 선수들을 비교할 수 있습니다.

이런 지표는 강타자는 어떤 수치로 보아도 강타자라는 인상을 줍니다. 옛날의 평가 또한 헛되지 않으며 경험으로 얻은 지식도 쓸모 있다고 알려 주기도 합니다. 하지만 어떤 선수에 대한 인상과는 다른 평가로 보이기도 합니다. 저는 장효조 선수의 실력에 대해 다소 부정적으로 평가했습니다. 단타는 잘 치지만 장타는 별로 못 치며 중요한 순간에 한 방이 없다는 것이 제 인상이었습니다. 대구상고 시절부터 보았기에 제 인상을 별로 의심하지 않았습니다. 타율은 높지만, 큰 경기에 약하고 타격 전체로 보아도 뛰어나다는 인상은 별로 없었습니다. 하지만, 조정 득점 창출력과 포지션 조정 득점 창출력을 보면 제 인상은 잘못된 것이었음이 분명합니다. 우익수라는 점을 감안한 조정 수치를 보아도 평균적인 선수보다 56퍼센트 정도는 뛰어난 선수니까요. 그리고 이만수 선수 또한 다시 보게 되었습니다. 그저 홈런을 잘 치고 한때 타격 3관왕을 한 선수 정도로 생각했는데, 조정 수치가 165.8로 놀라울 정도네요. 생각을 고쳐야겠습니다.

타격을 기준으로 하는 선수의 득점 생산력을 예전의 통설과 요즘의 조정 수치를 비교하여 살펴보았습니다. 크게 다르지는 않지만, 수치로 확인하니 더 명확해지는 느낌입니다. 이런 생각이 듭니다. 모든 포지션을 타율이 3할 이상 되는 선수로 구성하면, 수비에 문제가 조금 생기더라도 더 나은 팀이 되지 않을까요. 이런 꿈의 팀을 구성하기 위해 메이저리그 팀들은 애를 쓰지 않을까요. 그리고 올스타 경기에서 가끔 이런 팀을 봅니다. 물론 모두 3할 이상이지는 않습니다. 요즘은 3할 타자를 보기 힘드니까요. 어쨌든 타율이 높고 득점 생산력이 좋은 선수들로 구성한 팀이라도 기대만큼 강팀은 아닙니다. 이상하게 강타자만 모아 놓아도 역시 잘 치는 선수와 못 치는 선수로 나닙니다. 모두 다 잘 치는 경우는 아주 드물지요. 못 치는 타자들이 가끔 신들린 듯이 쳐서 중요한 경기에서 승리를 거두는 일이 꽤 자주 있지요. 공부 잘하는 학생들만 모아 놓으면 모두 잘하지 않을까 혹은 더 잘하지 않을까 기대하지만, 역시 종 모양의 정상 분포가 이루어집니다. 야구도 다르지 않아 보입니다.

자기의 능력에 따라 그에 맞는 자리를 찾는 일이 인생에서 중요해 보입니다. 누구나 포지션 조정 wRC+에서 150 이상을 받을 수는 없습니다. 또 그럴 필요도 없습니다. 누구나 받는다면 150이 기준 점수가 되겠지요. 자신에게 맞는 자리를 찾아 그 자리에서 요구하는 바를 수행하면 자신도 팀도 만족할 수 있습니다. 그리고 포수나 유격수는 수비 부담이 크니 타격에서 조금 부족해도 누구나 용인해 주는 것은 공평합니다. 수비에서 부담이 크다면 공격에서 부담을 덜어 주는 것이 공평하지 않을까요? 요즘에는 이런 공평함을 수치를 통해 새롭게 보여 주고 있습니다.

왜 〈고로〉인지 도저히 모르겠어요

허구연 씨가 한 야구 중계에서 왜 일본어로 땅볼을 〈고로〉라고 하는지 도저히 모르겠다고 한 적이 있습니다. 지금은 바로 인터넷으로 찾으면 됩니다. 〈구라운다(grounder)의 전와(轉訛)〉라고, 또는 〈고로고로(데굴데굴) 굴러가기 때문이라고도 함〉이라고 나옵니다. 〈구라운다〉, 〈고로고로〉는 일본어 표현입니다. 여기에서 〈전와〉는 잘못 전해졌다는 뜻인데, 저는 이쪽을 지지합니다. 즉 영어 〈grounder〉에서 앞의 세 글자인 〈gro〉를 취해서 일본어로 표기한 것이 〈고로〉가 아닐까 합니다. 일본어에서 약자는 흔히 앞의 글자를 취하는 것이 보통입니다. 그리고 〈서울〉을 〈서우루〉라고 발음하는 데에서 알 수 있듯이 보통 앞이나 뒤의 모음과 같은 모음을 만들어 붙입니다. 그리하여 〈고로〉가 만들어지지 않았을까, 생각합니다. 물론 저의 얕은 지식으로 해보는 상상입니다.

한국에는 일본을 통해 야구가 들어왔기에 초창기에는 일본 야구 용어의 사용을 피하기 어려웠습니다. 우선은 아쉬운 대로 쓰게 마련이니까요. 이런 사정은 일본도 마찬가지였겠지요. 문화 수입 과정으로 보아야 하는데, 〈야구(野球)〉라는 말도 일본의 작품입니다. 지금도 야구로 통용되고 있습니다. 투수, 포수, 1루수, 좌익수, 감독, 선수와 같은 기본 용어도 한자음 그대로 일본 용어를 사용하고 있습니다. 부자연스럽지는 않습니다. 시간이 지나면서 용어도 점차 바뀝니다.

제가 어렸을 때 들었던 용어들도 어느 때부터인지 모르게 바뀌기 시작했습니다. 〈데드 볼〉이란 용어는 참 많이 들었습니다. 죽은 볼? 요즘에는 〈몸에 맞는 볼〉이라고 합니다. 그전에는 사구(死球)라고도 했는데 데드 볼을 그대로 한자로 옮긴 거겠죠. 다른 사구도 있었는데 사구(四球)라고 했습니다. 요즘은 〈볼넷〉이라 부릅니다. 〈볼넷〉은 영어로 base on balls라, 베이스 온 볼스, 포볼, 볼넷으로 바뀌었습니다. 영어 〈유니폼 넘버〉는 일본에서는 〈백 넘버〉, 우리나라에서는 〈배번〉이고, 투수의 제구력을 말해 주는 〈코너워크〉는 일본 용어이고 영어로는 〈로케이션〉입니다. 요즘에는 로케이션을 많이 쓰고 있지요. 그리고 타자 몸 쪽으로 들어오는 공을 일본에서는 〈인 코스〉라고 하지만, 영어로는 〈인사이드〉입니다. 우리나라에서도 요즘은 인사이드라고 합니다.

그러고 보니 많이 있군요. 어렸을 때 공이 평범하게 높이 뜨면, 〈이지 플라이〉라는 일본 용어를 썼으나 이제는 추억의 용어입니다. 평범한 뜬공 혹은 평범한 플라이라고 합니다. 영어로는 〈루틴 플라이〉라고 하네요. 이 외에도 많습니다. 우리가 의식하여 일본식 용어를 고치려고 노력한 결과이기도 하지만 원래 말은 시대와 환경에 따라 변하기 마련입니다. 미국 야구를 접하는 일이 잦아지다 보니 어색한 일본식 용어가 눈에 들어오게 되었겠죠. 미국에서는 이렇게 표현하는데 일본식 용어는 뭔가 이상하다든가 아니면 요즘 말투나 유행과 맞지 않는다는 감각이 작동하지 않았을까요.

제 생각에 우리가 쓰는 야구 용어가 변화한 원인 가운데 하나는 박찬호의 메이저리그 진출이 아닐까 합니다. 그전에 메이저리그는 추상의 존재였습니다. 아, 미국에는 메이저리그라는 게 있는데, 전 세계에서 야구 잘하는 선수들만 모인다, 실력이 엄청 뛰어나다, 이런 수준이었습니다. 실제로 본 적이 없을 뿐 아니라 메이저리그에 진출한 선수도 제 기억에는 없었습니다. 그런데 박찬호 선수가 메이저리그에 데

뷔했고, 그리하여 메이저리그 경기가 실시간으로 중계되기 시작했습니다. 대단한 변화였지요. 구장은 넓고 멋있었습니다. 선수들의 플레이도 멋졌지요. 수비, 공격 모두 훌륭했습니다.

이런 경기를 몇 년 계속 보니 점차 눈이 높아지기도 하고, 자신도 모르게 미국 야구 용어에 익숙해졌습니다. 현지 중계를 하는 메이저리그 전문가가 등장하며 새로운 해설자 그룹이 생겼습니다. 미국 야구를 해설하는 사람들은 당연히 미국 야구 용어를 사용했습니다. 전에는 들어보지 못한 〈백 투 백 홈런〉이란 용어를 듣게 되었습니다. 두 타자 연속 홈런은 예전에는 〈랑데부 홈런〉이라 했는데 미국에서는 달랐습니다. 랑데부 홈런은 낭만을 머금고 있기는 하지만 이제 더는 사용하지 않습니다. 저는 〈사이클링 히트〉가 미국 용어인 줄 알았습니다. 영어로 되어 있고 뜻도 그럴듯하니까요. 단타, 2루타, 3루타, 홈런을 한 경기에서 다 기록하면 원을 완성하는 느낌이 나서인지 아무 의심도 하지 않았으나, 그것은 일본 용어였습니다. 미국에서는 〈히트 포 더 사이클〉, 혹은 〈올마이티 히트〉라고 하더군요. 메이저리그의 안방 진출로 많은 변화가 일어났습니다.

용어뿐 아니라 게임을 보는 시각에도 변화가 생겼습니

다. 메이저리그에서도 어이없는 에러가 나옵니다. 에러 없는 게임만 있는 줄 알았는데 아니었습니다. 게다가 모든 타자가 다 잘 치는 것도 아니었습니다. 수준은 높지만, 게임은 게임이라 여러 상황이 벌어진다는 점에서는 한국 야구와 크게 다르지도 않다는 걸 알게 되었지요. 하지만 게임의 수준 차이는 더 크게 느껴지기도 했습니다. 우리나라 선수가 메이저리그에 진출하는 일이 늘었지만, 성공은 쉽지 않았기에 그런 생각이 들었습니다.

박찬호 이후 꽤 많은 유망주가 미국으로 건너갔지만, 추신수를 제외하고는 성공 사례가 크게 눈에 띄지 않습니다. 성공의 척도를 연봉으로 본다면 류현진도 포함될 수 있겠으나 저는 역시 추신수가 잘했다고 생각합니다. 지금은 김하성과 김혜성이 뛰고 있습니다. 하지만 미미해 보입니다. 메이저리그에서 한국 선수가 차지하는 비중이란 말은 아직은 어색하지요. 하나의 흐름을 형성했다고 하기도 어렵습니다. 그저 아시아에서 온 선수가 아닐까요. 베네수엘라, 도미니카와는 차원이 다릅니다.

그래도 여전히 용어는 변합니다. 교류가 생기고 꽤 많은 시간 메이저리그가 실시간으로 중계되고 있으니까요. 〈라이너〉 대신 〈라인 드라이브〉, 〈헤드 슬라이딩〉이 아니라 〈헤드

퍼스트 슬라이딩〉이 중계 용어가 되었습니다. 〈퀵 모션〉이 아니라 〈슬라이드 스텝〉, 〈키스톤 플레이〉가 아니라 〈키스톤 콤비네이션〉으로 바뀌었습니다.

1982년 서울에서 열린 세계야구선수권대회에서 한국은 일본을 꺾고 우승했습니다. 열광이 대단했었죠. 그전에 국제 대회에서 우승한 적은 있으나 세계 선수권은 처음이라 모두 흥분했던 기억이 납니다. 그런데 이 대회에 참가한 일본 팀은 프로가 아닌 사회인야구 선수로 이루어져 있었습니다. 프로야구 선수는 아예 선발 대상이 아니었습니다. 수준 차이가 심하기에 사회인 선수로 충분하다는 판단이었고, 이런 흐름은 꽤 오래 지속되었습니다.

일본 프로야구가 국제 대회에 참가하기 시작한 시기는 2000년대 초였던 것으로 기억합니다. 그러다가 2010년 이후 최강 팀을 구성하기 시작해 좋은 성적을 냈습니다. 지금도 일본이 야구 세계 랭킹 1위라고 합니다. 그동안 수준 차이 때문인지 두 나라의 교류는 활발하지 않습니다. 아주 오래전에 백인천 선수가 일본으로 건너가 오랫동안 활약하면서 수위 타자로 활약한 적이 있지만, 단발성이었습니다. 흐름이 이어지지 않아 별다른 흔적을 남기지는 못했습니다. 거의 교류가 없다가 선동열, 이종범 등이 진출하고 이대호, 이승엽 등이 건너가면서 활성화되는 듯 보였지만, 역시 흐름이 되지는 못했습니다. 뛰어난 개인이 일본에 진출했을 뿐 두 나라 사이에 무엇인가가 일어나지는 않았습니다. 물론 전과는 다르게 중요한 게임에서 일본도 한국에 지곤 하여, 이제는 한국을 상당히 견제하게 되었습니다. 예전의 한국이 아니란 걸 알게 되었지요. 그렇다고 해서 흐름이 크게 바뀌었는지는 모르겠습니다. 일본이 한국 선수를 적극적으로 수입하려 하지도 않고, 한국을 의식하면서 국제 대회를 치르는 것 같지도 않습니다. 미국이나 중남미를 더 신경 쓰겠지요.

용어는 시대 흐름이나 환경에 따라 바뀝니다. 자연스러운 현상입니다. 〈고로〉가 일본에서는 땅볼을 가리키지만 한국에서 그것을 그대로 쓰기에는 뭔가 이상했을 겁니다. 투수나 포수 같은 일본식 한자어도 우리에게는 맞지 않아 보입니다. 저는 일본의 조어 감각도 그들에게 맞는 방향으로 간다고 여깁니다. 예를 들어, 번트 자세를 취했다가 재빨리 타격으로 전환하는 것을 미국에서는 〈페이크 번트 앤드 슬래시〉라고 하는데, 일본에서는 이를 〈버스터〉라고 합니다. 영어는 이해가 갑니다. 속임수 번트를 하다 냅다 벤다는 의미인 듯한데, 버스터는 뭔가요? 영어인가요? 따라갈 수가 없네요.

야구라는 단어의 기원에 대해 재미있는 가설을 본 적이

있습니다. 〈고인돌〉이란 만화에 나왔던 것으로 기억합니다. 아주아주 오래전에 고릴라들이 두 팀으로 나뉘어 지금의 야구와 비슷한 시합을 했는데, 이긴 팀은 〈야〉를 외쳤고 진 팀은 고개를 떨구고 〈구〉 하고 울었다고 합니다.

다이아몬드

야구장 홈 플레이트, 1루 베이스, 2루 베이스, 3루 베이스를 연결하면 각 변의 길이가 90피트인 정사각형이 됩니다. 저는 이 사실을 오랫동안 몰랐습니다. TV 화면에는 홈 플레이트 뒤에서 잡은 모습만 나왔기에 광각으로 보였지요. 야구장 2층이나 3층에서 보니 비로소 직각으로 보이기 시작했죠. 그런데 홈 플레이트 뒤에서 보면 여전히 직각이 아닌 것처럼 보입니다. 일종의 착시이죠. 직각인데 직각이 아닌 것처럼 보이니까요. 그래서 사람들은 야구장 내야를 다이아몬드라고 멋있게 표현합니다. 아마도 중계나 기사에서 처음 등장했을 겁니다. 다이아몬드는 이미지로는 정사각형보다는 마름모에 가깝습니다. 보통 마름모꼴로 다이아몬드의 이미지를 만

들지요. 야구장 내야는 1루와 3루 베이스 사이가 홈 플레이트와 2루 베이스 사이보다 길어 보입니다. 그래서 다이아몬드 이미지처럼 보이지요.

과학과 철학은 현상과 실재를 구분합니다. 컵 속 물에 잠긴 빨대를 생각하면 쉽습니다. 실제로 빨대는 휘지 않았지만 눈에는 휘어 보입니다. 그래서 과학과 철학에서는 보이는 대로 믿지 말고 실재를 탐구하라고 권합니다. 이는 물론 올바른 태도이지만, 일상에서는 현상 그대로를 즐겨도 상관없습니다. 아니, 그러는 쪽이 더 좋습니다. 보이는 대로가 실재가 아니라는 사실만 알고 있으면 됩니다.

야구장 내야는 다이아몬드가 아니라 사실은 정사각형이라고 정색하여 말할 필요는 없습니다. 다이아몬드처럼 보이면 그렇게 생각하면 됩니다. 우리는 때때로 속기 위해, 착각을 즐기기 위해 기꺼이 돈을 지불하고 시간을 냅니다. 마술을 보러 갑니다. 현란하고 자연스럽고 상상을 뛰어넘는 마술은 사실 과학과 공학을 바탕으로 하는 트릭입니다. 누구나 알고 있지 않습니까. 그래도 마술은 신기하고 재밌습니다. 야구장에는 다이아몬드가 있다, 그리고 다이아몬드를 가르는 안타가 있다, 이렇게 생각해도 좋습니다.

저만 몰랐던, 야구장에 관한 또 하나의 흥미로운 이야

기가 있습니다. 강제 규정은 아니지만 야구장은 타자가 투수를 보는 방향이 동쪽 혹은 북동쪽이 되도록 짓는다고 합니다. 아마도 햇빛 때문이겠지요. 타자가 눈이 부시지 않도록 하려는 것일 텐데, 이러면 야수가 햇빛에 노출됩니다. 가장 큰 피해자는 우익수가 되고요. 메이저리그 구장은 모두가 동쪽이나 북동쪽으로 지어진 것은 아닙니다. 샌프란시스코 자이언츠 구장(오라클 파크)는 남동쪽, 샌디에이고 파드리스 구장(펫코 파크)는 북쪽을 향하고 있습니다. 문득, 잠실야구장은 어느 쪽인지 궁금해졌습니다. 알아보니 잠실운동장, 동대문야구장 모두 북동쪽을 향해 지어졌다고 합니다.

〈사우스포(southpaw)〉라는 용어가 있습니다. 처음 들었을 때 조금 생경한 느낌이 들었습니다. 남쪽 손이나 발? 무슨 말인지 알기 어렵습니다. 해설자가 왼손잡이 투수를 가리킨다고 말해 주어도 여전히 이상합니다. 남쪽 손이나 발과 왼손잡이 투수와 무슨 상관이 있을까? 이는 구장과 관련이 있다고 합니다. 구장을 동쪽이나 북동쪽을 향하게 지으면 왼손 투수가 투구할 때 왼손이 남쪽을 향하게 되므로, 왼손 투수를 사우스포라 불렀다고 합니다. 그런데 왜 특별히 왼손 투수에게만 이런 별칭을 붙였을까요? 오른손 투수의 별칭을 들은 적은 없습니다.

　야구에서 왼손 투수는 대접받습니다. 희귀하기 때문이라고 합니다. 오른손잡이, 왼손잡이는 유전으로 결정되는데, 그 비율이 보통 80 대 20이라고 합니다. 하지만 사회 환경 영향으로 왼손잡이의 반은 훈련을 통해 오른손잡이로 바뀌기에, 인구의 10퍼센트 정도만 왼손잡이로 삽니다. 메이저리그 기준으로 좌완 투수의 비율은 20퍼센트 정도 된다고 합니다. 이는 대부분이 오른손잡이인 타자는 왼손 투수의 공을 칠 기회가 적고, 그렇다 보니 왼손 투수의 공이 눈에 익지 않아 잘 치지 못한다는 걸 의미합니다. 특히 좌타자는 좌완 투수를 만날 기회가 우완 투수에 비해 눈에 띄게 적어 고전하곤 합니다.

　왼손 투수가 대접받는 데에는 기술적인 측면도 있습니다. 전문가들의 견해를 정리해 보겠습니다. 우선 좌투수의 공은 우타자 몸 쪽으로 더 자연스럽게 파고들기에 더 빠르게 느껴집니다. 좌완 투수가 던지는 시속 135킬로미터 정도의 빠른 공은 우완 투수의 145킬로미터와 체감 속도가 비슷하다고 합니다. 그리고 좌투수가 던지는 공은 공을 놓는 포인트가 잘 보이지 않습니다. 우타자 입장에서는 좌투수의 머리나 몸통이 공을 놓은 순간을 가려서 대처하기에 어려움이 있습니다. 공을 놓은 포인트를 명확히 보면 그만큼 치기가 쉬워서, 투수는 공 놓은 순간을 감추기 위해 여러 방법을 동원하는데, 왼손 투수는 이런 문제를 자연스럽게 해결할 수 있습니다. 이런 유리한 조건에 구속까지 빠르다면 더할 나위 없이 좋겠지요. 150킬로미터를 던지는 좌완 투수라면, 우선 체감 구속부터 타자에게 어마어마한 위압감을 줄 겁니다. 가장 큰 무기지요. 그리고 우타자의 바깥쪽으로 자연스럽게 직선으로 던지면 더욱 효과적이겠지요.

사정이 이러하다 보니 일부러 왼손 투수가 되고자 훈련하는 경우도 있습니다. 류현진 선수는 스스로 선택하여 왼손으로 공을 던지게 되었습니다. 다른손잡이라고 할 수 있습니다. 흥미로운 통계가 있습니다(국내 기록입니다). 왼손잡이든 오른손잡이든 좌타석에 들어선 비율이 2023년 기준 50.3퍼센트입니다. 이제는 좌우 거의 같은 비율로 타석에 들어선다는 뜻으로 이는 좌타석이 유리하다는 증거겠지요. 1982년의 13.4퍼센트에 비하면 대폭적으로 늘었습니다.

하지만 투수는 다릅니다. 좌완 투수의 비율은 2023년 26.8퍼센트로 2013년의 29.9퍼센트에 비해 오히려 줄어들었습니다. 왼손 투수 가운데 선수 생활을 오래 한 사례가 꽤 많습니다. 한국 야구에는 구대성, 송진우, 류택현 등이 있고, 일본에는 50세에도 현역으로 뛴 야마모토 마사가 있고, 메이

저리그에서는 제이미 모이어가 49세 150일에 승리투수가
되었다고 합니다.

역도루는 아웃이다

통산 892개의 도루에 성공했다는 타이 콥은 가장 뛰어난 야구 선수 가운데 한 명입니다. 메이저리그에서 그는 홈 플레이트를 훔치는 스틸링 홈(예전에는 〈홈 스틸〉이라고 했습니다)을 54개나 해냈습니다. 물론 아주 오래된 기록입니다. 1979년에 메이저리그에 들어온 리키 핸더슨은 통산 1,406개의 도루를 기록했지만, 홈 훔치기에 성공한 것은 딱 네 번뿐이었습니다. 그런데 타이 콥은 역(逆)도루는 아웃이라는 조항을 신설하게 한 장본인이라고 합니다. 당시에는 이런 조항이 없었는데, 타이 콥이 하도 역도루를 많이 해서 어쩔 수 없이 만들었다고 합니다.

그가 역도루를 한 이유는 물론 팀의 득점을 위해서였습

니다. 예를 들어, 주자가 1, 3루에 있습니다. 1루에 있던 타이 콥이 2루로 도루를 시도합니다. 포수가 2루로 공을 던지는 사이에 3루 주자가 홈으로 들어와 득점합니다. 여기까지는 아무 문제 없는 더블 스틸 상황입니다. 그런데 주자가 2, 3루에 있다고 해봅시다. 2루에 있던 타이 콥이 1루로 도루하면, 그사이에 3루 주자가 홈으로 들어오고, 타이 콥은 1루에서 다시 2루로 도루합니다. 어지럽군요.

어떤 책을 보면 1908년 저머니 셰퍼가 2루에서 1루로 역도루하는 장면이 나옵니다. 하지만 이 때문에 역도루는 아웃이라는 규정이 생겼는지는 분명해 보이지 않습니다. 타이 콥 때문이라고 제가 말하는 이유는 예전에 『주간야구』에서 읽은 기억이 나기 때문입니다. 그의 도루는 거칠기로 유명했습니다. 스파이크의 징을 예리하게 갈고 나온다는 말까지 있었습니다. 그야말로 죽기 살기로 했습니다. 그의 장례식에 참석한 동료는 별로 없었습니다.

얼핏 보면 도루는 생산성이 좋아 보입니다. 안타 없이 주자가 한 베이스를 더 가는 것으로 득점에 도움을 주니까요. 그래서 기동력을 강조하는 감독은 도루를 선호합니다. 베이스를 훔치고 틈만 나면 달리는 거죠. 제가 어렸을 때 도루왕은 대단한 인기였습니다. 한동화, 이해창, 김일권 등이 기억에 남아 있고 최근에는 이대형 선수가 있네요. 메이저리그에서도 1980년대에 도루가 가장 많았습니다. 리키 핸더슨도 이때 활약했지요. 그러다가 야구 흐름이 바뀌어 도루가 점차 줄어들고 장타가 더 높게 평가받기 시작합니다. 도루는 상당히 위험한 플레이입니다. 부상으로 게임에 나설 수 없다면 큰 문제가 되기에 되도록 도루를 자제하는 흐름이 생겼습니다. 장타 한 방을 치는 게 낫지 굳이 위험을 무릅쓸 필요가 없다고 생각했습니다. 하지만 내야의 활력은 떨어졌지요. 재미가 없어졌습니다. 역동성이 사라진 거죠. 장타에 의존하고 도루를 하지 않으니, 사바나 초원은 활기가 사라지게 되었습니다.

그리하여 메이저리그에서는 2023년 베이스 크기를 15인치에서 18인치로 늘립니다. 11센티미터 정도인데 매우 큰 차이죠. 1센티미터로 아웃과 세이프를 가르는 사례도 많으니까요. 그리고 부상 위험을 줄이게 됩니다. 보통 1루 베이스는 바깥쪽은 타자 주자가 밟고, 안쪽은 수비하는 1루수가 밟는데, 베이스 크기가 커지니, 충돌 가능성이 줄어듭니다. 2루나 3루도 마찬가지여서 부상 위험이 줄어드니 도루가 늘었습니다. 메이저리그 기록을 보면 2022년에는 총 2,486회의 도루 시도에 성공률은 75.4퍼센트였는데, 베이스를 키운 2023년에는 도루 시도가 3,503회로 크게 늘었고 성공률도 80.21퍼센트를 기록합니다. 2024년에는 각각 3,617회, 79.1퍼센트를 기록합니다. 확실히 많이 시도하고 성공률도 높아졌습니다. 물론 베이스 크기만이 아니라 투수의 견제 횟수 제한, 투구 제한 시간 등의 영향도 컸다고 봅니다. 어쨌든 다시 도루가 늘었고 성공률도 높아져 사바나 초원은 잃었던 활기를 찾았습니다.

한국도 비슷합니다. 2024년부터 베이스 크기를 확대했는데 지난 5년 평균 성공률 70.80퍼센트를 넘어 74.4퍼센트를 기록합니다. 물론 도루 시도 횟수도 늘었습니다. 성공률이 75퍼센트에 가깝다는 점이 의미가 있습니다. 전문가들은 도루 성공률이 75퍼센트를 넘지 못하면 오히려 효과가 마이너스라고 하기 때문입니다. 야구는 득점을 많이 하는 팀이 이기는 점수 내기 시합이지만, 다른 각도에서 보면 아웃 카운트 관리 시합이기도 합니다. 27개의 아웃 카운트 중에서 도루 실패로 1개를 잃는다면 조금 허무하지 않을까요. 따라서 도루에 영양가가 없다면 신중할 수밖에 없겠지요. 견제사는 도루 실패보다 더 타격이 큰 아웃 카운트가 될 겁니다.

그래서 야구 분석가는 주루의 영양가를 계산하기 시작합니다. 제가 어렸을 때 주루 능력 평가 대상은 도루가 전부였습니다. 공식적으로 기록되는 것은 도루가 전부였고 매년 도루왕을 발표했습니다. 그런데 도루로 유명한 선수들의 영양가를 한번 생각해 볼 필요가 있습니다. 누적 성공 횟수가 아닌 영양가로 평가하면 어떤 결과가 나올까요? 기준을 성공률 75퍼센트로 잡아보겠습니다. 통산 개수를 보면 전준호, 이종범, 정수근, 이대형, 이순철, 김일권, 김주찬, 유지현, 김재박, 이종욱 순입니다. 그런데 75퍼센트를 넘긴 선수는 이종범(81.9퍼센트), 정수근(75.2퍼센트), 이대형(75.3퍼센트), 김주찬(75.3퍼센트), 유지현(77.7퍼센트), 이종욱(78.4퍼센트) 등입니다. 예상보다 많습니다. 가장 낮은 선수는 김재박으로 70.5퍼센트입니다. 도루 성공률에서 홈잡을 데는 별로 없어 보입니다.

그런데 도루 개수와 성공률이 주자의 능력을 충분히 그리고 공정하게 반영하는지는 의문입니다. 예를 들어 2루에 있는 주자가 깊숙한 우익수 플라이에 태그 업 합니다. 요즘은 우익수 어깨가 강한 편이어서 3루 이동이 쉽지 않습니다. 빠른 주자가 필요하지요. 3루에서 희생플라이로 홈에 들어가거나 2루에서 짧은 안타에 홈에 들어가기 위해서는 주력이 좋아야 합니다. 이런 경우는 도루도 아니고 팬들도 그저 잘 뛰네, 정도로 반응할 것입니다. 하지만 실제로는 경기에서 아주 중요하지요. 득점하느냐 못 하느냐를 가를 뿐 아니라 아웃 카운트도 늘어날 수 있기 때문입니다. 그리고 주력이 좋으면 병살을 면할 수 있습니다. 다른 선수라면 아웃되었을 상황에서 빠른 발 덕에 아웃 카운트를 하나 줄일 수 있다면 팀 승리에 도움이 되겠지요. 이런 능력도 도루 못지않게 중요한데 그동안은 셈하지 않았습니다.

그런데 주루 능력을 포괄적으로 평가하는 지표가 나왔습니다. BsR(Base runs, 발 빠른 타자들의 득점 기여도)입니다. 앞에서 말한 상황 모두를 고려하여 주루 능력을 평가하는 지표로서, 0을 평균으로 하여, 8이면 최상이고 −2이면 평균 이하입니다. 예를 들어, 1982년 리키 핸더슨은 아메리칸 리그에서 모두 130개의 도루를 기록했는데, 같은 해 내셔널 리그에서는 팀 레인스가 78개로 가장 많았습니다. 리키 핸더슨이 기록한 도루의 60퍼센트 정도밖에 되지 않네요. 하지만 BsR을 보면 핸더슨은 9.5이고 레인스는 9.3으로 별 차이가 없습니다. 핸더슨이 더 많은 도루를 시도했지만 그의 성공률은 75.5퍼센트였던 데 비해 레인스는 83퍼센트였습니다. 이 지표에는 도루의 성공과 실패만 들어가 있었을 겁니다. 다른 사항, 즉 2루에서 태그 업 하여 3루로 가는 것 등은 2002년부터 셈하기 시작했기 때문입니다.

이런 셈으로 단일 시즌 최상의 BsR을 기록한 세 선수를 꼽는다면, 2012년의 마이크 트라웃(14.3), 2008년의 윌리 타베라스(14.1), 2003년의 카를로스 벨트란(14.0)입니다. 트라웃과 벨트란은 높은 공격 생산력을 갖추고 있었지만 타베라스는 타격이 평균 이하로 오직 수비와 발로 이루어 낸 기록입니다.

도루 개수만이 아니라 성공률, 추가 진루 점수, 병살 방지 점수 등을 셈에 넣는 것이 옳은 듯합니다. 계산하기 쉽고 눈에 잘 띄며 상황 판단이 어렵지 않은 도루만으로 주루 능력을 평가하는 일은 공정해 보이지 않습니다. 셈하기는 어려워도 팀 기여도를 제대로 평가해야 합니다.

그런데, 저는 도루 가운데 스틸링 홈이 가장 이해하기 어렵습니다. 어떻게 투수가 공을 던지고 포수가 받는 동안 주자가 홈에 먼저 들어올 수 있나요? 3루에 있는 주자는 투수 눈에 보이지 않나요? 그런데도 어떻게 성공하는지 모르겠습니다. 이런 도루를 〈스트레이트 스틸 오브 홈〉이라고 한다는데, 정말 글자 그대로입니다. 그냥 냅다 뛰어드는 느낌입니다.

왜 1000만인가?

프로야구 관중 수가 1000만 명을 돌파했습니다. 2024년 1년 동안 야구장을 찾은 관람객의 수인데, 예상보다 훨씬 많은 듯합니다. 연 인원으로 보아도 상당합니다. 1982년 프로야구가 출범한 해에는 140만 명이 야구장을 찾았습니다. 7배 이상 늘었습니다. 그사이 인구가 7배 늘지는 않았겠지요. 통계를 보니 1984년 우리나라 총인구는 4000만 명이 조금 넘었고, 2023년에는 5177만 명을 기록했습니다. 30퍼센트 정도 늘었군요. 그렇다면 인구 증가로 야구 팬 증가를 설명하기는 어려워 보입니다. 다른 요인이 작용했다고 봐야겠지요. 전문가는 아니지만 제 나름으로 몇 가지 원인을 짐작해 보겠습니다.

우선 눈에 보이는 변화부터 보도록 하겠습니다. 전체적으로 야구장이 깨끗하고 쾌적해졌습니다. 예전 동대문야구장하고는 비교할 수도 없습니다. 화장실만 보아도 더 언급할 필요가 없을 겁니다. 정말 불편했던 좌석도 훨씬 편해졌습니다. 먹을거리가 많아지고 맛도 좋아졌습니다. 동대문야구장에서 무엇을 사 먹었는지 기억이 잘 안 납니다. 변변치 않았겠지요. 요즘은 바비큐 시설을 갖춘 곳도 있고 맥주도 마실 수 있습니다. 예전에는 야구장에서 술을 마실 수 없었기에 소주를 몰래몰래 팔았습니다. 사실 〈몰래몰래〉는 아니었습니다. 돈을 던지면 술 파는 사람이 관중석 사이를 누비면서 소주병을 정확하게 던져주었기 때문입니다. 소주병 던지는 솜씨가 일품이었습니다. 지금은 야구장에서 맥주 마시기는 일상입니다. 테이블까지 마련된 좌석도 있습니다. 어린이를 돌보아 주는 공간도 있습니다. 야외 놀이터 같습니다. 먹고 마시며 재미있는 퍼레이드를 보는 것과 별로 다르지 않습니다. 야구장은 이제 테마파크입니다. 물로 테마는 야구이지요. 그런데 보통 테마파크보다 이용료는 훨씬 쌉니다.

예전에는 보지 못했던 노래와 춤 그리고 파도타기가 있습니다. 동대문야구장에서는 노래를 들어본 적이 거의 없습니다. 국민의례 때 애국가나 들었을까요. 응원가라는 것은 없다시피 했고, 고교야구 시합에서는 교가가 흘러나오곤 했지요. 대학야구에는 응원가가 있긴 했지만, 물론 지금과는 달랐습니다. 지금은 선수마다 응원가가 있습니다. 선수가 등장하면 노래가 나옵니다. 상상할 수 없었던 장면입니다. 영화의 주인공도 아닌데 등장 음악이 있다니 놀랍습니다. 메이저리그에서도 볼 수 없는 풍경이지요. 그리고 관객들이 응원가를 다 따라 부릅니다. 선수들이 등장할 때마다 부릅니다. 거의 시합 내내 부른다고 봐야죠. 야외 노래방입니다. 정확히는 야외 떼창 노래방입니다. 장관입니다.

노래하는 데서 그치지 않고 춤까지 춥니다. 시합 내내 서서 춤을 추는 것 같습니다. 두 시간 이상 노래와 춤이 계속되니 노래방 겸 무도장으로 보일 수도 있겠습니다. 몸에도 좋고 정신에도 도움이 됩니다. 야외 어디서 맑은 공기를 쐬며 목청껏 노래하고 춤출 수 있겠습니다. 그것도 많은 사람과 함께 신이 나서 말입니다. 여기에서 그치지 않습니다. 때때로 파도타기도 해야 합니다. 밀려오는 파도에 혼자만 저항할 수는 없으니, 기꺼이 파도의 한 조각이 되어야 합니다. 흥을 돋우는 치어리더까지 있습니다. 이런 모습은 축제와 다름없어 보입니다. 이 정도면 야구 축제라 할 수 있지 않을까요. 한국 야구장은 축제의 장입니다.

요즘 야구는 야구장에서 그치고 마는 것이 아닙니다. 예전에는 시합 다음 날 신문에 경기 결과만 나오는 게 고작이었습니다. 중요한 경기는 그나마 자세하게 정리되었지만, 대부분은 그렇지 않았습니다. 그래서 기억 속에만 남고 증발해버리는 느낌이었지요. 아주아주 가끔 같은 시합을 관람한 사람을 만나기도 했지만, 그럴 확률은 0에 가까웠습니다. 거의 모든 시합은 보통 그날로 수명을 다했습니다.

하지만 요즘은 다릅니다. SNS가 생겼습니다. 자신이 본 시합을 SNS에 올려서 많은 사람과 공유합니다. 결과뿐 아니라 시합과 관련한 많은 것들을 올립니다. 경기장, 햄버거, 옆 사람 모습, 심판의 찡그린 표정, 자신이 좋아하는 선수의 뒷모습, 하늘 풍경 등등 끝이 없습니다. 응원하는 팀이 원정 경기를 가서 직접 볼 수 없을 때는 동호인끼리 모입니다. 모여서 함께 TV를 보며 응원하는 거죠. 이때 유니폼을 입고 오기도 하고, 선수 실착 유니폼을 자랑하기도 하고, 팀에 관한 정보를 교환하기도 합니다. 야구장이 아닌 장소들에서도 함께 모여 야구에 대한 관심을 이어가고 있습니다. 경매를 통해 유니폼뿐 아니라 배트, 공 등을 사고팔기도 합니다. 야구 시합은 소재에 불과할 뿐이라는 생각이 들 정도입니다.

중요한 점은 이러한 문화에 호응하는 사람이 많다는 겁

니다. 반응은 새로운 반응을 낳습니다. 그 과정에서 동질감과 안도감 그리고 소소한 행복을 느낍니다. 시합은 사라지지 않았습니다. 다른 사람들과의 공유를 통해 생명을 얻는다고 해야 할까요. 자기 생활의 일부가 되어 곁에 머물게 됩니다. SNS는 관계 네트워크로 아주 유용합니다. 혼자가 아니라는 안도감과 안정감 그리고 친밀감까지 주니까요.

이런 변화 밑에는 사회구조의 변화가 있다고 생각합니다. 무엇보다도 1인 가구가 증가했습니다. 우리나라 1인 가구 증가를 보면 조금 놀랍습니다. 2024년 1인 가구 비율은 41.8퍼센트입니다. 1982년의 4.85퍼센트와 비교하면 엄청난 차이입니다. 8.6배 정도 늘었습니다. 2005년에 20퍼센트가 되었고, 2023년에는 35.5퍼센트로 1000만 명을 넘었다고 합니다. 혼자 사는 사람이 많아지다 보면 야구장을 찾는 사람 또한 많아질 수 있습니다. 다른 가족 구성원들과의 합의 과정이 필요 없기 때문에 평소 야구에 관심이 있다면 더 자주 야구장을 찾을 가능성이 높죠. 요즘 야구장은 혼자 가도 아무 불편함 없이 즐길 수 있는 환경이 마련되어 있어서 더더욱 그렇습니다. 혼자 사는 사람들이 외부 활동에서 소속감을 찾으려는 경향이 늘어나는 것도 영향을 미칠 수 있겠습니다.

이와 더불어 여성 관람객의 비율이 증가합니다. 제가 기억하기로는 동대문야구장에 여성 관람객은 많지 않았습니다. 대학 경기는 몰라도 실업야구는 주로 남성들이 보러 왔습니다. 프로야구의 경우에도 초창기에는 여성 관람객 비율이 높지 않았습니다. 그런데 2003년에 구장을 찾은 여성의 비율이 29퍼센트가 됩니다. 2016년에는 38.1퍼센트, 2021년에는 38.5퍼센트를 찍더니 2022년에는 53.2퍼센트를 기록하여 남성을 추월합니다. 다음 해인 2023년에는 55퍼센트를 기록하여, 일시적인 현상이 아니란 걸 드러냅니다. 정말 상상하지 못했던 일입니다. 정말 많이 변했습니다. 그리고 흥미로운 통계는 〈찐팬〉 비율입니다. 응원하는 팀의 유니폼을 갖고 있거나, 소속 선수들을 알며 전년도 우승 팀을 아는 팬을 〈고관여 팬〉이라고 하는데, 이 비율이 남성은 36.2퍼센트에 그쳤지만, 여성은 63.8퍼센트입니다.

왜 야구팬은 이처럼 증가하는가? 이 질문에 답하려면 개인의 정체성에 대해 생각해 볼 필요가 있습니다. 1960년대 후반부터 1980년대까지만 해도 개인 정체성이라는 것은 존재하기 쉽지 않았습니다. 집단, 연고 같은 것들이 개인 삶의 많은 부분을 규정했죠. 이런 분위기에서 아주 많은 사람이 고향을 떠나 서울로 올라왔습니다. 이 시대에 고향은 누구에게나 자기 정체성의 상징 같은 것이었습니다. 1970년대에 고교야구는 인기가 굉장했습니다. 당연히 라디오, TV 중계도 했지요. 당시 50여 개의 고교 팀이 있었는데 그 팀들은 개인들이 자신의 고향을 떠올리기에 부족하지 않았습니다. 하지만 시대와 환경이 변하면서 고교야구의 인기는 꺾입니다.

프로야구가 등장합니다. 프로야구는 지역과 기업의 결합으로 보였습니다. 우리나라가 세계로 뻗어 나가던 이 시대에는 〈삼성맨〉, 〈대우맨〉 등이 유행했습니다. 개인의 정체성이 기업에 있던 시대였습니다. 평생직장, 일류 기업 입사가 성공을 보장했으니까요. 하지만, IMF 이후 평생직장이라는 개념은 사라지게 되었고, 일류 기업은 여전히 선망의 대상이었지만, 그 위력은 예전만 못했습니다. 이제 서울에서 고향을 그리워하는 시대는 지나갑니다. 메이저리그가 유입된 2000년대 중반부터 개인이 전면에 등장합니다.

과거에는 자신이 누구인지 규정하는 일이 그리 어렵지 않았습니다. 직업도 그중 하나였습니다. 하지만 이제는 그렇지 않습니다. 평생직장이라는 개념이 없어지고 정년 후 영위해야 할 삶의 기간이 늘어나면서 직업은 더 이상 개인의 정체성을 규정하지 못하게 되었습니다. 이러한 상황에서 프로야구가 등장합니다. 과거에는 고향 팀이라, 호감 가는 기업의 팀이라 팬이 되는 경우가 많았지만, 지금은 야구 자체가 좋고, 야구장이 좋고, 야구장에서 보내는 시간이 좋고, 다른 사람들과 교류하는 것이 좋아서 야구팬이 됩니다. 언제나 좋아하는 팀의 팬으로 남을 수 있습니다. 나이가 들어도 상관없습니다. 이제 자식이 부모의 뒤를 이어 같은 팀의 팬이 될 수도 있는 토양이 마련된 거죠. 지금은 자신이 좋아하는 팀을 자식처럼 여기는 시대가 아닐까요.

점수판

조그만 구멍 안에 사람의 머리가 보입니다. 그리고 곧 사라집니다. 그저 검은 그림자처럼 보여서 머리라는 것만 알 수 있습니다. 이런 모습을 이제는 야구장에서 볼 수 없습니다. 외야석 한가운데 높은 곳에 자리한 점수판 이야기입니다. 예전에는 점수판의 점수를 사람이 손으로 직접 바꿨습니다. 그 과정에서 아주 가끔 머리가 등장하곤 했지요. 지금 생각하면 시간이 참으로 느리게 가고 있었습니다. 하지만 사실은 꽤 분주했겠지요. 선수 이름, 점수, 가끔은 심판 이름도 바꿔야 하니까요. 이 점수판에 그리 많은 정보가 있는 것은 아니었습니다. 선수의 타율이나 그해의 타격 기록이 나오지는 않았으니까요. 그러다 전광판이 등장했습니다. 점수판에는 작은 전구처럼 보이는 불빛이 반짝였지요. 깨끗한 느낌이었지만 뭔가 어색하기도 했습니다. 낯선 옷을 입고 나타난 친구 같았다고 할까요. 밤 경기에서는 잘 보였지만 낮 경기 때는 또렷이 보이지 않았던 듯한 인상이 남아 있습니다.

요즘 점수판은 화려합니다. 넓은 화면에 광고도, 안내 혹은 부탁 말씀도 나옵니다. 무엇보다 선수에 관한 정보가 많아졌습니다. 시즌 타율, 홈런, 타점 등의 기록과 그날의 성적도 나옵니다. 투구 수도 선명하게 보여 줍니다. 어느 날 선수 이름 옆에 타율보다 크게 표시된 숫자가 등장합니다. 저에게는 생소했죠. 바로 OPS였습니다. 아니, 이런 것까지, 이런 느낌이었습니다.

OPS는 출루율과 장타율의 합입니다. 그렇다면 먼저 출루율을 알아봐야겠죠. 이름 그대로입니다. 타자가 아웃되지 않고 1루에 나가는 비율을 말합니다. 타율은 안타 비율만을 알려 주지만 출루율은 안타를 포함해 볼넷, 몸에 맞는 볼 등으로 인한 출루도 수치에 반영합니다. 따라서 타율보다 타자의 생산성을 더 잘 나타냅니다. 야구는 결국 점수 내기 시합이므로 타율도 중요하지만 출루율이 높은 선수가 득점에 더 보탬이 됩니다.

출루율은 메이저리그에서 1984년에 공식 기록으로 채

택했는데, 대중에게는 『머니볼』이라는 책과 2011년에 나온 동명의 영화로 잘 알려졌습니다. 이 책의 주인공인 오클랜드 애슬레틱스의 빌리 빈 단장은 타자의 힘은 키울 수 있지만, 타석에서의 참을성과 베이스에 나가는 능력은 타고난다고 말합니다. 맞는 말인지 전문가가 아닌 저로서는 알지 못하지만, 이후 팬과 선수단을 비롯해 야구 관계자들이 출루율에 관심을 갖게 됩니다. 타율이 낮아 저평가되는 선수의 출루율을 다시 보기 시작한 거죠.

출루율은 .320이면 보통이고, .390이면 최상이라고 합니다. 타석에 열 번 나와 세 번 정도 나가면 보통이고, 네 번 가까이 나가면 최상이라는 의미입니다. 얼핏 한 번의 차이로 보이지만 1년에 160게임 이상을 하기에, 누적되면 상당한 차이가 생깁니다. 타석에 500번 들어선다고 할 때 출루율이 3할이면 150번, 4할이면 200번 출루합니다. 엄청난 차이죠. 한 베이스 진루하기가 얼마나 힘듭니까. 따라서 출루율이 높은 선수는 팀 승리에 도움이 됩니다.

2013년 메이저리그 신시내티 레즈에는 출중한 출루율을 기록한 두 선수가 있었습니다. 조이 보토와 추신수입니다. 조이 보토는 .435, 추신수는 .423를 기록했습니다. 조이 보토는 통산 출루율 .412를 기록했습니다. 추신수의 메이저리그 통산 출루율은 .377입니다.

다음은 장타율입니다. 이름 그대로 장타의 비율입니다. 같은 안타라도 단타보다는 2루타가, 2루타보다는 3루타가 가치가 높다고 생각해 산출하는 수치입니다. 2루타를 치면 한 번에 득점 기회를 잡을 수 있고, 3루타면 더욱 좋지요. 투수가 폭투를 하거나 포수가 공을 빠뜨리기만 해도 경우에 따라 득점할 수 있으니까요. 그래서 단타보다 장타를 많이 친 선수가 팀에 더 큰 보탬이 됩니다. 장타율은 홈런 개수나 타점 개수보다 타자의 힘과 생산성을 더 잘 말해 줍니다. 그리고 평균 타수를 알려 주지요. 장타율의 기준으로 보통 수준은 .420입니다. 6할 이상이면 최상이라고 봅니다. 이치로의 메이저리그 통산 장타율은 .402로 보통 수준이었습니다. 이치로가 장거리 타자, 홈런을 펑펑 치는 타자가 아니라 내야 안타가 많은 타자라는 인상을 증명하는 수치로 보입니다.

2017년 메이저리그의 르메이휴는 .310(타율)/.374(출루율)/.409(장타율)를 기록했고, 놀란 아레나도는 .309/.373/.586을 기록했습니다. 타율, 출루율은 아주 비슷하군요. 장타율만 차이가 꽤 납니다. 여기서 OPS를 계산하면 르메이휴는 .374+.409=.783이고, 아레나도는 .373+.586=.959가 됩니다. 타율과 출루율은 비슷한데도

OPS는 큰 차이를 보입니다. 아레나도가 르메이휴에 비해 힘과 생산성이 훨씬 낮다는 의미입니다. 보통 OPS의 평균은 .700 정도이고, 1.000이면 최상으로 봅니다.

그런데, 출루율과 장타율을 냅다 합해도 되는지 의문이 듭니다. 원래 분수는 분모가 같아야 합할 수 있습니다. 그렇지 않다면 공배수를 찾아 통일한 후에 더하는데, OPS의 경우 성질이 다른 두 가지를 그냥 합합니다. 이래도 상관없는 건가요? 그리고 출루율의 진폭보다는 장타율의 진폭이 크기에 장타자가 OPS에서 훨씬 유리합니다. 그렇다면 OPS 말고 순수하게 타자의 힘, 즉 장타 능력을 보여 주는 수치가 필요합니다.

ISO(isolated power)는 타자의 순수한 힘을 측정하는 수치입니다. 장타력을 알려 주는 수치로 .140을 보통 수준으로 삼습니다. .250 이상이면 최상입니다. 2007년부터 2009년까지 데릭 지터의 장타율은 .442이고, ISO는 .131이었다고 합니다. 힘으로 본다면 보통 이하군요. 조금 의외입니다. 조이 갈로라는 선수가 있었습니다. 공갈포의 대명사라고 하는데, 맞으면 홈런이지만 그러지 않으면 삼진이라서 붙은 별명입니다. 이 선수는 2017년에 타율은 .209였지만, ISO는 .300을 넘었습니다. 최상인 거죠. 단타는 32개였는데, 홈런은 41개였습니다. 제 생각에 ISO는 실제 쓸모가 있다기보다는 조이 갈로와 같은 선수를 확인하는 수치로 보입니다.

여기서 잠깐 우리나라 역대 OPS 순위를 보겠습니다. 선두는 이승엽으로 .960이고 양준혁 .950, 김태균 .936, 최형우 .930 순으로 이어집니다. 그렇다면 진정한 장타자는 누구일까요? 수치로 보면 이승엽이 1위지만, 논쟁의 여지가 있어 보입니다. 구장의 차이 때문입니다. 이승엽이 뛸 당시 대구 구장은 잠실이나 사직 구장에 비해 작았습니다. 다른 구장에서는 아웃될 공이 넘어갈 수도 있다는 뜻입니다. 넓은 구장을 홈으로 사용한 심정수나 김동주는 손해 본 거 아닐까요. 그리고 투수가 무척 잘 던지는 해가 있고, 타자가 유난히 잘 치는 해도 있습니다. 메이저리그에서는 1968년에 투수가 너무 잘 던져서 그다음 해에 마운드를 15인치에서 10인치로 낮추기도 했습니다. 이 외에도 구장마다 조건이 다 다릅니다.

그래서 시대, 구장 조건 같은 중요한 외부 요인을 셈에 넣는 지표가 등장합니다. 바로 OPS+입니다. 그해 전체 수준과 수치, 그리고 홈구장 조건을 더해서 산출합니다. 조정 수치이기에 기준은 100으로, 높을수록 장타력이 뛰어나다는 의미입니다. 이 통계는 시대가 완전히 달라도, 구장 조건이 완전히 달라도 선수들을 비교할 수 있습니다. 예를 들어, 짐 윈은 1968년 OPS .850이고, 2000년 에릭 차베스도 같은 .850이지만, 조정하면 윈은 wRC+ 159, OPS+ 158이고, 차베스는 wRC+ 112, OPS+ 117이 됩니다. 우리나라의 경우에는 아직 OPS+ 수치를 찾을 수 없네요. 제가 못 찾았을 수도 있지만요.

그리고, 한 가지 더 살펴보자면 가중 출루율이라는 것이 있습니다. wOBA라고 표기하는데, 타자가 어떻게 출루했는지를 말해 줍니다. 득점에 끼친 영향을 알려 주는 지표인데 이를테면 볼넷보다 안타가 더 낫다고 합니다. 안타는 주자를 더 진루시킬 수 있기 때문이지요. 그리고 몸에 맞는 볼이 볼넷보다 낫다고 하는데, 고의가 아닌 볼넷의 일부가 사실은 병살타 노림수이거나 약한 다음 타자를 상대하기 위한 목적을 갖는 경우가 있기 때문입니다. 그러니까 wOBA에는 출루의 양이 아니라 질을 따져보겠다는 의도가 들어 있습니다. 보통 가중 출루율은 .320이면 평균, .390을 넘으면 최상입니다. 결론적으로, 타율보다는 출루율, 출루율보다는 가중 출루율이 더 나은 지표입니다.

『주간야구』

그저 차를 돌려 나가는 장소였던 버스 종점에 과일 노점이 있었습니다. 꽤 장사가 잘되어서 항상 사람으로 붐볐는데 과일 말고 잡지도 몇 가지 팔았습니다. 1980년대 후반이었던 것으로 기억합니다. 몇 가지 잡지 가운데 『주간야구』도 있었습니다. 제목 그대로 매주 나오는 잡지여서 일주일에 적어도 하루이틀은 즐겁게 보냈습니다. 매주 기다리는 잡지였지요. 매주 혹은 매달 기다리던 다른 잡지는 거의 없었습니다. 『주간야구』는 예외였습니다. 기록을 찾아보니 이 잡지는 1987년부터 1993년까지 발간되었고, 후에 복간되었다고 합니다. 제 기억은 1993년까지입니다.

이 잡지에서 많은 걸 읽었습니다. 타이 콥의 역도루에

대해서도 여기에서 읽었고 각종 야구 규칙도 여기서 많이 배웠습니다. 창간 3주년 기념호를 보면 메이저리그 소식이 있습니다. 아메리칸 리그는 타격 1위부터 5위까지 모두 오른손 타자인데, 내셔널리그는 타격 10걸 가운데 6명이 왼손 타자라는 기사도 있고, 최다승 투수인 톰 글래빈이 플레이오프에서 2연패로 부진하다는 소식도 전하고 있으며,「신시내티 피넬라 감독 사임 〈야구계에서 딴 일 찾겠다〉」라는 제목이 달린 아주 상세한 기사도 있습니다. 피넬라 감독은 그 후 시애틀 등 여러 팀에서 감독을 하였지요. 1990년 월드 시리즈 우승 감독이기는 하지만 이런 정도의 소식이라면 요즘에도 거의 취급하지 않을 겁니다. 우리나라에서 그런 소식까지 알아야 할 필요는 없어 보이니까요. 조금 신기하네요.

메이저리그 소식을 이 정도로 전했다면 국내 야구는 더 자세하게 다루었겠지요. 당시 프로야구 신인왕을 놓고 다투던 양준혁, 이종범을 상세하게 분석하여 예측하고 있습니다. 왜 경쟁자인 투수 이상훈은 제외되는가부터 예전 사례인 이종훈과 류중일의 경쟁을 다시 살펴보기도 합니다. 결론에서는 시즌 막판에 강한 인상을 남기는 것이 중요하다고 강조합니다. 1993년 신인왕은 양준혁이 차지했습니다. 그리고 1991년 박찬호를 다룬 기사도 재밌습니다. 〈예선 통과를 못해 그늘에 가려 있지만 임선동(휘문고 3년)에 뒤질 것이 없다는 평가를 받고 있는 대어)로 시작하는 기사에서는 팀의 투수층이 두터워 박찬호가 1루수로도 나서고 있으며 4, 5번을 맡고 있는 방망이도 수준급이라고 하면서, 본인 스스로 야구＝박찬호라는 말을 듣고 싶어 한다고 전합니다.

　　야구 전문지이므로 한 주 동안의 시합 기록, 개인 기록, 그리고 뒷이야기 등 다룰 수 있는 모든 통계와 소식을 정리하여 제시합니다. 그리고 『주간야구』가 뽑는 주간 BW상이 있는데, 한 주간의 베스트와 워스트 선수를 5명씩 선정하고 그 이유를 간략하게 덧붙입니다.

　　1988년 4월 27일에 나온 57호를 보면, 베스트 1위부터 5위는 김민호, 이동석, 김용철, 김동기, 어우홍입니다. 특이하게도 어우홍은 당시 롯데 감독이었습니다. 감독도 선정했군요. 그러고 보니 규정에 선수뿐만 아니라 코칭스태프, 심판, 응원단, 관중 등 프로야구 관계자는 누구나 상을 받을 수 있다고 되어 있네요. 워스트 1위부터 5위는 김일부, 이만수, 선동열, 김재박, 김응용입니다. 베스트 2위인 이동석 투수는 17일 선동열과 맞붙어 프로야구 사상 네 번째 노히트노런을 기록했다고 합니다. 1 대 0 승리입니다. 선동열은 워스트 3위입니다. 13일 삼성 전에서 아깝게 지더니, 17일에는 빙그레를 맞아 안타 한 방 못 때린 타자들 덕분에 또 1패를 더했는데, 자책점은 한 점도 없고 방어율이 0.98이니 체면치레는 했다고 자위할까? 라고 말합니다. 이해하기 힘들죠. 1주일에 두 번이나 등판하여 2패를 하긴 했지만, 자책점이 없었다면 오히려 베스트에 들어가야 하지 않을까요? 이만수 선수는 그 주에 10타수 무안타였던 탓에 워스트에 들었고, 김재박 선수는 주간 타율이 23타수 4안타로 .173에다 16일 OB 전에서는 무사 1, 2루 찬스에서 번트 실패로 선두 주자를 죽였으며 15일 삼성 전에서는 두 번이나 에러를 기록했다고 이유를 듭니다. 이 정도면 1위 아닌가요? 어우홍 감독은 원정 경기에서 5연승을 거둔 공으로 베스트에, 김응용 당시 해태 감독은 3연패를 기록한 17일 노히트노런을 당하자, 야구장 감독실에 들어가 문을 걸어 잠가버렸다는 이유로 워스트에 뽑혔습니다. 보는 재미가 쏠쏠합니다.

　　열정의 시대였다고 생각합니다. 시사 잡지도 돈이 되지 않습니다. 특히 주간지는 유지하기가 월간지보다 더 어렵습니다. 늘 마감에 쫓깁니다. 게다가 1980년대 후반에서 1990년 초반을 떠올려 보면, 야구 전문 주간지를 읽을 인구가 얼마나 되었겠나 싶습니다. 프로야구 정착 단계였으니 더 각박한 환경이었겠지요. 그런데도 이런 수준 높은 야구 전문 주간지가 등장했다는 것 자체가 놀랍습니다. 야구에 대한 열정이 아니면 설명하기 어렵지 않을까요.

요즘은 TV에서 한 주간의 야구를 정리해서 보여 줍니다. 팀 성적, 개인 기록, 그리고 멋진 장면 모음 등을 볼 수 있습니다. 전문가들의 방담을 볼 때도 있습니다. 해설도 내용도 많아졌지요. 하지만 느긋함과 여유는 사라졌습니다. 같은 정보라 해도 잡지로 접하면 마음이 편안합니다. 자기 속도에 맞춰 볼 수 있거나 자신이 편한 시간에 볼 수 있기 때문만은 아닙니다. 요즘은 휴대폰으로 자신이 원하는 시간에 자신이 원하는 장소에서 콘텐츠에 접할 수 있으니까요. 그보다는 종이가 주는 안정감과 잡지를 들었을 때 느끼는 무게감이 좋기 때문입니다. 야구 관련 내용이 스크린이 아니라 3차원의 물체에 담겨 있는 느낌이 좋습니다.

그리고 잡지는 항상 전체를 먼저 보게 됩니다. 화면에 갇힌 내용을 접하는 게 아닙니다. 종이를 넘기면 전체 구도가 먼저 들어오기에 기사의 내용과 의도를 금방 파악할 수 있습니다. 이는 아마도 감각의 차이, 다시 말해서 세대의 차이이겠지요. 종이와 화면, 어느 쪽이 더 친숙하냐의 문제로 보입니다. 다만 그사이 사라진, 그리하여 잃어버린 열정이 아쉽습니다.

『주간야구』와 함께 제가 야구 지식을 흡수한 매체는

1970대의 『일간스포츠』입니다. 고우영의 만화도 재미있었지만, 일본 프로야구 소식도 유심히 보았습니다. 제 기억에 〈맹타상〉이란 게 있었습니다. 한 게임에서 3안타 이상을 치면 〈오늘의 맹타상〉이라고 하여 『일간스포츠』에 나왔습니다. 그런데 이름이 어쩐지 우리말 같지 않은 느낌입니다. 일본 프로야구에서 쓰는 말을 그대로 따왔더군요. 당시 이 신문에서는 무슨 이유에서였는지 일본 프로야구 타격 순위를 5위까지인가 10위까지인가 자주 보도했습니다. 아마도 지금은 일본으로 귀화한 장훈 선수의 활약을 보여 주려는 방편이 아니었을까? 하는 생각이 듭니다만, 순전한 추측입니다.

어쨌든 그렇게 일본 프로야구를 접하게 되었고 장훈 외에도 오 사다하루 등을 알게 되었고, 1980년대에는 세이부 라이온즈의 독주 소식도 신문을 통해 접했습니다. 지금도 『일간스포츠』는 야구 중심이 아니었을까, 그렇게 생각하고 있는데, 제가 야구팬이니까 아마도 자연스러운 반응이겠지요. 봄부터 가을까지 매일 열심히 야구 기사를 봅니다. 야구는 가을에 그해 일정을 마칩니다. 그래서인지 『일간스포츠』의 겨울은 연예 기사로 넘쳐 났습니다. 머리기사로 연예계 소식이 올라오기 시작하면 이 신문을 살 일도 없어졌습니다. 야구가 없잖아요!

ERA

ERA(Earned Run Average)는 투수의 평균자책점을 말합니다. 투수가 허용한 점수가 아니라 허용한 점수 가운데 자신이 책임지는 점수를 나타낸 지표입니다. 에러로 실점하면 승리하지 못할 수도 있는데 그 실점이 투수 자신의 책임이라면 억울하겠지요. 에러 이야기를 잠깐 해보겠습니다. 자책점 계산에 에러만 들어가는 것은 아니지만, 에러가 큰 자리를 차지하기는 합니다. 에러는 인간에게 속하지만, 인간을 기만하는 자료다, 라는 말이 있습니다. 에러를 판단하는 기준이 애매하다는 의미로 보입니다. 에러 여부는 공식 기록원이 판단하는데, 이는 주관적입니다. 에러에 많은 의미를 두지 않는 것이 좋다고 할 정도입니다.

메이저리그의 오지 스미스는 위대한 유격수이지만, 1,000게임 이상 유격수 자료를 보면, 수비율 .978로 역사에서 12번째입니다. 스미스는 공을 너무 많이 다루었습니다. 데릭 지터 다음으로 많이 다루었는데, 글러브에 닿은 공을 처리하지 못하면 에러로 기록됩니다. 다시 말해서, 스미스는 수비를 적극적으로 했다는 뜻입니다. 뭔가 이상하지요. 처리하기 어려운 공을 외야수가 기막힌 수비로 잡아냈습니다. 그러자 해설자가 이렇게 말했습니다. 그렇게 어려운 공은 아니었는데, 외야수가 스타트가 늦었어요. 그래서 서둘러 잡다 보니 어려운 공을 잡은 것처럼 보인 거죠. 원래 수비가 좋은 선수는 편하게 잡아요, 보기에 쉽게 잡습니다. 이런 사정이라면 수비를 측정하는 지표가 나오겠지요.

투수의 평균자책점은 자책점을 9이닝으로 나눈 점수입니다. 9회까지 던지면 몇 점이나 투수가 책임져야 하는가? 이런 질문에 대한 답인 셈이죠. 9회까지 던졌을 때 자책점이 4점이라면 평균자책점은 4.00이 됩니다. 한국의 경우 통산 평균자책점 순위는 선동열(1.20)이 선두, 최동원(2.46)이 2위, 5위 최일언(2.87), 8위 김용수(2.98), 11위 김시진(3.12), 20위 김정수(3.28)입니다. 10위인 권영호의 평균자책점이 3.06이니, 3.00 정도면 특급 투수라 하겠습니다. 그런데 완투 횟수를 보면 윤학길이 100회로 선두이고, 선동열 (68회)이 4위, 이강철(65회)이 6위, 송진우(64회)가 공동 7위입니다. 평균자책점이 20위 안에 들면서 완투 횟수 9위 안에 드는 선수는 선동열, 최동원, 김시진, 조계현, 장호연 등 5명뿐입니다. 어쩐지 평균자책점에 더 신뢰가 가는군요. 물론 순전히 주관적인 판단입니다.

투수는 구장 조건에 영향을 받습니다. 타자와 마찬가지입니다. 구장이 크면 아무래도 홈런이 덜 나오고, 포수 뒤나 외야가 넓으면 투수에게 유리합니다. 그리고 그해의 흐름과도 관련이 있습니다. 타자가 잘 치는 해가 있는가 하면, 투수가 잘 던지는 해가 있습니다. 투고타저, 투저타고라는 표현이 등장한 이유입니다. 이러한 외부 요인을 셈하여 평균자책점+(ERA+)를 만듭니다. 기준은 100이고, 160을 넘으면 최상입니다. 1968년 밥 깁슨은 1.12의 ERA를 기록하는데 그해 메이저리그 평균 ERA는 2.98이었습니다. 한편 페드로 마르티네즈는 2000년 1.74의 ERA를 기록했는데, 그해 메이저리그 평균은 4.76이었습니다. 마르티네즈의 ERA+는 154로 투수 가운데 으뜸입니다. 이 무렵 그는 〈외계인〉으로 불렸습니다. 구원 투수까지 포함한다면 마리아노 리베라가 최고입니다. 그의 통산 ERA+는 205로, 지금까지 만장일치로 명예의 전당에 입성한 유일한 선수입니다.

투수의 능력을 평가하는 주요한 지표 가운데 하나는 이닝당 출루 허용률(WHIP: Walks And Hits Per Inning Pitched)입니다. 타자의 이닝당 출루율과 반대입니다. 창과 방패 관계이지요. 타자는 어떻게든 나가려 하고, 투수는 어떻게든 못 나오게 하려 하니까요. 출루율이 높은 타자가 좋은 평가를 받듯이, 투수는 이닝당 출루 허용률이 낮을수록 좋은 평가를 받습니다. 이때 출루는 안타와 볼넷을 말합니다. 몸에 맞은 볼 등은 제외합니다. 평가 기준은 1.30을 평균으로 잡고, 1.00 이하면 최상이고, 1.60이 넘으면 끔찍하다고 합니다. 〈외계인〉 마르티네스의 통산 이닝당 출루 허용률은 1.054이고, 마리아노 리베라는 1.000입니다. 최상이군요.

그런데, WHIP가 1.054란 것은 적어도 1이닝에 1명은 주자로 나간다는 의미이니, 거의 매회 주자를 내보낸다는 뜻입니다. 하지만 삼자 범퇴 이닝도 꽤 있으니, 그렇다면 위기 관리를 잘했다는 것으로 해석할 수 있겠지요. 그래서 저는 이닝당 출루 허용률이 큰 의미가 있는지 잘 모르겠습니다. 오히려 위기 관리 능력 지표가 필요해 보입니다. WHIP가 1.23인 투수와 1.33인 투수의 가치 차이는 얼마나 될까요? 메이저리그에서 일본인 투수 우에하라 고지는 2013년

WHIP 0.565를 기록하여 데니스 에커슬리의 1989년 기록 0.607을 깼습니다. 에커슬리는 후에 사이 영상을 받았지요. 그런데 더 놀라운 바는 우에하라를 상대한 타자들의 기록으로 타율 .130, 출루율 .163, 장타율 .237이었습니다. 이 정도 기록이라면 의미가 있어 보입니다. 압도적인 성적이지요.

우리나라의 기록을 보면 선동열이 단연 1위입니다. 0.80이군요. 0점대 이닝당 출루 허용률은 왠지 범접하기 어려워 보입니다. 2위는 구대성의 1.13인데 10위인 김용수의 1.19와 큰 차이가 없습니다. 3위부터 최동원, 정명원, 한희민, 이강철, 임창용, 한용덕, 류현진 순인데, 한희민, 이강철, 한용덕은 과소평가된 투수로 보입니다. WHIP가 훌륭하니 말이죠. 요즘 구장 전광판이나 TV 중계 화면을 보면 WHIP가 자주 등장합니다. 저는 평균이 1.30이다, 그리고 0점대면 환상적이다, 정도로 이해하고 넘어가고 있습니다.

ERA와 비슷하지만, 책임이 오롯이 투수에게만 있는 지표가 있습니다. FIP(Fielding Independent Pitching: 수비 무관 평균자책점)입니다. ERA의 큰 문제점은 자책과 비자책의 구분이 쉽지 않다는 겁니다. 애매한 경우가 많다는 거죠. 이를 개선해 투수 자신이 통제할 수 있는 항목만으로 투수를 평가합니다. 삼진, 고의 사구, 몸에 맞는 볼, 홈런 등은 투수의 책임입니다. 이런 항목은 야수의 수비와 관련이 없습니다. 오롯이 투수가 책임져야 합니다. FIP 평균은 4.20이고 3.20이면 최상입니다. 예를 들어, 다저스의 커쇼는 2014년에 1.77 ERA, 1.81 FIP를, 디그롬은 2018년에 1.70 ERA, 1.99 FIP를 기록했습니다. ERA도 훌륭하고 FIP도 훌륭합니다. 두 선수의 경우, 수비 도움보다는 자기 능력으로 이룬 성취로 보입니다. 두 지표가 별로 차이 나지 않기 때문입니다. 평균자책점도 좋고, 수비 무관 평균자책점도 좋습니다. 그럼, 우리나라 투수를 보겠습니다. 2023년 류현진은 3.46 ERA, 4.91 FIP를 기록합니다. ERA는 나쁘지 않지만, FIP는 보시다시피 평균을 한참 웃돕니다. 수비 도움을 많이 받았다는 해석이 가능합니다.

그런데, FIP에 주목할 필요할 필요가 있다고 합니다. 투수의 경기 장악력을 보여 주기에, 평균자책점보다는 그의 미래를 더 잘 예측할 수 있게 해줍니다. 한 전문가가 말하기를 투수의 볼 한 개당 안타 수는 올해와 내년이 별 상관관계가 없지만, 즉 올해 안타를 별로 맞지 않았다고 해서 내년에도 그리리라는 보장은 없지만, 높은 삼진 비율과 낮은 볼넷 비율은 올해와 내년이 상관관계가 있다고 합니다. 즉 올해 삼진을 많이 잡은 투수는 내년에도 그럴 가능성이 크고, 볼넷이 적은 투수는 내년에도 그러리라 예측할 수 있다고 합니다. 물론 땅볼이나 뜬공을 유도하는 데 능한 투수가 있지만, 투수의 능력은 삼진, 볼넷 그리고 안타 수당 홈런 개수와 더 관련이 있다고 합니다. 이닝당 출루 허용률이 낮아도 홈런을 많이 맞는다면 그 수치는 별 의미가 없겠지요. 위기에서 삼진으로 이닝을 종료할 수 있어야 좋은 투수이겠지요. 이런 능력은 올해와 내년에 별 차이가 없기에, 투수의 미래를 예측하는 데에 평균자책점보다 효과가 있습니다.

재미있는 지표도 있습니다. 〈인생투〉라고 번역하고 싶은 GSc(Game Score)는 어떤 특정한 시합에서 선발투수가 보여 준 능력에 대한 평가입니다. 통산 성적이 아니라 어떤 하나의 시합을 대상으로 합니다. 쉽게 말하자면, 인생투를 던진 날이지요. 평소에는 그저 그런 투수인데, 그날따라 볼이 손에 붙은 거라 할까요. 이 지표는 재미 삼아 만들었다는 말도 있습니다. 통산 수치도 아니고 미래 예측에 도움이 되지도 않습니다.

규칙은 간단합니다. 50점에서 시작합니다. 이닝을 마치면 3점 득점이고, 4이닝 이후에 이닝을 마치면 2점을 가산하며, 삼진 하나당 1점을 가산합니다. 안타 한 개를 맞으면 2점 감점이며, 자책점당 4점 감점이고, 비자책점당 2점 감점, 그리고 볼넷 한 개에 1점을 제합니다. 이런 식으로 계산하면, 1967년 월드 시리즈 밥 깁슨의 GSc는 80입니다. 50 정도가 평균이며 80 이상이면 아주 훌륭하고, 90 이상이면 최상입니다. 메이저리그에서 뛴 한국 선수의 인생투 점수를 보면, 박찬호의 2000년 9월 29일 시합이 95로 최고입니다. 이날 시합에서 그는 9이닝 2안타 0실점 1볼넷 13삼진을 기록했습니다. 인생투 맞네요. 류현진은 2013년 5월 28일, 9이닝 2안타 0실점 0볼넷 7삼진을 기록하여 GSc 90을 찍습니다.

이 밖에도 투수와 관련된 잡다한 통계들이 있습니다. 우선 뜬공 비율, 직선 타구 비율, 땅볼 비율, 내야 뜬공 비율 등입니다. 되도록 내야 뜬공이나 땅볼 비율이 높을수록 좋겠지요. 땅볼 비율이 높으면 그만큼 병살을 유도하기 쉽고, 내야 뜬공은 아웃 카운트 생산에 많은 도움을 주니까요. 하지만 뜬공 비율이 높아지면 불안해지기 시작합니다. 아무래도 장타와 희생플라이가 신경 쓰이니까요. 직선 타구는 타구가 제대로 맞고 있다는 신호로 보이기에 역시 불안하지요. 외야로 쭉쭉 뻗는 타구에 불안해하지 않을 투수는 없겠지요.

메이저리그에서 뜬공 비율은 35퍼센트가 평균이라고 합니다. 직선 타구는 21퍼센트, 땅볼은 44퍼센트, 내야 뜬공은 11퍼센트가 평균입니다. 의외로 내야 뜬공 비율이 낮군요. 제 기억에는 툭하면 내야 뜬공이 나오는데 말이죠. 아마도 중요한 순간에 내야 뜬공이 나온 장면들이 각인된 것 같습니다. 이에 반해 땅볼은 꽤 많이 나와서 그런지 체감 빈도와 비슷한 느낌입니다.

투수의 지표 가운데는 삼진 비율도 있습니다. 평균은 20퍼센트고, 27퍼센트 이상이면 최상이라고 합니다. 27개의 아웃 카운트 가운데 8개 정도를 삼진으로 처리하면 삼진 비율이 30퍼센트가 됩니다. 이 정도면 훌륭하지요. 그리고 볼넷 비율은 7.7퍼센트가 평균이고, 4.5퍼센트면 최상입니다. 36명의 타자가 타석에 들어선다고 하면, 1.7명 정도를 볼넷으로 내보내면 최상입니다. 그리고 요즘 자주 볼 수 있는 삼진/볼넷 비율은 2.50가 평균, 4.00이면 최상입니다. 8개의 삼진을 잡고 1.7개의 볼넷을 주면, 삼진/볼넷 비율은 4.7이 됩니다. 삼진을 5개 잡고 볼넷을 5개 주면, 1이 되겠지요. 참담한 결과입니다.

그리고 홈런/뜬공 비율이 있습니다. 뜬공 가운데 홈런이 얼마나 많이 나오는가를 보여 주는 지표인데, 10개의 뜬공 가운데 하나가 홈런이 되면, 그 게임에서 홈런/뜬공 비율은 10퍼센트가 됩니다. 평균이 9.5퍼센트며, 5퍼센트 이하이면 최상입니다. 100개의 뜬공 가운데 5개 정도면 물론 훌륭합니다. 잔루 비율도 있습니다. 주자를 얼마나 베이스에 남겨 놓는가 하는 비율인데 낮을수록 득점을 많이 했다는 의미이므로 높아야 좋겠지요. 평균은 72퍼센트고, 80퍼센트 이상이면 최상입니다. 그리고 투수가 올라왔을 때 이미 주자가 있는 경우에는 승계 주자 득점 허용 비율을 셈합니다. 보통 30퍼센트면 평균, 20퍼센트이면 최상입니다.

요즘에 TV로 야구를 보면 정말로 많은 지표를 알 수 있고, 신문 기사에도 어려워 보이는 수치가 꽤 많이 등장합니다. 예전과는 달라도 너무 다릅니다. 예전에는 승패, 세이브, 규정 이닝, 탈삼진, 평균자책점, 구속 정도로 투수를 평가했습니다. 나머지 지표에 대해서는 그저 말로만 설명했던 것 같습니다. 예를 들어, 삼진은 많이 잡지만 좀처럼 볼넷을 주지 않아요, 하면서 삼진과 볼넷 개수를 알려 주곤 했지요. 지표로 만들어 기준을 제시하지는 않았습니다. WHIP도 전에는 못 본 것 같습니다. 오늘 볼넷이 많아서 출루를 많이 시킨다는 해설은 흔했지만, 역시 지표 형태는 아니었습니다.

해설자들

제 기억에 남아 있는 야구 해설자는 이호헌, 하일성, 그리고 허구연입니다. 물론 다른 해설자도 생각납니다. 김계현, 김소식, 박영길, 어우홍 등입니다. 1978년 10월 11일 자 한 일간지에 홍미로운 기사가 실렸습니다. 이호헌과 김동엽 두 해설자를 비교하는 기사로, 두 사람은 서로를 원색적으로 비난 혹은 비판합니다. 요즘은 보기 힘든 장면입니다.

이호헌은 김동엽에게 연구하지 않으면 해설자로 크지 못한다고 하면서 작전에 대한 설명이나 해설이 너무 즉흥이라고 말합니다. 해설자는 결코 예언가가 되어서는 안 된다면서 경기를 많이 보지 못해 선수나 팀 컬러에 대해 무식하다고 일갈합니다. 아슬아슬하군요. 김동엽도 이에 지지 않습니다.

이호헌은 야구다운 야구를 해보지 못했기에 해설을 할 수 없다고 합니다. 감독이나 심판은 할 수 있어도 해설자는 아니라면서 경기를 예상할 능력이 없기에 하지 못할 뿐이다, 이제 밑천이 다 떨어져 식상하다, 중계를 하면서 자기 자랑을 하면 횡포다, 라고 힐난합니다. 싸움 날 지경입니다.

이런 날카로운 신경전이 일어난 것은 야구 해설자들의 인기가 치솟았기 때문입니다. 기사에서도 그런 점을 언급합니다. 야구 해설자가 이제는 유명 인사가 되어 사인 공세를 받고 있다면서 가장 인기 있는 해설자 두 명을 인터뷰합니다. 1970년대 후반부터 야구 해설자는 유명 인사가 되었습니다.

이 기사는 해설자의 역할이 무엇인지 알려 줍니다. 궁금한 점을 파헤쳐 주고 가려운 곳을 긁어 주는 해설자에게 시청자들은 아낌없이 박수를 보냅니다만, 시청자 수준만도 못한 지식으로 어설프게 해설하는 꼴불견 해설자에겐 잔인할 정도의 비난을 퍼붓습니다. 깔끔한 정리입니다. 한마디로 해설자는 쓸데없는 일을 하지 않으면 됩니다. 이를 기준으로 제가 좋아하는 해설자의 모습에 대해 이야기해 보겠습니다.

저는 해설자의 실력이 돌발 상황 대처 능력에 있다고 여깁니다. 돌발 상황이란 평소에는 발생하지 않는 예기치 못한 상황입니다. 아, 이게 무슨 상황이죠? 캐스터도 당황합니다.

이럴 때 해설자가 나서야 합니다. 야구 규칙을 정확하고 적절하게 설명하고 변수를 고려하여 알려 주어야 합니다. 상황을 정확히 진단하고 처방을 내리는 거죠. 그게 전문가의 일 아닙니까. 돌발 상황이나 애매한 상황에서 해설자가 시청자와 같은 수준의 해설밖에 하지 못한다면, 해설자가 왜 필요하겠습니까. 전문의와 일반의는 다릅니다. 평상시에는 잘 느낄 수 없지만, 위급하거나 위중한 환자를 대할 때는 그 차이가 확연히 드러납니다.

해설자는 야구에 대한 해박한 지식이 있어야 합니다. 야구에 대한 해박한 지식은 각종 지표나 선수의 고향 따위를 아는 것과는 다릅니다. 시청자가 궁금해하지도 않는 정보만 잔뜩 제공한다면, 소음이나 마찬가지겠지요. 물론 선수에 대한 정보를 제공해야 하는 경우도 있습니다. 신인이 경기에 처음 등장했을 때와 같은 경우입니다. 정보 제공은 상황과 환경에 따라 이루어져야 합니다. 어떤 해설자가 메이저리그의 유명 인사 혹은 유력 인사를 만난 이야기나 자기가 가본 구장 이야기를 신나게 합니다. 그런 이야기가 중계 상황과 잘 맞아떨어지면 아름다운 장면이겠으나 보통은 아닙니다. 안 궁금하고 안 물어봤는데 해설자 혼자 신나서 떠들면 그것은 일종의 횡포나 다름없습니다. 해설자는 단순히 데이터를 읊는 게 아니라 상황에 맞는 해설을 하는 데 동원할 수 있는 남다른 지식이 많아야 합니다.

해설자는 예언하면 안 됩니다. 우리는 이성으로 예측을 합니다. 여러 가지 자료를 분석하고 경험에서 나오는 감각을 살려서 조심스럽게 예측하죠. 기상 예보와 비슷합니다. 내일 비 올 확률이 80퍼센트라고 예측하지, 내일 반드시 비가 온다고 예언하지 않습니다. 야구도 마찬가지입니다. 하지만 예측에는 근거가 있어야 하고 근거는 설득력을 가져야 합니다. 그래야 예측이 빗나가도 지탄받지 않습니다. 해설자는 자신의 몫을 다한 것이니까요.

〈작두 해설〉이란 말이 있습니다. 앞으로 일어날 상황을 기가 막히게 맞힌다는 의미입니다. 이대형 해설위원이 염경엽 감독이 이러저러한 몸짓을 할 거라 예측했는데 바로 들어맞고 저녁에 뜬공을 조심해야 한다고 경고했는데 바로 외야수가 시야에서 공을 놓치고 맙니다. 이런 것이 〈작두 해설〉이라고 합니다. 제 생각에는 우연히 카메라가 그런 장면을 잘 잡은 결과로 보입니다. 해설은 예언이 아니라 예측입니다. 작두는 타지 않다도 됩니다.

과감한 예측이 필요할 때는 있습니다. 2007년 일본 시리즈에서 당시 라쿠텐 노무라 가쓰야 감독이 게스트로 해설을 맡았습니다. 그때 노무라 감독이 투수가 던질 공을 예측하는 모습이 인상적이었습니다. 스트라이크 존을 9등분하고 다음 공이 어느 곳으로 들어올지 예측합니다. 바로 판정이 나겠지요. 얼마나 잘 맞히는지 금방 확인할 수 있는데, 제 기억으로는 70퍼센트 정도 맞혔습니다. 물론 작두랑은 상관없지요. 노무라 감독은 데이터 야구 신봉자이자 오랫동안 포수로 선수 생활을 한 전설입니다. 경험이 풍부한 현역 감독이었기에 가능했던 일이 아닐까 합니다.

차분하고 담백한 캐스터와 해설자를 저는 좋아합니다. 소리를 지르는 캐스터는 정신 사납고 쓸데없이 수다 떠는 해설자는 공해라 여깁니다. 소리를 지르면 감정이 격해져 편파중계로 가거나 내용이 빈약해지고는 합니다. 제 기억에 김용이라는 과거의 아나운서는 차분했습니다. 검은 굵은 테 안경도 그런 인상을 주었지만 성실하고 빈틈없는 준비가 그런 인상을 준 가장 이유였던 것 같습니다. 항상 차분하면서도 현장감 있게 중계하여 지금도 기억에 남아 있습니다. 물론 국가 대항전 같은 경기에서는 흥분할 수 있고 어느 정도 감정 폭발이 필요하기도 합니다. 하지만 그것은 특별한 경우이지요.

캐스터와 해설자가 유머 감각이 있으면 얼마나 좋겠습

니까. 이런 희망은 접은 지 오래지만, 하다못해 여유라도 있으면 좋겠다고 생각합니다. 이호헌은 유머는 없었지만 여유는 있었습니다. 특별히 무엇을 해서가 아니라 특별히 무엇을 하지 않아서 생기는 여유였지요. 그리고 언제나 웃음소리가 들리는 듯했습니다. 기록원으로 활동하며 쌓인 연륜으로 시합을 보았는데 자기가 직접 기록한 자료를 토대로 게임을 분석했기에 아마도 믿는 구석이 있었을 겁니다. 믿는 구석이 있다면 자연스럽게 여유도 생기지 않을까요.

야구는 확률 게임?

「동열이도 없고, 종범이도 없고.」 1998년 당시 해태 김응용 감독이 했던 말입니다. 유명한 이야기입니다. 지금까지도 패러디가 되고 있을 정도니까요. 선동열과 이종범이 일본으로 떠났기에 우승하기 힘들다는 말이겠는데, 어떻게 생각하면 선동열, 이종범이 우승의 원동력이라는 의미로 해석할 수 있습니다. 그렇다면 선동열과 이종범이 없어서 해태가 우승을 못 했다고 할 수 있을까요? 이 질문에는 자신 있게 그렇다고 말하기 어렵습니다. 선동열과 이종범 없이도 우승할 가능성이 있기 때문입니다. 다른 선수가 잘하면 얼마든지 우승할 수 있기에 아예 우승할 수 없다고 단정할 수 없습니다. 그리고 변수가 너무 많습니다. 선동열과 이종범만 있으면 동료 선수들이 아무리 못해도 우승하는 것은 아니지 않습니까. 팀워크가 중요하고 감독의 능력도 있어야 하고 무엇보다 운이 따라야 합니다. 이런 조건들은 많은 변수의 일부분일 뿐입니다.

흡연과 천식의 관계를 파악하기 위한 변수는 8개인데 복잡하기 짝이 없습니다. 우선 관찰에서 시작합니다. 담배를 피우는 사람들이 천식에 걸리는 경우가 많다는 사실을 관찰합니다. 그럼, 흡연과 천식은 무슨 관련이 있는가? 이런 의문이 생깁니다. 그럼, 다음 단계인 간섭하기로 넘어갑니다. 흡연을 하지 않으면 천식에 걸리지 않는가? 이런 질문에 답하기 위해 흡연자에게 금연을 시킵니다. 간섭하는 거죠. 그리고 상태를 봅니다. 마지막 단계는 반사실 가정문입니다. 금연이 효과가 있었는가를 봅니다. 흡연하지 않는다면 천식에 걸리지 않는다는 문장이 사실인가를 봅니다. 그런데 이를 통해 흡연이 천식의 원인이라고 결론을 내리지 못합니다. 반사실 가정문이 참이 아니기 때문입니다. 금연해도 천식에 걸립니다. 그럼, 다른 요인을 찾아서 같은 과정을 반복하겠지요. 그리하여 8개의 변수를 찾았는데, 그 관계는 아주 복잡합니다. 흡연과 천식은 상관관계이지 인과관계는 아닙니다. 서로 관련이 있기는 하지만 원인과 결과의 관계는 아닙니다.

선동열, 이종범도 마찬가지입니다. 투타의 핵심이기에 우승과 관련이 있어 보입니다. 여기까기는 관찰입니다. 하지만 간섭하기는 할 수 없습니다. 우승할 때의 여건, 즉 선수, 코치, 상대편 선수 등 두 선수를 제외한 모든 여건을 같게 한 후에 정규 리그와 가을 야구를 할 수는 없지 않습니까. 영화라면 가능하겠지요. 이런 경우 간섭이 불가능하기에 마지막 단계인 반사실 가정문에는 가지 못합니다. 따라서 김응용 감독이 말한 바는 겉보기 관찰에 지나지 않습니다. 겉보기에 선동열과 이종범은 우승과 상관관계가 있다는 관찰입니다. 인과관계가 아닙니다.

유명한 격언이 있습니다. 상호관계는 인과가 아니고, 인과가 무엇인지를 말해 주지도 않는다. 통계학에서 인과를 찾으면 안 된다. 무엇의 원인이 아니라, 무엇과 무엇은 상호관계에 있다거나 관련한다고 말한다. 하지만 여전히 사람들은 통계학에서 인과를 찾습니다. 야구를 확률 게임이라고 하는데 확률이란 통계학을 말합니다. 요즘 유행하는 세이버메트릭스는 야구를 통계학적, 수학적으로 분석하는 방법론, 혹은 야구에 사회과학의 게임 이론과 통계학적 방법론을 적극 도입하여 기존 야구 기록의 부실한 부분을 보완하고, 선수의 가치를 비롯한 야구의 본질에 대해 좀 더 학문적이고 깊이 있는 접근을 시도하는 것을 가리킨다고 합니다. 한마디로, 세이버메트릭스는 통계학입니다. 그런데 앞에서 말한 대로 통계학은 인과를 알려 주지 않기에, 아무리 분석해도 원인은 나오지 않습니다.

하지만 사람들은 설명을 요구합니다. 가장 만족스러운 설명은 직접 인과입니다. 총에 맞아 죽었다, 물은 100도가 되면 끓는다, 같은 것입니다. 원인이 밝혀지면 시원한데 앞서 본 바와 같이 원인은 보통 찾기가 불가능에 가깝습니다. 특히 자연과학 대상이 아니라면 불가능합니다. 하지만 여전히 패턴을 볼 때마다 인과를 찾습니다. 실패하면 그럴듯한 인과 지식을 찾는데 그것이 통계학입니다. 어느 정도 수학 언어로 표현하고, 수학 언어로 표현한 것을 경험 자료와 결부하고, 그리하여 특정한 관점의 질문에 답하려는 시도입니다.

어떤 타자의 공격 능력을 알아보기 위해 여러 지표를 만들어 냅니다. 출루율과 장타율을 합한 OPS를 만든 후에는 이 수치로 표현한 지표를 보고, 자신들의 경험과 연결합니다. 역시 그 선수는 잘하는 선수였다, 혹은 따지고 보니 그 선수는 과대평가되었다, 이런 식의 판단을 합니다. 그런데 이 지표는 특정한 관점, 즉 타자가 얼마나 자주 베이스에 나가고 얼마나 많은 장타를 날리느냐는 특정한 관점에서 만들었습니다. 다른 관점에서도 얼마든지 만들 수 있겠지요. 그런 지표들이 앞으로 계속 나올 겁니다. 왜 공통분모가 없는 출루율과 장타율을 냅다 합하는지 여전히 의문이니까요.

퀄리티 스타트는 선발투수가 6이닝을 3점 이하로 막은 것을 말합니다. 그런데 선동열이 묻습니다. 9회까지 던지면 4점 이상을 준다는 의미인데 도대체 이런 지표가 무슨 의미가 있냐고. 이는 어떤 특정한 관점, 즉 선발투수가 6이닝을 3점 이하로 막는다면, 구원 투수와 마무리 투수를 등판시키면 충분히 승리할 수 있다는 관점에서 만든 지표에 지나지 않습니다.

2022년 워싱턴 내셔널스는 샌디에이고 파드리스와 트레이드를 합니다. 워싱턴은 후안 소토와 조시 벨을 내주고 C.J. 에이브럼스, 매켄지 고어, 로버트 하셀 3세, 제임스 우드, 잘린 수사나 등 유망주 5명을 받습니다. 아마 이 트레이드에도 많은 자료가 등장했겠지요. 야구 교과서에 등장하는 세이버메트릭스 외에도 연봉, 장래성, 눈앞의 효과, 장기 효과, 관중 동원력, 리빌딩 여부, 선수 성향 등 수많은 데이터를 놓고 검토했을 겁니다. 당시 샌디에이고는 그해 가을 야구를 위해 바로 공격력을 강화하고 1루수를 채울 요량으로 소토와 벨을 데려왔을 겁니다. 워싱턴은 장기적인 관점에서 팀의 리빌

딩을 위해 단행한 조치였겠지요.

3년이 지난 지금은 워싱턴의 승리로 보입니다. 샌디에이고로 갔던 두 선수는 지금 팀에 없으나 소토를 양키스로 다시 보내면서 마이클 킹을 비롯하여 몇 명을 받았습니다. 그렇게 나빠 보이지 않지만, 현재 워싱턴을 보면 에이브럼스, 고어, 우드는 팀의 핵심입니다. 그리고 미래입니다. 당시에 이런 결과를 예측했을까요. 어떤 식으로든 예측이야 했을 테지만, 누구도 장담을 하지는 못했겠지요. 여기에서 자료의 한계를 볼 수 있습니다.

자료는 상관관계만 알려 줄 뿐, 인과관계에 대해서는 알려주지 않습니다. 인과는 인간이 만든다는 걸 알아야 합니다. 비슷하지만 이보다 좀 더 우리 상황을 잘 나타내는 것이 있습니다. 플라톤은 우리를 동굴에 갇힌 존재로 봅니다. 동굴에 갇혀 있기에 밖의 세상을 모릅니다. 볼 수 있는 것은 동굴 벽에 비치는 그림자뿐입니다. 그래서 그림자를 보고 이러저러한 상상을 합니다. 하지만 아무리 동굴 벽 그림자를 연구해도 역시 동굴 밖의 진짜 세계는 알 수 없겠지요.

이런 상황에 놓인 인간을 상정하고 다음과 같이 말합니다. 플라톤의 동굴 안 사람들처럼, 딥 러닝 시스템은 동굴 벽의 그림자를 관찰하고 그림자의 운동을 정확하게 예측하기를 배운다. 이 시스템은 관찰한 그림자가 3차원 공간에서 운동하는 3차원의 대상이 투사한 바를 이해하지 못한다. 강한 인공지능은 이 이해가 필요하다. 자신의 의도를 알고 그것을 인과 추론의 한 조각으로 이용하는 능력은 자기 인식인데, 기계에는 이것이 없다. 즉 기계는 의식은 있지만 자기 인식은 없다. 자기 자신의 믿음, 의도 그리고 욕망을 추론하는 능력을 갖추는 것은 인공지능의 과제이다. 인공지능도 자신의 의도를 생각할 수 있어야 하고, 자기 잘못을 반성할 수 있어야 한다. 우리는 기계가 우리와 같은 인지 능력, 즉 공감, 장기 예측, 그리고 자기 억제, 자기 결정을 하게 만들어야 한다. 쉽게 말하면, 인공지능은 1차원 수준의 자료를 다룰 뿐 3차원 수준의 자료는 다룰 수 없고, 자기 인식이 없기에 자신이 무슨 일을 하는지 모른다는 겁니다.

영화 「머니볼」에는 주인공과 옛 시대의 스카우트가 언쟁하는 장면이 나옵니다. 영화의 성격상 그런 대립 구도가 필요했겠지요. 옛 시대의 스카우트는 주로 자신의 감에 의존하고 세상 변화에 둔감하고 자신의 방식만 고집하는 답답한 유형으로 표현됩니다. 「내 인생의 마지막 변화구」에는 클린트 이스트우드가 스카우트로 나옵니다. 옛 시대의 스카우트인 주인공은 컴퓨터 프로그램이 선수의 본능이나 선수가 경기를 읽는 능력 등을 판단하지 못한다고 말합니다. 선수의 본능이나 경기를 읽는 능력은 그를 실제로 보고 판단하지 않으면 안 됩니다. 그리고 많은 경험이 필요합니다. 저는 아무리 인공지능이 발달해도 오히려 옛날식 접근이 새롭게 주목받지 않을까 생각합니다.

감으로 감독을 하는 사람은 없습니다. 데이터가 중요하냐 아니면 감이 더 중요하냐를 놓고 가끔 논쟁이 벌어집니다. 물론 답은 없습니다. 요즘에는 영상을 분석하고 분석 자료는 수치로 표현합니다. 이렇게 기술이 발달했다면 타격이 예전보다 훨씬 좋아져야 할 텐데 꼭 그런 것 같지도 않습니다. 투수도 똑같은 방법으로 대응하고 있으니까요. 대타를 쓰거나 투수를 교체할 때 감독이 일일이 자료를 보면 저는 이상하다고 여깁니다. 그 정도는 이미 감독 머릿속에 들어 있어야 하겠지요. 하루 종일 시합만 생각하는 감독에게 선수들의 모든 자료가 입력되어 있어야 하는 것은 기본입니다. 그 외에도 선수들의 의지, 의욕, 컨디션, 최근의 흐름, 선수 육성, 선수 보호, 팀 분위기 등 고려해야 할 많은 요소가 모두 그의 머릿속에 있습니다. 그리고 그에게는 무엇보다도 오랜 현장 경험이 있습니다. 그런 경험과 자료를 종합하여 감독 역할을 하는 것이겠지요.

야구 통계학의 상당 부분은 귀납에 의존합니다. 예전의 기록을 바탕으로 하지요. 타율, 장타율, 평균자책점, 출루율 등이 모두 그렇습니다. 그리고 이를 바탕으로 예측을 하지요. 하지만 귀납은 예측에 한계가 있습니다. 타율이 3할이다, 즉 이번 타석에서 안타를 칠 확률이 3할이라면 아웃될 확률이 훨씬 높다는 뜻입니다. 타율이 3할이라는 것은 안타를 칠 확률이 평균보다 높다는 의미일 텐데, 이는 큰 의미는 없어 보입니다. 중요한 것은 바로 이번 타석에서 안타를 치느냐 못 치느냐입니다. 그런데 이것을 누가 알 수 있나요? 치거나 못 치거나 둘 가운데 하나일 뿐입니다. 1할 타자도 이번 타석에서 안타를 칠 수 있습니다. 안 그런가요? 자료는 자료일 뿐입니다. 야구는 사람이 합니다.

DTD

DOWN TEAM IS DOWN. DTD는 2005년 당시 김재박 현대 유니콘스 감독이 〈내려갈 팀은 내려간다〉고 말해서 생긴 용어입니다. 시즌 초반에 약팀이 반짝하는 일이 있을 수 있으나 시간이 지나면 결국 순위가 내려간다는 뜻입니다. 상식에 가깝죠. 1년에 140게임 이상 치르니 결국 전체 전력이 좋은 팀이 살아남기 마련이라는 사실은 경험으로 대부분 알고 있으니까요. 토너먼트라면 또 모르죠. 하지만 정규 시합은 장기 레이스이기에 팀의 전체 전력으로 순위가 판가름 납니다.

시즌이 시작되기 전에 사람들은 예상 순위에 관심을 둡니다. 올해는 어느 팀이 가을 야구를 할지, 어느 팀이 우승할

지를 놓고 논쟁을 벌이기도 합니다. 겨울의 트레이드 성과, 지난해 전력, 신입 선수 등을 고려하여 예상들을 하지요. 저는 시즌 전에는 이런 데에 관심을 두지 않습니다. 하지만 시즌이 시작되고 6월쯤 되면 관심을 갖기 시작합니다. 전반기가 끝나면 후반기 전망을 해봅니다. 이때쯤에는 어느 정도 자료가 쌓이기 때문입니다. 석 달 정도의 자료를 쓸 수 있습니다. 이것이 시즌 전의 예상보다 훨씬 정확하지 않을까요.

이런 예측에 도움을 주는 지표가 팀 평가(DIFF: Run Differential)입니다. 이 지표의 의도는 앞으로의 팀 승률을 예측하는 것입니다. 예를 들어보겠습니다. 2018년 시애틀 매리너스는 44승 24패를 기록하고 있었습니다. 42퍼센트 정도 일정을 소화한 시점입니다. 이 팀은 앞으로 어느 정도의 승률을 기록할까요? 이에 대한 답을 구하는 식을 야구의 피타고라스 승률이라고 합니다. 물론 학교에서 배운 피타고라스 정리와는 상관이 없습니다. 총 득점과 총 실점으로 계산하는데 득점의 제곱을 득점 제곱과 실점 제곱의 합으로 나누면 됩니다. 시애틀은 그때까지 득점 303점, 실점 276점으로 둘의 차이는 +27점이었습니다. 당시 승률은 .647이었지만, 이 공식으로 계산하면, 앞으로의 승률은 0.547입니다. 즉 이 팀의 성적은 44승 24패가 아니라 36승 32패여야 했습니다. 예상 승률보다 실제 승률이 좋았던 것은 접전에서 거둔 승리가 많았다든가 운이 따랐다든가 선수들의 정신력이 남달랐다든가 하는 이유 때문이겠지요. 결국 시즌이 끝났을 때 시애틀은 89승 73패를 기록하여 승률 .549를 기록했고 득점은 711점에 실점은 677점이었습니다. 이 득점과 실점으로 피타고라스 승률을 계산하면 .523이 됩니다. 실제 승률은 .549였고 피타고라스 승률인 .523와 그렇게 큰 차이가 나지 않았습니다. 꽤 쓸 만한 지표로 보입니다.

그럼, 우리나라 프로야구에 적용해 보겠습니다. 2025년 6월 18일 피타고리안 기준 포스트시즌 진출 팀 예측을 보면, 1위 LG 트윈스(현재 순위 2위), 2위 삼성 라이온즈(4위), 3위 한화 이글스(1위), 4위 KT 위즈(5위), 5위 SSG 랜더스(7위)입니다. 7위 랜더스가 가을 야구를 하고 요즘 잘나가는 롯데는 예상 승률 .487로 7위를 한다고 예측합니다. 그런데 롯데는 득실 차이에서 마이너스(361득점, 370실점)에도 순위가 높다는 주석이 달려 있습니다. 과거에 이런 예측이 적중률이 높았을까요? 2020년부터 2024년까지 5년간의 적중률을 보면, 2020, 2021, 2022년에 5강 진출 팀 적중률은 100퍼센트고, 순위 일치는 3팀, 2팀, 0팀입니다. 2023, 2024년에는 5강 적중률이 80퍼센트고, 순위 일치는 2팀,

2팀입니다. 꽤 잘 맞힌다는 느낌입니다.

물론 이런 예측 방법만 사용하지는 않습니다. WAR(대체 선수 승리 기여도)을 기준으로 하는 방법도 있기에 소개합니다. WAR은 선수가 팀 승리에 얼마나 기여했는가를 수치로 나타냅니다. 보통 정규 시즌 팀 승리에 얼마나 영향을 미쳤는지 보여 주는데 숫자가 높을수록 공헌도가 높다는 뜻입니다. 계산이 대단히 복잡한데, 선수의 모든 플레이를 고려하여 만듭니다. 보통 WAR 2~4는 고정 주전, 4~6은 올스타, 8 이상은 최우수 선수로 여깁니다. 최우수 선수는 정규 시즌에 8승을 팀에 가져다준다는 뜻입니다. 가상의 대체 선수를 유격수로 쓴다면 WAR은 0입니다. 승수에 아무런 도움도, 해도 주지 않는 상태입니다. 그런데 그 자리에 WAR 3인 선수를 쓴다면 승수가 셋 늘어납니다.

이런 성격의 WAR를 토대로 2025년 3월 25일에 올해 성적을 예측했습니다. 여기에서 WAR은 작년도 기록을 사용했습니다. 스프링캠프에서 일어나는 부상이라든지 기량 변화를 반영하지 못하는 약점이 있기에, 전문가들의 예상으로 보정했다고 합니다. 1위는 KIA 타이거즈(66.26), 2위는 LG 트윈스(58.63), 3위는 삼성 라이온즈(54.87), 4위는 KT 위즈(49.20), 5위는 한화 이글스(46.58)입니다. 앞의 피타고라스 승률은 LG, 삼성, 한화, KT, SSG 순이며, WAR은 KIA, LG, 삼성, KT, 한화 순입니다. 순위와 관계없이 네 팀은 겹칩니다. KIA와 SSG만 다를 뿐입니다. WAR 예측 1위는 KIA인데, 피타고라스 승률에는 KIA가 아예 없다는 점이 눈에 띕니다.

이승엽 두산 감독이 시즌을 마치지 못하고 자리를 떠났습니다. 성적 때문이겠지요. 2025년 6월 2일 현재 23승 3무 32패, 승률은 .418로 9위입니다. 물론 9위라는 순위도 문제이지만 승률이 기대에 못 미칩니다. 피타고라스 기대 승률은 .484인데 실제 승률은 .418이니 차이가 꽤 납니다. 다시 말해서 팀 전력이 온전히 발휘되지 않았다고도 볼 수 있습니다. 감독의 역량에 의심을 둘 요인이 될 수 있겠지요.

팀 승리와 관련 있는 또 다른 지표는 WP(Win Probability: 승리 확률)입니다. 피타고라스 승률이 한 시즌 전체를 다룬다면, WP는 한 경기의 특정한 시간이나 상황에서의 승리 확률입니다. 요즘 TV 중계에서도 볼 수 있습니다. 예를 들어, 7회 말 2아웃 1 대 3으로 뒤지고 있는 상황에서 타자가 등장하면, 조그만 크기로 WP가 나옵니다. 보통 퍼센트로 표기하지요. 그런데 저는 이 수치를 눈여겨보지 않습니다. 그 정도는 감으로도 알 수 있기 때문입니다.

인터넷에 이런 기록이 있습니다. 2022년 5월 5일, 필라델피아 필리스와 뉴욕 메츠의 경기에서 메츠는 1 대 7로 뒤진 상황에서 9회 초 공격을 시작합니다. 이때 메츠의 승리 확률은 0.2퍼센트입니다. 집에 가야죠. 일찍 나가면 교통 혼잡을 피할 수 있고 속이 쓰리지 않아 정신 건강에도 좋습니다. 그런데 점차 분위기가 바뀌어 7 대 7 동점이 됩니다. 이때 메츠의 승리 확률은 43퍼센트가 되고, 8 대 7로 역전하니 83퍼센트로 변합니다. 이 경기는 메츠가 승리했습니다. 승리 확률을 보지 않아도 팬이라면 누구나 이 정도는 안다고 생각합니다. 오히려 1 대 7 상황에서의 승리 확률이 0.2퍼센트라는 게 이해가 안 갑니다. 메츠 팬이라면 아무리 상황이 나빠도 역전 가능하다는 믿음과 희망이 있기에 0점대 승리 확률을 생각하지 않을 겁니다. 상황이 나쁘다, 질 것 같다, 하지만 끝까지 해봐야 한다, 이런 마음 아닐까요. 이런 상황에서 0.2퍼센트라는 확률이 눈에 들어오겠습니까. 그리고 동점이 되면 마음속 승리 확률은 85퍼센트는 되지 않을까요. 사실 마지막 공격에서 1 대 7의 점수 차를 뒤집는 시합이 얼마나 있겠습니까. 그 정도면 0.2퍼센트가 맞지요. 하지만 응원하는 팬은 숫자에 얽매이지 않습니다. 그래서 아주아주 가끔 큰 희열을 맛보고 그것을 두고두고 이야기하며 삽니다.

　야구에서는 어이없는 역전패와 꿈같은 역전승이 드문 드문 나옵니다. 예전에 군산상고는 9회 말 역전승으로 유명했지요. 보통은 시합이 어느 정도 진행되면 승부를 알 수 있습니다. 예외적인 일은 잘 일어나지 않습니다. 야구 몰라요! 인생 몰라요! 이런 말이 있는데, 위에서 볼 수 있듯이 여러 가지 지표로 시즌 전체도, 한 게임의 승부도 예측할 수 있습니다. 그리고 그 예측은 거의 맞습니다. 야구, 아주 가끔 몰라요! 인생도 아주 가끔 모르지요.

찬스에 강한 타자?

SK 와이번스에서 뛴 박정권 선수의 별명은 〈가을 남자〉, 〈가을 거지〉, 〈미스터 옥토버〉 등이었습니다. 〈가을 거지〉가 제일 재밌네요. 〈가을 남자〉는 너무 흔하여 개성이 없고, 〈미스터 옥토버〉는 메이저리그 레지 잭슨의 별명이니까요. 별명에서 알 수 있듯이 박정권은 가을 야구에서 기억에 남는 활약을 펼칩니다. 통산 OPS가 .807인데, 포스트 시즌 OPS는 .926입니다. 꽤 차이가 큽니다. 이 정도면 〈가을 거지〉라 해도 할 말 없겠지요. 하지만 그 내용도 그런지는 따져 보아야 압니다. 이를테면 승부와 별로 관계없는 상황에서 터뜨린 장타는 OPS는 높여 줄지 몰라도 영양가는 없기 때문입니다. 9회 말 공격에서 역전 홈런을 친다든지 7회 동점 상황에서

2루타를 친다든지 중요한 고비에서 한 방 터뜨리는 것이 더 중요합니다. 박정권 선수는 〈가을 남자〉 같은 별명을 싫어했다고 합니다. 가을에만 잘하는 선수가 아니라 정규 시즌에도 잘하는 선수라는 자부심이 있었기 때문이겠지요.

경기에서 중요한 한 방을 터뜨리는 선수를 두고 찬스에 강하다고 합니다. 영양가가 있다는 말인데, 이를 측정하는 지표가 WPA(Win Probability Added: 승리 확률 기여도)입니다. 이 지표는 단 한 경기에만 적용합니다. 중요한 순간에 선수가 경기에 미친 영향만을 평가하는데, 승리 확률 WP와 연관이 있습니다. 예를 들어, 어떤 타자가 타석에 들어섰을 때 그 경기 승리 확률이 30퍼센트였는데 그 선수가 홈런을 쳐서 승리 확률이 50퍼센트로 증가했다고 합시다. 이 경우 그 선수의 WPA는 +0.2가 됩니다. 이 지표는 0을 기준으로 시합이 끝나면 +0.5가 승리한 팀에, -0.5는 진 팀에 주어집니다. 합하면 0이 되므로 제로섬게임입니다. 잘하는 팀은 +, 못하는 팀은 -가 되는 거죠. 그리하여 선수별로 시즌 누적 점수가 +1.0이면 평균이고 +6.0 이상이면 최상으로 평가합니다. 승리 확률을 20퍼센트 높이면 +0.2라면 평균하려 해도 1년에 5번 정도는 이와 맞먹는 한 방이 있어야 합니다. 김태균 선수는 2016년 WPA 6.91를 기록합니다.

실제 한 게임을 예로 들어보겠습니다. 1993년 메이저리그 월드 시리즈 6차전에서 조 카터가 끝내기 홈런을 칩니다. 이 홈런 전의 토론토의 승리 확률은 34퍼센트였는데 후에는 100퍼센트가 됩니다. 카터의 WPA는 0.66입니다. 이런 승리 확률 기여도는 20만 건을 대상으로 분석했다고 하니 표본이 적다고는 할 수 없어 보입니다.

WPA는 영양가를 보여 주기에 대체 선수 대비 승리 기여도인 WAR과는 다릅니다. WAR은 1년 누적 지표이기에 선수가 얼마나 꾸준하게 팀 승리에 이바지하는지를 보여 줍니다. 이와 달리 WPA는 중요한 순간에 선수가 얼마나 팀 승리에 도움이 되는가를 알려 줍니다. 중요한 시합, 중요한 고비가 있습니다. 다시 말해서, 꼭 잡아야 할 경기가 있습니다. 그 비중은 한 게임 이상이지요. 중요한 게임이라 많은 사람이 관심을 두고 주시합니다. 이런 게임에서 한 방을 날려 주는 선수는 구단, 감독, 동료 선수 그리고 팬에게 찬스에 강한 타자라는 깊은 인상을 남겨 줍니다. 더욱이 단기 시리즈로 진행하는 가을 야구에서는 더욱 큰 인상을 남길 수밖에 없습니다. 한국 시리즈나 월드 시리즈 7차전에서 역전 홈런이나 끝내기 홈런을 치면 영웅이 되겠지요. 그리고 찬스에 강한 타자라는 인상을 확실히 남길 겁니다.

그런데 수치를 따져 보면 찬스에 강한 타자란 존재하지 않는다는 주장이 있습니다. 그런 호칭은 단순한 인상에 지나지 않고 세이버메트릭스를 통해 보면 사실이 아니라고 합니다. 그저 강타자가 큰 경기에서도 강타자 역할을 할 뿐이고, 유독 중요한 순간에 특정한 선수가 큰 역할을 한다는 특이점을 발견하기 어렵다고 합니다. 게다가 표본이 지나치게 적기에 일반 이론이 될 수 없다고 합니다.

〈미스터 옥토버〉 레지 잭슨을 예로 들어보겠습니다. 그는 1977년 월드 시리즈 6차전에서 3연타석 홈런을 날리는 등 4게임 5홈런으로 양키스에 14년 만에 우승을 안겼습니다. 모두 5번 월드 시리즈에 나가 27게임에서 OPS 1.212를 기록합니다. 이 정도면 〈미스터 옥토버〉 맞지 않나요. 강렬한 인상입니다. 물론 27이라는 숫자는 그를 찬스에 강한 타자라고 명명하기에는 부족한 표본입니다. 1년에 162게임을 하는데 겨우 27게임만으로 그런 이름을 붙인다면 어색하기는 하죠. 게다가 그의 챔피언십 시리즈 OPS는 .679에 불과합니다. .700에도 미치지 못한다면 평범한 수준이라 할 수 있습니다. 아무리 가을 야구라 해도 그가 통산 홈런 500개를 넘게 친 강타자라는 사실을 고려하면 매우 부진했다고 해야 하겠죠. 그의 통산 OPS는 .846입니다. 그리고 통산 타율과 출루율은 .262/.356로 가을 야구 성적인 .278/.358와 별 차이가 없습니다. 요약하면, 그는 강타자로서 챔피언십에서는 약했고, 월드 시리즈에서는 매우 강했습니다.

저는 표본 수의 부족이 어떤 선수를 찬스에 강한 타자라고 말하는 데 문제가 된다고 생각하지는 않습니다. 1년에 몇 번이나 그런 찬스가 오겠습니까? 그리고 누구에게나 공평하게 오지도 않을 거고요. 강타자라 해도 그런 기회를 맞으려면 많은 운이 따라야 합니다. 그런 상황을 혼자서 만들 수는 없으니까요. 9회 말 2사 만루 역전 기회에 타석에 들어서는 일을 선수 혼자 만들 수는 없지요. 그런 희박한 기회를 잡아 경기를 자기의 무대로 만드는 일을 설명하기는 쉽지 않아 보입니다. 사람들은 왜 레지 잭슨이 유독 월드 시리즈에 강한지 묻습니다. 알고 싶어 합니다. 속 시원하게 이유를 알면 좋을 텐데 그런 것은 없습니다.

그래서 여러 가지 지표를 제시하지만 여러 가지 허점이 드러납니다. 인과관계가 아니라 상관관계 수치로 그럴듯한 답을 내놓지만 이는 특정한 관점에서 질문에 답하려는 시도입니다. 그리하여 찬스에 강한 타자는 없다고 말합니다. 하지만 여기서 그치지 않습니다. 다른 데에서 답을 구합니다. 강심장, 배짱 등등. 이는 어느 정도 답이 됩니다. 다시 말해서,

타고났다는 것입니다. 더는 물을 수 없습니다.

WAR에 대해 조금 더 이야기해 보겠습니다. 이 지표는 선수에게나 구단에나 연봉 협상 시 요긴하다고 합니다. 그렇겠지요. 단순하게 숫자로 딱 보여 주니까요. 하지만 자료 제공 기관의 산출 방식이 달라 결과 또한 다르게 나옵니다. fWAR, bWR은 같은 WAR 지표이지만, 산출 기관, 수비 지표, 투수 평가, 환산 방식 등이 달라 값이 달라집니다. 예를 들어, 2018년 필라델피아 필리스의 애런 놀라의 WAR은 fWAR은 5.4이고, bWAR은 9.7입니다. 너무 큰 차이입니다. 이런 경우가 아주 가끔 있나 보군요. 사정이 이렇다면, 아마 구단마다 연봉 협상용 WAR을 따로 갖고 있겠지요.

WAR 지표가 시선을 끈 것은 2012년 메이저리그 MVP 선정 때라고 합니다. 당시 미겔 카브레라와 마이크 트라웃이 경쟁했는데, 카브레라는 타격 3관왕으로 트라웃보다 홈런, 타점에서 월등히 앞섰지만, 도루에서는 한참 모자랐습니다. 이런 성적이라면 두말할 것 없이 카브레라가 MVP로 선정되어야 하는데, 논쟁이 일었습니다. WAR 때문입니다. 대체 선수 승리 기여도에서 카브레라는 bWAR 7.1, fWAR 7.3, 트라웃은 bWAR 10.5, fWAR 10.1을 기록했습니다. 꽤 차이가 납니다. 그런데 당시에는 타격 3관왕, 44홈런, 139타점이 통했습니다. 카브레라가 최우수 선수가 되었지만, 요즘은 많이 달라졌습니다. 전통 지표를 오히려 참고 자료로 여길 정도가 되어 가고 있습니다.

수비 평가

1970년 멕시코에서 열린 월드컵 축구 대회는 대회가 끝난 후 당시 MBC TV에서 녹화 중계로 모든 시합을 보여 주었습니다. 저는 예선부터 한 경기도 빼놓지 않고 시청했습니다. 큰 충격을 받았지요. 우선 축구장 자체가 우리나라 경기장들과는 차원이 달랐고, 그렇게 높은 수준의 경기는 본 적이 없었기에 그저 신기할 따름이었습니다. 즐거운 시간이었습니다. 당시 해설은 주영광 씨가 맡았는데 말을 많이 하는 유형은 아니었고 편안하게 진행했습니다. 패스 줄거리가 좋다고 한 멘트가 아직도 기억에 남아 있습니다. 지금 생각해 보면 축구의 핵심을 찌른 멘트였습니다. 축구에서 슛은 마지막 패스라고 하지 않습니까.

그런데 이 대회 녹화 중계를 보면서 제가 느낀 바가 하나 더 있습니다. 당시 브라질 팀의 공격력은 월드컵 역사에서 최고라는 평가를 듣습니다. 펠레, 토스탕, 자이르지뉴, 히벨리누 등 공격진이 막강했지요. 하지만 우승에는 공격뿐만 아니라 수비도 중요하다는 사실을 알게 되었습니다. 해설자가 브라질 팀은 공격 못지않게 수비가 좋다고 말하는데 아하, 했습니다. 브라질 팀의 수비는 세계 최고 수준이라면서 수비수도 다른 팀 공격수 못지않은 개인기를 갖추고 있어 일대일 돌파가 쉽지 않다는 겁니다. 수비가 되지 않으면 밑 빠진 독에 물 붓기라고요. 이른바 〈닥공〉도 수비가 좋을 때나 통하는 이야기죠.

많은 야구 감독이 새로 취임하면 수비를 강조합니다. 승리하려면 득점은 많이 하고 실점은 적게 해야 합니다. 다른 수는 없습니다. 그런데 공격력은 변화가 심합니다. 선수들이 슬럼프에 빠질 때도 있고 이상하게 안 풀리는 날도 있고 상대 투수가 유난히 잘 던질 수도 있습니다. 여하튼 뜻대로 되지 않습니다. 물론 수비도 마찬가지입니다만, 공격처럼 기복이 심하지는 않습니다. 그래서 감독은 수비를 강조합니다. 노력한 만큼 성과가 나온다고 확신합니다. 탄탄한 수비를 바탕으로 공격하는 쪽을 택합니다.

그런데 과연 어떤 선수가 수비를 잘하는 선수일까요? 예전에는 플레이가 화려하면서 어려운 공을 잘 잡아내고 어깨가 강해서 송구도 잘하는 선수를 말했습니다. 그리고 에러가 적어야 했죠. 하지만 에러는 공식 기록원의 주관적 판단에 따른 것이라 요즘은 DRS이나 UZR과 같은 지표를 사용합니다. 물론 다른 지표들도 많이 있지만 여기에서는 이 두 가지를 알아보겠습니다.

두 지표의 기초 개념은 같습니다. 보통 처리할 수 있는 볼을 처리하지 못하면 마이너스, 처리하면 0, 어려운 볼을 처리하면 플러스로 평가합니다. 평균을 가운데 두고, 잘하면 +, 못하면 −입니다. 문제는 어떤 경우가 평균이고, 어떤 경우가 + 혹은 −인가입니다. 이를 두고 여러 가지 방식이 나옵니다.

DRS(Defensive Runs Saved: 수비로 막은 점수)는 보통 여섯 가지 요소를 따집니다. 투수와 포수가 도루 저지에 이바지한 정도, 1루수와 3루수의 번트 처리, 2루와 유격수의 병살타 처리, 외야수의 추가 진루 허용 여부, 외야수의 홈런 타구 처리, 야수의 수비 범위와 타구 아웃 능력 등을 셈하여 지표를 만듭니다. 좀 더 자세히 보면, 뜬공 처리, 수비 범위, 송구 능력, 기대치 이상의 훌륭한 플레이, 명백한 실수이지만 에러로 기록되지 않은 경우, 번트 처리, 즉 아웃, 안타, 희생타 처리 결과, 병살 전환율, 외야수의 송구 정확도, 투수와 포수의 도루 저지(이 경우 도루 억제 책임이 65퍼센트는 투수에게 있다고 봅니다), 포수의 프레이밍 등 기여도, 투수와 포수 조합의 질 등을 따집니다. 꽤 복잡해 보이지만 실제로는 구장에서 벌어지는 일상 플레이를 점수로 환산하는 작업일 뿐입니다.

UZR(Ulimate Zone Rating: 영역 평가)은 수비 영역을 나눈다는 점이 다릅니다. 수비의 영역을 78개로 나누고, 그 가운데 64개 영역을 계산 대상으로 삼습니다. 그리고 각 영역에서 포지션별로 평균 아웃 처리 비율을 구하고, 선수가 기록한 아웃 처리 비율에서 리그 평균 아웃 처리 비율을 빼고, 그 영역의 득점 가중치를 곱하고, 선수 포지션에 할당된 영역 모두에 이 값을 더합니다. 여기서 끝이 아니라 추가 조정을 거칩니다. 구장 요인, 타구 속도, 좌우 타자 여부, 투수의 그라운드, 플라이볼 성향, 아웃 카운트 상황 등을 더하여 조정합니다. 예를 들어, 어떤 타구를 평균 좌익수가 잡을 확률이 40퍼센트라고 하고, 그 타구의 평균 점수 가치를 0.8점이라고 하면, 이 선수가 실제로 볼을 잡았다면 UZR은 (1-0.4)×0.8=0.48이 됩니다. 어려운 이야기처럼 들립니다. 쉽게 이야기하면, 얼마나 많은 범위를 처리했는가, 실책으로 몇 점을 허용했는가, 외야수일 경우 송구로 주자의 진루를 얼마나 저지했는가, 내야수일 경우 병살 플레이에 얼마나 기여했는가? 이 네 가지입니다. 인터넷 자료를 그대로 옮겼습니다.

두 지표 모두 0을 평균으로 놓고, 점수가 많을수록 기여도가 크다고 평가합니다. +15이면 최상입니다. 두 지표는 평가 기준은 같은데, 결과는 서로 다를 때가 많은 듯합니다. 2024년 메이저리그 DRS 상위 10명과 UZR 상위 10명을 비교하면, 비슷한 결과를 보인 선수는 맷 채프먼뿐입니다. DRS 1위는 돌튼 바쇼로 +28이고, UZR 1위는 이안 햅으로 12.2입니다. 맷 채프먼은 DRS에서 +17로 7위, UZR에서는 +8.8로 6위입니다. 두 지표에서 비슷한 수치를 기록한 선수가 맷 채프먼이 유일하다면, 이 지표들을 믿어도 될까요? 작은 의문이 생깁니다.

2002년부터 사용한 이 지표의 2022년까지의 누적 DRS와 UZR을 보면 아드리안 벨트레가 각각 +200, +179로 두 지표 모두에서 1위이고, 안드렐튼 시몬스가 각각 +197, +113.0으로 2위, 3위, 제이슨 헤이워드가 각각 +147, +106.0으로 4위, 5위를 차지합니다. 각 지표 5위까지를 비교했는데, 3명이 순위는 다르지만 겹칩니다. 누적 점수는 신뢰도가 높아진다고 보아야 하나요? 이 지표 모두 WAR을 산출하는 데

쓰입니다. 수비 공헌도이기에 빠질 수 없겠지요. 다시 말해서, 이는 연봉과 직결됩니다.

수비 공헌도를 셈하는 두 지표는 수비 본질을 표시합니다. 묘기처럼 아웃을 시키거나 평범하게 아웃시키거나 아무런 차이가 없다는 거죠. 두 경우 모두 그저 아웃 카운트 하나로 셈하니까요. 간혹 수비수의 묘기에 가까운 플레이가 나옵니다. 멋지게 날아서 잡기도 하고 매끄러운 슬라이딩으로 잡기도 합니다. 같은 아웃 카운트 하나이지만 팬서비스 차원에서는 어떨까요. 관중 증가에 도움이 될 테니 결국 구단 수입이 늘지 않겠습니까. 이런 요소는 DRS나 UZR에는 나타나지 않지만요.

이번에는 팀 수비력을 측정하는 DER(Defensive Efficiency Rating: 수비 효율 평가)을 알아보겠습니다. 이것은 투수의 책임이라 할 수 있는 홈런, 볼넷, 삼진을 제외하고 수비에서 얼마나 많은 타구를 아웃 처리 했는지 알려 주는 지표입니다. 한마디로, 팀의 수비력을 보여 줍니다. 평균은 .700이며 .720 이상이면 최상입니다.

2014년 사이 영상은 클리블랜드의 코니 클루버가 받았는데 18승 9패에 평균자책점 2.44, 소화 이닝 235.2이닝을 기록했습니다. 경쟁자인 시애틀의 펠릭스 에르난데스는

15승 6패에 평균자책점 2.14, 소화 이닝 236.0이닝을 기록했습니다. 두 사람의 기록은 비슷해 보이지만, 그해 클리블랜드의 DER은 .673으로 리그 평균에도 미치지 못했습니다. 리그 최하위 기록이 .672(미네소타)였으니 수비 뒷받침은 꼴찌 수준이었습니다. 범타로 처리할 볼을 범타로 처리하지 못한 경우가 많았다는 뜻입니다. 이에 반해 시애틀의 DER은 .712였습니다. 그리고 클루버의 FIP는 2.35로 리그 1위, 에르난데스는 2.56이었습니다. 팀 수비력은 투수 평균자책점에 영향을 미치고, 투수의 수비력도 팀 수비력에 영향을 미칩니다. 역시 팀과 선수 개개인은 분리할 수 없습니다. 개인 성적보다 팀 성적이 우선입니다. 물론 팀 수비력이 좋으면 투수 개인의 성적도 좋아집니다.

빗맞은 안타?

빗맞은 안타는 예전에나 지금이나 한결같이 쓰는 말이 아닐까 합니다. 텍사스 안타, 바가지 안타라고도 부르지요. 빗맞은 타구가 하필 페어 지역의 잡기 어려운 곳으로 가서 안타가 됩니다. 이런 경우 운이 좋다고 할 수밖에 없습니다. 내야안타에도 이런 경우가 있습니다. 해설자가 말합니다. 코스가좋았어요. 제대로 맞지 않았지만, 시프트가 걸려 있어 유격수가 2루 쪽으로 많이 이동하지 않았습니까. 그런데 하필 그빈자리로 공이 간 거죠. 유격수가 제 위치에 있었다면 충분히 처리할 수 있었습니다. 한편 발이 빠른 타자는 내야 땅볼에도 내야수가 조금이라도 주춤거리면 1루에서 살기도 합니다. 이는 내야 안타로 기록하지만 사실은 발로 만든 안타로 보아야 합니다. 타구 자체는 좋지 않았기 때문입니다. 이런 일들은 야구에서 흔히 일어납니다. 정타가 아니어도 안타로 기록하기 때문에 타자의 능력을 평가하는 데에 허점이 있어 보입니다.

인플레이된 타구의 안타 비율을 따지면 타자의 순수 타격 능력을 알 수 있다는 지표가 BABIP(Battering Average on Balls In Play: 인플레이된 타구의 안타 비율)입니다. 이 지표는 타자가 친 공 가운데 인플레이되지 않은 볼을 제외하고 페어 지역에 들어간 타구만을 대상으로 합니다. 삼진, 볼넷, 홈런은 제외하고, 희생플라이는 넣습니다. 삼진, 볼넷은 볼이 아예 페어 지역에 들어갈 수 없어서, 홈런은 담장을 넘어가 버려서 수비수와 무관하니 제외합니다. 하지만 희생플라이는 상황에 따라 처리 방법이 다르므로 인플레이된 볼로 봅니다. 제 생각에 이 지표는 운도 실력이 될 수 있다는 믿음을 반영한다고 봅니다. 빗맞은 안타든 불규칙한 바운드 덕을 본 안타든 안타는 안타입니다. 야구에서 일단 페어 지역으로 공을 보내라고 말하는 것도 이 때문일 겁니다.

BABIP는 보통 .300이면 높이 평가받습니다. 타율과 같습니다. 2004년 이치로의 BABIP는 .399이었습니다. 통산 기록으로는 로드 커류의 .359, 데릭 지터의 .350이 1, 2위입니다. 그런데 이 지표는 누적이 필요합니다. 이상할 정도로 높게 나오면 다음 해에는 추락할 가능성이 높기 때문입니다. 따라서 몇 년 정도 기록이 누적되어야 평균 수치를 알 수 있습니다. 사실 저는 이 지표의 의미와 가치를 잘 이해하지 못하고 있습니다. 어떤 안타든 안타인 것은 사실이니까 그냥 타율을 보면 되지 않을까요? 그리고 출루율이란 지표도 있으니까요. 보통 데굴데굴 구르는 공이나 어설프게 빗맞은 타구는 운 좋은 안타가 되지 않습니다. 있는 힘껏 스윙하여 공을 맞혀야 빗맞아도 안타가 될 가능성이 있습니다. 툭 갖다 댄 듯한 공은 체공 시간이 길어 보통 아웃됩니다. 저는 빗맞은 안타도 뛰어난 타자가 칠 확률이 높다고 생각합니다. 운이라는 게 하늘에서 떨어지지는 않을 겁니다.

언제부터인가 TV 야구 중계에서 타자가 홈런을 치면 화면 한 귀퉁이에 타구 속도, 발사 각도, 비거리 등이 나오기 시작했습니다. 뭐, 이런 걸 다! 이런 기분이 들었습니다. 눈으로 보아도 홈런이 분명하면 그냥 홈런이구나 하면 충분하지 않나요. 굳이 비거리까지 알아야 할 필요는 없어 보입니다. 더 멀리 날아갔다고 점수를 더 주는 것도 아니지 않습니까. 그런데도 계속 이런 정보를 제공합니다. 찾아보니 이런 정보를 보여 주기 시작한 것은 2015년 4월 21일 메이저리그

워싱턴 내셔널스와 세인트루이스 카디널스의 경기부터라고 합니다. 과학기술의 발전 덕에 등장한 것이라네요.

그 후 여러 수치가 등장했는데 그 가운데는 체감 구속도 있습니다. 공의 실제 구속이 아니라 타자가 느끼는 구속이라는 것이 재미있습니다. 포수가 견제구를 던지는 데 걸리는 시간, 주자가 도루하는 데 걸리는 시간 등도 포함됩니다. 스톱워치로 측정하던 과거와는 비교조차 안 되겠지요.

그리고 투수가 투수판에서 얼마나 앞쪽에서 던지는가도 측정합니다. 이를 익스텐션이라고 부릅니다. 보통 공을 끌고 나온다고 표현했습니다. 선동열 투수는 익스텐션이 길어서 타자가 공을 보는 시간이 짧다는 말이 있었습니다. 투수가 공을 앞으로 끌고 나올수록 타자가 공을 보는 시간이 줄어듭니다. 이런 것들을 측정하면 도움이 되겠지요.

예전에도 알고는 있었지만 수치로 표현하지는 못했던 것들을 지금은 제시하고 있습니다. 예를 들어, 외야수의 포구 확률은 수비수의 이동 거리와 방향, 타구 체공 시간 등을 포함하여 계산합니다. 이런 자료들을 처리하여 xBA(expected Batting Average: 기대 타율), xSLG(expected Slugging Percentage: 기대 장타율), xwOBA(expected weighted On-Base Average: 가중 기대 출루율) 등을 만듭니다.

누적된 자료를 바탕으로 계산하고 여러 물리학적 근거를 토대로 하기에, 타자나 투수가 말하는 불운은 받아들여지지 않습니다. 외야에 뜬 공을 잡을 확률은 87퍼센트인데 그 공을 놓치면 에러가 되겠지요. 그럼, 포구 확률 몇 퍼센트인 공을 잡지 못해야 행운이라고 할 수 있나요? 포구 확률 50퍼센트인 공을 잡지 못하면 행운인가요? 알고 싶군요.

기대 타율과 실제 타율을 비교해 볼까요? 이정후는 2025년 5월 7일 현재 타율 .244를 기록하고 있는데 그의 xBA는 .288입니다. 기대 타율보다 많이 떨어집니다. 이를 단순히 운이 나쁘게도 잘 맞은 타구가 야수 정면으로 가고 있다고 해석할 수도 있으나 합리성이 떨어지는 해석입니다. 기대 타율은 실제 타율이 아니라 타구의 질을 대상으로 하기에 이정후의 실제 타율이 기대 타율에 미치지 못한다면, 타구의 질에 문제가 있다고 보아야 합니다. 운 때문이 아닙니다. 타구의 질이 떨어지는 겁니다.

기대 타율은 실제 타율보다 운의 요소가 적은 지표입니다. 오타니를 보면, 2024년 기대 타율은 .372인데 실제 타율은 .370으로 둘 사이에 차이가 없습니다. 기대 장타율은 .753인데 실제 장타율은 .705였습니다. 그리고 운의 요소가 가장 적다고 하는 가중 기대 출루율은 .502인데 실제 가중 기대 출루율은 .484였습니다. 두 지표 사이에 심각한 괴리는 없어 보입니다.

혹시 기대 홈런 수 같은 지표는 없나요? 어떤 선수가 전반기에 30개의 홈런을 쳤으니 시즌 60개를 기대한다는 식의 기사를 가끔 보는데 요즘 시대와 맞지 않아 보입니다. 전반기에 3할 타율을 기록했다고 후반기에도 3할을 칠 거라 예상하면 이상하지 않습니까. 지표의 홍수 속에서 저는 궁금할 때만 필요한 지표를 찾아봅니다. 이 팀이 지금은 잘하고 있는데 과연 시즌이 끝날 때까지 지속할 수 있을까? 이 선수는 왜 부진할까? 선수나 코치가 아니기에 홈런 발사 각도나 비거리에는 관심이 없습니다. 구단 프런트가 아니기에 WAR에 신경 쓰지 않습니다. 그저 지표 가운데 조정을 거친 것들, 즉 +가 붙은 지표를 재미 삼아 볼 뿐입니다. 전체 순위를 보는 재미가 쏠쏠합니다.

사와무라상

상을 받아본 적이 거의 없는 저로서는 상을 받을 때의 느낌을 짐작하기 어렵습니다. 노벨상처럼 권위도 있으면서 상금도 많으면 기분이 좋지 않을까요. 상금은 한 푼도 없지만 최고 권위를 자랑한다는 프랑스 공쿠르상도 타면 좋겠지요. 우리나라에서는 하루에 하나씩 문학상을 준다고 합니다. 350개가 넘는다고 하는데 뚜렷하게 기억나거나 금방 떠오르는 상이름은 없군요.

　야구에도 많은 상이 있습니다. 시즌이 끝나면 최우수선수상 등 수많은 상을 주고받습니다. 저는 이런 시상식을 눈여겨본 적이 없습니다. 음, 또 주고받는구나! 하는 정도입니다. 제가 선수가 아니니 당연히 관심이 없습니다. 또 어떤 선수의 팬이라면 응원은 하겠지만 그가 수상하지 못해도 상관하지 않을 겁니다. 그게 팬의 마음이니까요. 상이 기쁨을 주려면 무엇보다 권위가 있어야 합니다. 우리나라 야구 상 가운데 권위 있는 상은 무엇인가요? 아, 그 상! 하고 인정할 수 있는 상이 저는 떠오르지 않습니다.

일본에 사와무라상이라는 것이 있습니다. 일본 프로야구 선발투수를 대상으로 매년 시상한다고 하는데 지금 로스앤젤레스 다저스에서 뛰고 있는 야마모토 요시노부가 메이저리그로 가기 전에 2021, 2022, 2023년 3년 연속 이 상을 받았습니다. 그리고 곧바로 메이저리그로 최고액을 받고 진출했습니다. 여기에는 사와무라상 3회 연속 수상도 한몫하지 않았을까요.

일본 야구에서 사와무라상은 받기 어렵다는 평이 지배적입니다. 선정 기준도 까다롭고, 기준을 충족해도 수상이 보장되지 않기도 합니다. 심지어 수상자가 없는 해도 종종 나옵니다. 이 상은 메이저리그의 사이 영상보다 9년 먼저 제정되었습니다. 사이 영상이 1956년, 사와무라상이 1947년입니다. 전쟁에서 사망한 사와무라 에이지라는 투수를 기념하기 위해 만들었다는 이 상은 1982년에 선정 기준을 설정했고 1989년부터 양대 리그의 모든 투수를 대상으로 하기 시작했습니다.

그런데 그 기준이 요즘에 와서 논쟁거리가 되었습니다. 선정 기준은 7가지인데 동시에 모두 충족되어야만 하는 것은 아닙니다. 7가지는 다음과 같습니다. 등판 25경기 이상, 완투 10경기 이상, 승리 15승 이상, 승률 6할 이상, 투구 이닝 200이닝 이상, 탈삼진 150개 이상, 평균자책점 2.50 이하. 그리고 보충 항목으로 7이닝 자책점 3점 이내가 있습니다. 우선 모든 지표가 과거에 머물고 있다는 것이 눈에 띕니다. 아직은 새로운 평가 기준이나 지표를 수용할 마음이 없어 보인다고 해석할 수 있습니다. ERA+, WHIP, FIP 등을 활용할 수도 있는데, 그런 지표는 전혀 보이지 않습니다.

예전과 지금은 선발투수 개념이 많이 다릅니다. 선발투수가 완투하기는 점점 어려워지고 있습니다. 심지어 9회 2아웃까지 잡은 상황에서도 투구 수를 이유로 선발투수를 내리기도 합니다. 이런 시대에 10경기 이상의 완투는 충족시킬 수 없는 조건으로 보입니다. 2023년 야마모토 요시노부가 사와무라상을 받았지만, 완투는 2번에 불과했습니다. 2020년에 이 상을 받은 오노 유다이는 10번 완투했습니다. 이보다 더 내기 어려운 기록은 아마도 투구 이닝 200이닝 이상이 아닐까요. 보통 시즌에 6인 선발 체제이므로 25번 정도 선발 등판한다고 보아야겠죠. 그럼 한 번 등판할 때마다 8이 닝을 소화해야 한다는 계산입니다. 실현 가능성이 거의 없어 보입니다.

요즘 가장 뛰어난 선발투수인 야마모토의 일본에서의 전성기를 볼까요. 2021년에 26경기 등판, 193과 2/3이닝을 소화했고, 2022년에는 역시 26경기 등판, 193이닝을 처리 했으며, 2023년에는 23경기 등판에 164이닝을 책임졌습니다. 이것이 일본 최고 투수의 기록이니, 다른 투수들의 사정을 짐작할 수 있습니다. 한 시즌 보통 30번 정도 선발 등판하는 메이저리그의 경우에도 한 시즌 200이닝 이상 던지는 투수가 줄어들고 있습니다. 2022년 8명, 2023년 5명, 2024년에는 4명이었습니다. 이제 매년 4, 5명 정도로 예상합니다. 상황이 이러하다면 기준도 바꿔야 하지 않을까요.

이 상도 상인지라 잡음이 나오기 마련입니다. 선정 기준 외에 다른 무언가가 작용하기도 하는 모양입니다. 1981년 같은 팀 소속의 에가와 스구루와 니시모토 다카시가 사와무라상 후보에 올랐습니다. 두 선수 모두 200이닝 이상 투구했고 완투 횟수는 각각 20번과 14번이었으며, 둘 다 30번 넘게 등판했습니다. 다른 조건들도 모두 충족했습니다. 수치로 보면 에가와가 우위입니다. 완투 횟수에서 20 대 14로 앞서고 다승에서도 20 대 18로 앞서며 승률 역시 .769로 니시모토의 .600보다 훨씬 좋습니다. 평균자책점도 2.29 대 2.58로 더 좋고 탈삼진은 221 대 126으로 큰 차이가 납니다. 이 정도면 누가 봐도 에가와가 수상했어야 하는데, 결과는 그렇지 않았습니다. 이로 인한 파동으로 미디어계 중심의 심사위원이 사라지게 됩니다. 이런 일은 처음도 아니고 마지막도 아니었을 겁니다. 다르빗슈 유나 기쿠치 유세이도 불만을 제기한 적이 있습니다.

홍미롭게도 수상자가 없을 때도 있습니다. 1971, 1980, 2019년 그리고 2024년에는 수상자가 없었습니다. 조건을 충족시키는 후보가 없었다는 뜻이겠지요. 저는 가끔 수상자가 없는 상을 좋아합니다. 매년 빠짐없이 주는 상은 그저 상이란 제도가 있으니 주는 것 같기 때문입니다. 처음에는 인정과 격려의 의미로 잘하는 사람에게 상을 주겠지만, 시간이 흐르다 보면 주어야 하니까 준다는 식이 될 수 있지도 않을까요. 어떻게 매년 그렇게 뛰어난 사람이나 작품이 나올 수 있을까요. 노벨상도, 아카데미상도 아주 가끔은 수상자가 없어야 오히려 권위가 생기지 않을까 합니다. 기준을 충족하는 대상이 없으므로 올해는 수상자가 없다고 발표하면, 왠지 그 상이 멋져 보입니다. 자격이 없어 보이는 사람이 상을 타는 일이 몇 번 나오면 그 상은 권위를 잃습니다.

　　우리나라에는 투수에게 주는 상 가운데 최동원상이 있습니다. 사이 영상, 사와무라상처럼 선수 이름을 따왔습니다. 최동원상은 2014년부터 시상하기 시작했는데 선발투수, 세이브 투수 모두 후보가 될 수 있습니다. 물론 기준이 있습니다. 2018년부터 기준이 바뀌었는데, 선발 등판이 30경기 이상에서 25경기 이상으로, 다승이 15승 이상에서 12승 이상으로, 평균자책점이 2.50 이하에서 3.00 이하로 조정되었습니다. 180이닝 이상, 탈삼진 150개 이상, 퀄리티 스타트 15회 이상은 그대로입니다. 현실에 맞게 조정하였으나 역시 예전 지표를 그대로 사용하고 있습니다. 아마도 대중에게 익숙하기 때문이겠지요. 하지만 최동원 선수가 선발투수였으므로 역시 선발투수에게 요구하는 조건을 갖추고 있습니다. 여러 조건 가운데 한 가지라도 충족하면 후보가 될 수 있으나, 아무래도 선발투수가 유리하겠지요.

　　그런데 수상자를 보면 고개를 갸웃하게 됩니다. 2014년 1회 수상자인 양현종의 경우 평균자책점이 4.25입니다. 물론 그해 KBO 골든글러브 수상자인 밴 헤켄의 평균자책점도 3.51로 수상자다운 기록은 아니었지만, 그래도 평균자책점 4.25는 심했습니다. 다음 해에 유희관은 189와 2/3이닝 소화에 탈삼진 178개, 평균자책점 3.51을 기록하여 수상자가 됩니다. 훌륭한 성적이긴 한데 뭔가 허전하군요.

제가 안타깝게 느끼는 바는 2017년부터 한 번을 제외하고는 골든글러브 수상자와 최동원상 수상자가 같다는 겁니다. 2022년에만 최동원상 김광현, 골든글러브 안우진으로 갈렸습니다. 일면 무슨 의미가 있는지 알 수 없습니다. 최동원상은 일단 대상을 국내 선수로 한정해야 하지 않을까요. 선발투수에 초점을 맞춰 점수를 차등화하는 방법도 있을 것 같습니다. 이닝 수를 최우선으로 고려하고 나머지는 요즘 등장한 새로운 지표들을 참고하되 가중치를 달리 두는 방법도 있습니다. 최고의 투수가 아니라 최강의 선발투수를 뽑는 거죠.

고시엔

2025년 3월 18일 일본 도쿄돔에서 미국 메이저리그 개막전이 열렸습니다. 오타니 쇼헤이의 출전으로 관심을 모았는데 간토 지역의 시청률은 31.2퍼센트였고, 오타이의 고향인 이와테 지역은 39.8퍼센트의 높은 시청률을 기록했습니다. 간토 지역에서 30퍼센트가 넘는 시청률은 연말「홍백가합전」을 제외하고는 좀처럼 나오지 않는다고 합니다. 오타니의 높은 인기를 보여 주는 수치입니다. 일본에서 프로야구 인기는 상당하다고 하지만, TV 시청률은 그리 높지 않습니다. 1960, 70년대에는 요미우리 팀의 인기가 굉장하여 야구팬을 요미우리 팬과 기타 팬으로 나눌 정도였다고 합니다. 하지만 요즘은 아닙니다. 2024년 클라이맥스 시리즈 요미우리와 요코하마의 6차전 시청률은 15.4퍼센트에 그쳤습니다. 일본에서는 프로야구 생중계 자체를 잘 하지 않는 것 같습니다.

하지만 고시엔 구장에서 열리는 일본 고교야구 전국대회는 다릅니다. 고시엔 대회라고 부르는 이 대회의 시청률은 30퍼센트입니다. 예선부터 결승까지 전 경기를 NHK가 생중계합니다. 낮 경기인데도 시청률이 높군요. 이 정도면 가장 시청률이 높은 국민 프로그램이라고 해도 지나치지 않을 겁니다. 고시엔 대회는 왜 이렇게 인기가 높을까요? 누군가는 최선을 다하는 고등학생들의 플레이가 순수해서 그렇다고 합니다. 하지만 사회인야구도 순수하고 최선을 다하기는 마찬가지입니다. 프로야구라고 순수하지 않다고 할 수 있습니까? 다른 이유가 있지 않을까요?

저는 우선 제도를 눈여겨봅니다. 이 대회는 참가 자체가 쉽지 않습니다. 일본 고교야구팀 숫자는 약 3,700개라고 합니다. 사정을 잘 몰라도 일단 많아 보입니다. 우리나라 고교야구팀이 100여 개이니 인구수를 감안해도 많습니다. 그런데 고시엔 대회에 참가할 수 있는 팀 수는 49개뿐입니다. 47개 광역 자치 지역마다 1팀씩 나오고 홋카이도와 도쿄도는 2팀씩 나와, 합하여 49팀이 됩니다. 예선 통과를 하려면

70대 1 정도의 경쟁률을 뚫어야 합니다. 지역 예선부터 토너먼트로 진행하기에 한 게임이라도 지면 바로 탈락이라는 가혹한 방식입니다. 우승하려면 13~15연승을 해야 한다니 믿기 어려운 제도입니다. 고시엔 구장에 서는 것 자체가 영광이라는 말이 이해됩니다. 이러한 과정이 일단 눈길을 끕니다.

다음으로, 출전하는 팀이 현이나 도를 대표한다는 사실입니다. 출전 팀 단위를 광역 자치 단체인 현이나 도로 규정하여 선발된 팀은 자연히 그 지역을 대표하는 팀이 됩니다. 지역 예선에서는 몇십 개의 팀이 겨루지만 결국 하나의 지역 대표팀이 선정되면 그 지역 모든 팀은 대표팀을 응원하지 않을까요. 어차피 지역 예선은 현이나 도의 대표팀을 뽑기 위한 과정이기에 모두 한마음으로 응원할 수 있습니다. 이를테면 이와테현 예선을 통과한 팀은 그 팀이 어떤 고등학교 팀이든 이제는 이와테현 팀이 되는 것입니다. 예선을 통과한 팀은 모교의 명예뿐 아니라 이와테현의 명예 또한 걸고 본선에 임할 수밖에 없습니다. 대회 자체가 전국에 모교와 자신이 속한 지역의 이름을 높일 수 있는 기회입니다.

그런데 저는 조금 엉뚱한 생각을 해봅니다. 지역이라는 것을 명분으로 대리전이나 리턴매치를 치르는 것은 아닌가 하는 생각입니다. 먼 이야기이긴 하지만 일본은 15세기부터 100년 넘게 전국시대였습니다. 수많은 작은 나라로 분할 되어 서로 전쟁을 했습니다. 그러고 난 뒤에 통일이 되긴 했 지만, 한 지역의 정체성은 쉽게 사라지지 않았습니다. 지역 마다 가문과 문화가 보존되었습니다. 지금도 일본 각지에서 지역 축제인 마쓰리를 개최하고, 영화나 드라마에서도 끊임 없이 전국시대를 재현하고 있습니다. 물론 포장을 잘합니다. 통일로 하나가 되었다는 걸 강조합니다. 하지만 이를테면 간 사이와 간토 사이에는 미묘한 긴장이 존재합니다. 오사카와 도쿄는 그리 비슷하지 않습니다. 정치의 경우에도 오사카 지 역은 일본유신회가 장악하고 있지만 그들은 도쿄에서는 힘 을 못 씁니다. 다른 지방들도 나름의 자부심이 대단하지요.

그래서 저는 일본의 모든 지역이 다시 전국시대로 돌아 갈 수는 없어도 야구를 통해 대리 만족이라도 구하려는 게 아 닐까 하는 공상을 해보는 것입니다. 고시엔 대회에서 우승하 면 전국을 제패했다고 합니다. 말 그대로, 전국의 승자가 되 는 겁니다. 그러니 매년 희망을 걸고 온 마음으로 응원하는 것이 아닐까요.

일본 프로야구 신인을 뽑는 드래프트 중계 방송은 시청 률이 꽤 높습니다. 특히 오타니가 드래프트를 신청한 2013년 의 시청률은 무려 22.6퍼센트였습니다. 요즘은 드라마도

10퍼센트를 넘기기 어려운 게 현실이니 엄청난 수치입니다. 2020년 드래프트 중계 방송 시청률을 보아도 간토 10퍼센트, 간사이 11.5퍼센트로 역시 높습니다. 이는 일본의 고교 야구가 인기 있기 때문입니다. 고시엔 대회 등을 통해 스타가 탄생합니다. 본선에서 놀라운 성적을 거두면 단숨에 스타가 됩니다. 전국 시청률 30퍼센트니 유명해지지 않는다면 오히려 그게 이상하겠지요. 마스자카, 기요하라, 히데키 등은 고교 시절에 이미 스타였고, 본선 1회에서 두 번이나 탈락했지만, 오타니 역시 스타였습니다. 이런 선수들은 대회 기간 내내 뉴스에도 나옵니다. 따라서 드래프트에 시선이 몰립니다. 미디어에서도 열심히 띄웁니다. 반응이 있으니까요. 스타는 탄생하지 않습니다. 팬과 미디어가 만들어 냅니다. 물론 기량이 뛰어나야 하지만, 그 못지않게 중요한 것이 바로 관심입니다.

고시엔 대회에는 투구 수를 제한하는 규정이 있습니다. 3일 연투 금지 그리고 1주일 투구 500구 이하 등입니다. 2018년에 한 투수가 6경기 881구를 던진 기록이 있습니다. 투수 혹사를 방지하기 위한 이 규정이 엄격히 지켜지는지 잘 모르겠습니다. 내 어깨는 보호할 필요가 없다, 나는 프로에 갈 생각이 없기에 고시엔에서 여한 없이 던지겠다는 일부 선수들의 마음가짐 때문이라고 합니다. 프로에 갈 실력이 충분해도 사회인야구로 만족하는 경우도 많습니다. 대학에 진학하여 학업과 병행할 수도 있습니다. 이것이 학생 야구죠. 나의 학창 시절은 야구가 있어 빛났다, 야구 경험이 인생에 큰 도움이 되었다, 이 정도면 훌륭하지 않습니까.

그런데 요즘 일본에 돈이 없어 야구를 포기하는 학생이 늘고 있다고 합니다. 2024년 고등학교 선수는 12만 7031명인데 10년 전인 2014년에는 17만 312명이었습니다. 인구 감소, 다른 종목의 인기 상승과 더불어 경기 침체도 중요한 원인이라고 합니다.

유니폼

야구 감독은 선수와 같은 유니폼을 입고 있습니다. 처음에는 몰랐는데 축구나 배구, 농구 감독은 대부분 유니폼을 입고 있지 않다는 걸 뒤에 알았습니다. 특히 농구는 정장 차림이 많고 축구는 정장이나 트레이닝복이었습니다. 왜 야구 감독은 정장이나 트레이닝복처럼 편한 옷을 입지 않을까 하는 생각이 들어 찾아보니 야구 초창기에는 팀의 주장이 감독이자 코치였기에 야구장 안에서 유니폼을 입었다고 합니다. 선수가 야구장 안에서 유니폼을 입는 것은 당연하고 주장이 감독, 코치를 겸임하였기에 그도 똑같이 유니폼을 입었다는 겁니다. 그런데 주장은 경기에 자주 나가지는 않았다고 하네요. 주장이 하는 일은 감독, 코치 역할에 그치지 않았던 모양입니다. 영수증을 처리하거나 기차 시간에 맞춰 선수를 이동시키는 일까지 했다고 하는군요. 현재 메이저리그에서 감독을 매니저라고 부르는 것도 옛날에는 한 사람이 감독도 하고 매니저 노릇도 했기 때문입니다.

하지만 모든 감독이 유니폼을 입지는 않았다고 합니다. 코니 맥은 1894년부터 1896년까지 피츠버그 감독 시절에는 포수를 겸했기에 유니폼을 입었지만, 1901년부터 1950년 은퇴할 때까지 50년 동안은 정장 차림으로 더그아웃에 앉아 있었습니다. 그가 50년 동안이나 감독직을 맡을 수 있었던 것은 구단주였기 때문입니다. 그가 물러난 뒤 메이저리그는 감독과 코칭스태프도 유니폼을 입어야 한다는 규정을 채택합니다. 지금처럼 야구장 내 유니폼 착용이 공식화된 거죠.

그런데 저는 유니폼 착용과 관련한 엄격한 규정이 있는지 궁금합니다. 현재 양키스 감독인 애런 분은 더그아웃에서 선수와 같은 상의가 아니라 양키스 로고가 새겨진 티셔츠를 입고 있습니다. 규정 위반은 아니니까 그럴 수 있는 것 아닐까요. 어떤 영화에서는 나이 든 베테랑에게 다시 벤치로 돌아오라고 하니 그가 아내와 다시는 유니폼을 입지 않겠다고 약속했기에 곤란하다고 하면서 거절합니다. 그런데 다음 장면에서 그는 소속 팀의 점퍼인가 티셔츠를 입고 더그아웃에

164

앉아 있습니다. 유니폼은 아니지만 그렇다고 규정 위반도 아니다, 그건가요?

뉴욕 양키스 애런 저지의 유니폼을 보면 가슴에 대문자 C가 새겨져 있습니다. 캡틴을 뜻한다고 합니다. 데릭 지터가 2003년부터 2014년까지 캡틴이었고 2022년부터 애런 저지가 맡았으니 한 6년 동안은 캡틴이 없었습니다. 꼭 있어야 하는 자리는 아니라는 뜻이죠. 양키스 역사에 캡틴은 16명뿐이었다고 합니다.

제가 궁금한 바는 캡틴의 역할입니다. 캡틴은 팀에서 무엇을 할까요? 상당한 권위를 부여하지 않을 거라면 굳이 캡틴을 둘 필요는 없을 테니 뭔가 중요한 역할이 있어 보입니다. 2014년 기록을 보니 당시 메이저리그에는 캡틴이 단 3명뿐이었다고 합니다. 뉴욕 메츠의 데이비드 라이트, 시카고 컵스의 폴 코너코, 뉴욕 양키스의 데릭 지터입니다. 모두 뛰어난 선수들로 해당 팀에서 오랜 시간 뛰었습니다.

감독이 정장 차림으로 구두를 신고 투수 교체를 위해 마운드에 오르는 모습을 상상하면 어색합니다. 우선 마운드가 망가질까 염려하게 될 것 같습니다. 무슨 기관 같은 데에서 나온 사람처럼 보이지 않을까요. 규정을 바꾸어 투수를 더그아웃으로 불러들일 수도 있겠습니다.

그런데 유니폼을 입은 모습이 멋있는 선수들은 본 적이 있지만, 그런 감독은 거의 못 본 것 같습니다. 메이저리그는 그나마 낫습니다. 크게 불편한 느낌은 아닙니다. 그런데 우리나라 감독들은 종종 보기 불편한 때도 있습니다. 특히 꽤 튀어나온 배가 문제입니다. 감독이 아니라 동네 아저씨 느낌입니다.

야구 유니폼은 서양 스타일의 옷입니다. 미국에서 시작되었기에 미국 사람 체형에 맞습니다. 그리고 시대 변화에 응하면서 변화를 거듭해 오지 않았을까요. 초창기에는 양말을 겉으로 드러냈고 상의와 하의 모두 헐렁하게 입었습니다. 양말이 도드라졌기에 보스턴 레드삭스, 시카고 화이트삭스와 같은 팀 이름이 생기지 않았을까요. 지금은 양말은 보이지 않고 상하의는 몸에 꼭 끼는 편입니다. 여러 변화가 있었지만 역시 미국 사람 체형과 그들의 유행을 따랐을 뿐입니다.

그런데 체형에 따라 유니폼이 잘 어울리는 선수가 있고 그렇지 않은 선수도 있습니다. 예를 들어, 데릭 지터는 양복 정장도 잘 어울리고 유니폼도 멋집니다. 하지만 휴스턴의 알투베는 정장 차림은 본 적이 없어 모르지만, 키가 작고 비율이 좋지 않아 보여서 그런지 유니폼은 썩 잘 어울리지 않습니다.

사극을 보면 배우들이 대부분 잘생긴 듯 보입니다. 키나 얼굴 생김새와 크게 관계없어 보입니다. 비율은 옷에 가려져 알 수 없습니다. 사극에서 보는 옷은 오랫동안 우리 체형과 문화에 맞게 진화한 것이라 거기 출연하는 사람들에게도 잘 어울려 눈에 거슬리지 않습니다. 일본이나 중국의 사극의 경우도 마찬가지입니다. 현대를 배경으로 하는 드라마에서는 별로인 배우도 사극에서는 꽤 괜찮은 모습으로 나옵니다. 자기 옷을 입었다고나 할까요.

야구 유니폼의 경우도 얼마나 많은 사람이 고민했겠습니까. 특색 있는 유니폼이나 선수를 돋보이게 하는 유니폼을 개발하기 위해 얼마나 애썼겠습니까. 응원에서 우리만의 문화를 만들어 냈듯이 유니폼에서도 우리만의 문화를 볼 수 있으면 좋겠습니다. 물론 한복 입고 야구 하자는 이야기는 아닙니다. 겉보기에는 같아도 편하고 무엇보다도 선수가 돋보이는 유니폼을 보고 싶습니다.

여기서 잠깐! 뉴욕 양키스의 줄무늬 유니폼은 베이브 루스가 날로 뚱뚱해지자 이를 감추고 조금이라도 날씬하게 보이기 위해 만들었다는 말이 있으나, 이는 사실이 아닙니다. 최초의 줄무늬 유니폼은 1908년 시카고 컵스가 선보였습니다. 지금도 가끔 홈게임에서 착용합니다. 루스가 양키스에 입단한 해는 1920년으로 꽤 시간 차이가 납니다. 사실과 다른 이야기가 유포된 이유는 아마도 베이브 루스의 명성 때문이겠지요. 너무 뛰어났기에 유니폼조차 이야깃거리가 된 것 아닐까요. 스타에 관해서라면 팬은 무엇이든 알고 싶어 하고, 필요에 따라 창작을 하기도 하니까요.

리틀 야구

장충단공원 근처에서 야구장을 처음 보았던 기억이 있습니다. 리틀 야구장으로 어린아이들이 치고 달렸습니다. 아마 1971년쯤으로 제가 중3 무렵이었을 겁니다. 리틀 야구는 1980년대까지 화제였습니다. 우리나라는 1984년 처음으로 리틀 야구 월드 시리즈에서 우승하여 리틀 야구를 널리 알렸습니다. 다음 해인 1985년에도 우승하여 인기가 대단했던 기억이 납니다. 아주 오랫동안 소식이 없다가 2014년에 모처럼 우승했다는 소식을 들었습니다. 그러고는 관심에서 사라졌습니다.

저는 리틀 야구 하면 대만이 떠오릅니다. 대만이 리틀 야구에서 세계 최강이라는 말을 많이 들어서 그렇습니다. 기록을 찾아보았더니 근거가 확실했습니다. 1969년 첫 우승을 시작으로 2000년까지 16번 우승했습니다. 일본은 1967년 처음 우승하고 다음 해인 1968년, 1976년에 우승한 후 대만에 눌려 한참 뜸하다가 1999년에야 다시 우승합니다. 하지만 2001년 우승을 시작으로 2024년까지 7번이나 우승하는데 특히 2010년대에 최강이었습니다. 우리나라는 1985년 이후 2014년까지 거의 30년 동안 우승과 인연이 없었으니, 인기가 하락합니다. 저도 별 기억이 없습니다. 예전에 리틀 야구의 저변을 확대해야 앞으로 한국 야구의 미래가 있다는 말을 많이 들었습니다. 대만은 리틀 야구가 강하니까 앞으로 잘하리라고 본 거죠. 일본은 2000년대 들어 가장 성적이 좋았으니 역시 장래가 밝을 거라고 봤고요. 이런 논리라면 한국이 가장 불리하지만, 너무 단순한 논리이니 그리 신경 쓰지 않아도 되지 않을까요.

세계 야구 소프트볼 연맹(WBSC)이 발표한 2025년 세계 야구 순위를 보면, 일본, 대만, 베네수엘라, 멕시코, 미국, 한국 순입니다. 일본 1위, 대만 2위, 그리고 한국은 6위입니다. 전해인 2024년 순위를 보면, 일본, 멕시코, 대만, 미국, 베네수엘라, 한국 순입니다. 1위는 일본으로 같고 대만은 3위이며, 한국은 같은 순위 6위입니다. 2년간의 세계 순위에서 일본과 대만은 한국에 앞서 있습니다. 이제 대만이 중요한 국제 대회에서 한국의 발목을 잡는다는 표현은 틀린 말 같아 보입니다. 오히려 대만이 한국에 패하면 한국이 대만의 발목을 잡는다는 말이 나올 수 있을 겁니다.

대만과 한국의 국제 대회 성적은 통산 26승 16패로 한국이 앞서지만, 2018년 이후 성적만 보면 최근 6경기에서 2승 4패로 열세입니다. 이런 상황인데도 불과 몇 년 전까지도 여전히 중계방송에서는 대만을 얕잡아 봐서는 안 된다고 했습니다. 강팀이므로 경계해야 한다고 말하면서도 여전히 우리의 상대는 일본이므로 일본에 초점을 맞춰야 한다는 것이었습니다. 그런 시절은 이제 갔다고 해야 하지 않을까요. 우리보다 순위가 앞서는 팀과 만나면 최선을 다해 이기도록 해야 합니다. 큰 그림을 그릴 여유가 없으니까요. 2024년 WBSC 프리미어 12 우승은 대만이 차지했습니다. 한국은 조별 예선에서 탈락했습니다. 아직 엄연한 현실을 직시할 자세가 갖춰지지 않은 것으로 보입니다. 대만이 우리보다 상수임을 인정하는 데에는 시간과 계기가 될 사건이 필요하겠지요.

태국 여자 배구팀을 보고 놀란 적이 있습니다. 제 기억에 태국 국가대표 여자 배구팀은 없었습니다. 아시아에서는 한국, 중국, 일본이 여자 배구에서 겨루었습니다. 요즘은 우리 대표팀이 번번이 태국에 집니다. 저는 충격을 받았지요. 아, 어느 나라나 마음먹고 도전하면 할 수 있구나! 하는 깨달음을 얻었습니다. 태국이 일본에서 배구를 배워 왔다는 뉴스를 보고 역시 배우고자 하는 사람은 이길 수 없다는 평범한 진리를 다시 새기게 됩니다. 대만은 많은 선수를 미국 마이너리그에 보내고 있습니다. 낮은 자세로 배워야 이길 수 있습니다.

일본에서 온 한국 선수

최일언은 1984년 일본에서 온 재일 교포 선수입니다. 프로
야구나 사회인야구를 거치지 않고 센슈 대학을 졸업한 뒤 바
로 한국의 OB 베이스에 입단합니다. 선수 생활을 그리 오래
하지는 않았습니다. 제 기억에 공이 빠르지는 않았고 생김새
와 비슷하게 깔끔하게 던지는 스타일이었습니다. 순전히 제
기억이므로 사실과 일치하는지는 잘 모르겠습니다. 어쨌든
재일 교포 선수 가운데 한 명 정도로 기억했는데, 지금까지
TV 화면에 나옵니다. 요즘은 삼성에서 코치를 하고 있더군
요. 선수 시절부터 따지면 40년이 넘었습니다. 더 놀라운 바
는 2020년 60세가 될 때까지 단 1년도 쉬지 않고 코치를 했
다는 사실입니다. 믿을 수 없는 기록이지요. 그리고 1년인가

쉬더니 2021년 다시 코치로 돌아가 지금도 활동하고 있습니다. 게다가 국가대표 코치도 네 번쯤 했습니다. 짧은 선수 생활에 이은 무한대의 코치 생활이라고 할까요. 존경스럽습니다. 아마도 뛰어난 능력 덕이겠지요. 감독을 맡은 적은 한 번도 없지만, 2군 감독 경험은 있습니다. 이토록 오래 코치 생활을 하고 있다면 능력 말고 무엇으로 그것을 설명할 수 있겠습니까. 이 정도면 한국 야구 발전에 한몫했다고 해야겠죠. 얼마나 많은 투수를 키워 성공시켰겠습니까. 그러지 못했다면 지금의 최일언은 없었겠지요.

재미있는 일화가 있습니다. 김인식 감독과 함께 일할 때였는데, 투수 교체를 위해 감독이 일언아, 일언아, 하고 불렀답니다. 그런데 정작 본인은 못 들었는지 별 반응이 없었는데 선수들은 더그아웃에서 모두 일어나 감독을 쳐다보았다고 합니다. 실화인지는 알 수 없습니다. 어쨌든 이런 이야기가 돌아다닐 정도로 그는 한국 프로야구에 뿌리를 깊이 내렸습니다.

1984년 일본에서 한국 프로야구에 온 선수는 최일언뿐만이 아닙니다. 송일수, 홍문종, 김일융 등도 있었습니다. 홍문종은 타격에서 두각을 나타내 이만수와 수위 타자 경쟁을 한 기억이 나네요. 고의 볼넷으로 타격 기회를 얻지 못해 억

울했을 겁니다. 송일수는 후에 감독 자리에까지 올랐지요.

김일융은 한국에 오기 전부터 거물급이었습니다. 요미우리 자이언츠 소속으로 1977, 1978년 2년 연속 최우수 평균자책점, 최다 세이브를 동시에 기록했습니다. 물론 한국에서도 김시진과 함께 한 해 25승을 올린 적이 있을 정도로 잘 던졌습니다. 성적이 좋았던 것은 물론이고 프로선수가 지녀야 할 자세나 마음가짐, 태도 등에서도 모범이 되었습니다. 1982년 출범한 한국 프로야구는 실업야구와 크게 다를 게 없었다고 합니다. 김일융은 완투승이나 완봉승을 거두면 가볍게 한두 잔 마시고 정해진 시간에 잠자리에 들었다고 하는데 이는 당시 한국 야구 분위기에서는 낯선 일이었습니다. 보통은 거하게 한잔하는 문화였습니다. 완투나 완봉을 하면 며칠 후에나 등판하므로 술을 많이 마셔도 지장 없다고 생각했는지도 모르죠. 후에 김응용 감독은 선동열이 술을 줄였으면 선수 생활을 더 오래 했을 거라는 말을 한 적이 있습니다. 이런 발언으로 당시 분위기를 짐작할 수 있습니다. 김일융은 장효조와 특히 친했다고 하는데, 후에 장효조가 롯데로 트레이드됐을 때 국제전화로 대처하는 자세를 가르쳐 주기도 했습니다. 트레이드가 드물었던 프로야구 초창기에 큰 도움이 되었겠지요. 선수는 코치에게 배우지만 동료나 선배 선수에게도 많이 배운다고 합니다. 김일융에게 투수들은 아마도 많이 배웠을 겁니다. 투수가 아닌 선수는 프로란 무엇인가를 배웠겠지요. 지금 메이저리그에서 다르빗슈는 투수들 사이에서 투구 비법 전수로 인기가 좋다고 합니다. 김일융도 비슷하지 않았을까요. 그리고 매너도 훌륭했습니다. 제 기억에 항상 웃는 모습이었으며 옷도 말끔하게 입었습니다. 일본으로 돌아가 선수 생활을 이어 갔습니다. 한국에서는 속구가 아닌 느린 볼로 꽤 잘 던졌습니다. 한국에서는 빠른 볼로 윽박지를 필요가 없었기에 여러 종류의 느린 커브를 연마할 기회를 얻었다고 했습니다. 한국에서 얻어 간 게 있었습니다.

김일융보다 1년 먼저 1983년에 장명부는 일본에서 침체를 겪다가 삼미 슈퍼스타즈에 입단합니다. 거물 투수였습니다. 1978, 80년 히로시마에서 15승씩 올렸고 1979, 80년 일본 시리즈에서도 활약했습니다. 그 후 신통치 않은 상태에서 한국으로 왔습니다. 하지만 오자마자 믿을 수 없는 기록을 쏟아냅니다. 30승 16패 6세이브. 세이브가 눈에 띄는군요. 선발투수가 세이브까지 올렸다면 선발, 구원 가리지 않고 등판했다는 의미입니다. 그리고 30승은 아무래도 심해 보입니다. 물론 김일융, 김시진도 25승씩 하던 시절이긴 하지만요. 더욱 의아한 것은 투구 이닝 수입니다. 무려 427과

1/3이닝입니다. 감이 안 잡히는 숫자입니다. 요즘은 200이 닝을 넘기면 먹어 치웠다는 표현을 쓰는 시대입니다. 그런데 아무리 초창기라 해도 400이닝이 넘는다면 이상합니다. 같은 팀 동료였던 임호균도 그해 235이닝이나 던졌습니다만 이 숫자가 초라해 보일 정도네요. 이런 수치는 당시 상황을 증언합니다. 바로 수준 차이입니다. 1982년 일본에서 3승 11패로 부진하여 연봉 협상 도중 물러난 장명부가 특별한 변신 없이 이런 성적을 올렸다는 사실이 그것을 잘 설명해 줍니다.

굴욕으로 보이긴 하지만, 장명부 역시 성적 외에 많은 부분에서 한국 야구에 큰 도움이 되었다고 합니다. 타자 상대 요령, 견제, 변화구, 몸 관리 등에 대해 전해 주었다고 하는군요. 타자가 타석에서 덤비는지 아니면 기다리는지 등을 구별하여 투구하는 법 등을 다른 투수들에게 상세하게 알려 주었습니다. 제 기억에 당시 한국 투수들의 변화구는 단조로웠습니다. 보통 커브와 슬라이더 가운데 하나를 던졌는데, 커브를 잘 던지면 슬라이더는 약하고, 슬라이더에 능숙하면 커브는 신통치 않았던 듯합니다. 최동원은 커브 달인이지만 슬라이더는 거의 던지지 않았고 선동열은 그 반대였습니다. 물론 장호연은 팔색조란 별명답게 다양한 구질의 공을 던졌습니다.

장명부는 팔의 각도를 비롯해 구종, 구질 모두 자유자재였습니다. 위기 상황이 아니면 전력투구하지 않았기에 400이닝 이상 던질 수 있었습니다. 변화구만으로 충분했으니까요. 물론 기술의 전수는 거저 이루어지지 않았습니다. 배우는 선수들의 열정과 노력이 함께했습니다.

세상에 공짜는 없습니다. 어느 다큐멘터리를 보니 옛날 영국에서는 중국 차의 비법을 배우기 위해 전문가를 중국인으로 위장시켜 중국에 들여보내 오지를 누비게 하면서까지 그 비법을 알아냈다고 합니다. 그리하여 인도에서 차 재배가 시작되었다고 하네요. 앞선 기술을 배우기 위해서는 부단히 애써야 합니다.

장명부는 그런 과정에서 자기 역할을 했습니다. 그는 가르치는 데 재주가 있었나 봅니다. 박영길 감독이 야인으로 있던 그에게 서울에 있는 고등학생을 봐달라고 부탁합니다. 그렇게 키워 낸 투수가 LG에서 뛴 이상훈이고, 대구에서 가르친 학생은 투수 김상엽입니다.

잠수함 투수 김기태는 일본에서 1974년 20승을 거두면서 207개 탈삼진을 기록해 다승왕, 탈삼진왕에 올랐으나 한국에서는 큰 인상을 남기지 못했습니다.

　선수 겸 감독 백인천도 빼놓을 수 없습니다. 프로야구 창단 감독 가운데 한 명으로서 프로 경험이 전혀 없는 한국에 프로란 어때야 하는지를 몸소 보여 주었기 때문입니다. 선수로 4할 타율을 기록하면서 감독으로 팀을 이끈 모습을 생각해 보면 아, 옛날이었구나 하는 기분이 절로 듭니다. 방망이를 비스듬히 눕히고 힘 안 들이고 툭툭 밀어 치던 모습이 떠오릅니다. 『일간스포츠』에서나 소식을 접하던 선수가 눈앞에서 플레이하는 것을 보니 새로운 시대라는 것이 실감 났습니다. 일본 프로야구에서 타율 1위를 한 적이 있는 선수가 아무리 전성기가 지났다 해도 신생 팀에서 뛰는 모습은 낯설었지만, 한편으로는 새 시대 신호탄으로 보였습니다. 백인천은 일본에서 햐쿠(白)로 불렸다고 하는데 꽤 거칠었나 봅니다. 투수가 빈볼 던지면 방망이를 들고 마운드로 돌진했다는 말을 들은 적이 있습니다. 한국에서도 자기 스타일대로 돌진했습니다.

먹튀

가끔 먹튀 기사가 나옵니다. 어떤 선수가 거액의 장기 계약을 했으나 전혀 기대에 못 미치는 활약을 하고 있다는 내용이지요. 그러면서 성적이 얼마나 형편없는지 자세하게 알려 줍니다. 최근에는 로스앤젤레스 에인절스 소속의 앤소니 렌던이 화제입니다. 그는 워싱턴 내셔널스에서 7년 동안 훌륭한 성적을 거뒀습니다. 연봉 산정의 중요 기준인 대체 선수 승리 기여도(WAR)를 보면 통산 fWAR 30.3, bWAR 29.9입니다. 7년 누적 기록이니 연평균 4.3 정도 됩니다. 아주 뛰어납니다. 혼자서 4.3게임을 승리로 이끌다니 탐나는 선수입니다. 그리하여 에인절스와 7년 2억 4500만 달러의 장기 계약을 맺습니다. 연평균 3500만 달러 정도이니 WAR당 815만 정도로 셈한 모양입니다. 그런데 계약 후 첫해에만 돈값을 하고 그다음부터 헤매기 시작합니다. 2020년부터 지금까지 fWAR 3.5, bWAR 3.8을 기록하고 있으니까요. 한 해의 수치가 아니라 5년 동안의 누적치입니다. 그러니 평균 0.7 정도입니다. 재앙이지요. 그런 데다 태도도 엉망입니다. 야구 게임 수가 너무 많다는 발언까지 하는 등 최악으로 가고 있습니다.

먹튀인 듯 먹튀 아닌 먹튀 같은 일도 있습니다. 거액의 장기 계약을 맺고 꾸준히 게임에 나옵니다. 아프지 않습니다. 고액 연봉자이고 아프지 않으니 출전시킬 수밖에 없습니다. 그런데 못합니다. 그래도 뺄 수가 없습니다. 어쨌든 선발 로테이션을 거르지 않고 소화하니까요. 그런데 계속 못합니다. 워싱턴 내셔널스에 있던 패트릭 코빈 이야기입니다. 6년 1억 4000만 달러에 계약한 그는 2019년부터 2024년까지 매년 30게임 이상 선발투수로 등판했습니다. 물론 코로나가 기승이던 2020년은 예외입니다. 열심히 던졌으나 2021년부터 2024년까지 4년 연속 리그 최다 패를 기록합니다. 2022년에는 19패를 기록했는데 요즘 보기도 힘든 기록일 겁니다. 이 기간 fWAR 9.3, bWAR 2.7을 기록하는데, 애리조나 시절의 7년 누적치인 fWAR14.8, bWAR 11.2와 큰 차이를 보입니다. 애리조나 시절의 연평균 WAR은 1.85 정도, 워싱턴 시절은 1 정도였던 것으로 보입니다.

그럼, 한국 선수를 보겠습니다. 텍사스 레인저스 시절의 박찬호는 미국 매체에서도 아주 가끔 먹튀 순위에 등장합니다. 다저스에서의 6년은 에이스라 부르기에는 조금 주저되지만 훌륭했습니다. 6년 누적 fWAR 16.4, bWAR 17.6으로 연평균 2.8을 기록했으니까요. 그리하여 5년 6500만 달러에 텍사스로 이적합니다. 연평균 1300만 달러에 달하는 거액인데 2002년부터 2006년까지 68경기에 등판 22승 23패에 그칩니다. 우선 출전 경기 수 자체가 적습니다. 5년이면 150게임 정도는 마운드에 올랐어야 하는데, 반에도 못 미치니 WAR을 볼 필요도 느끼지 못하겠습니다. 평균자책점도 5.79이니 부상이어도 등판하면 돈값을 한다는 평도 듣기 어려울 겁니다. 이 시기 5년 누적 WAR은 3에 불과해 연평균은 0.6에 지나지 않습니다. 평균적인 선수와 다름없는 수치이므로 구단 입장에서는 박찬호에게 들인 돈이 크게 느껴지겠지요.

텍사스 레인저스 시절의 추신수도 먹튀 후보에 오릅니다. 그 전에 좋은 활약을 펼친 덕에 2014년부터 2020년까지 7년 1억 3000만 달러에 계약합니다. 이 기간 fWAR 8.8, bWAR 8.4를 기록합니다. 연평균으로 하면 1.2에 지나지 않습니다. 그의 평균 연봉은 약 1860만 달러 정도인데, 그 값을 못 했습니다. WAR 1.2는 연봉 약 1000만 달러 수준이라고 합니다. WAR 1은 약 850만 달러의 가치로 평가한다는 말을 들은 적이 있습니다. 그렇다면 추신수는 평균 연봉이 약 1860만 달러이므로 WAR 2.2 정도는 해주어야 합니다. 그런데 못 한 거죠. 그러니 모두 합해 WAR 6 정도가 부족하므로 돈으로 환산하면 $6 \times 850 = 5100$(만 달러)이 됩니다. 1억 달러의 반 정도이니 환율을 1,400원으로 하면 텍사스는 약 700억의 손실을 보았습니다. 앞에서 언급한 앤소니 렌던은 약 2500억, 박찬호는 약 560억 정도 손실입니다.

먹튀가 되지 않는 방법에는 두 가지가 있습니다. 하나는 다년 계약이 아니라 매년 계약을 하는 것입니다. 먹튀의 전제는 고액의 장기 계약입니다. 이 가운데 장기를 거부하면 됩니다. 시즌이 끝날 때마다 계약을 하면 아예 먹튀 이야기가 나올 수 없습니다. 매년 연봉 산정을 하는 회사원에게는 누구도 먹튀라는 말을 하지 않습니다. 하지만 이 방법을 택하기는 쉽지 않습니다. 일단 구단이 고액의 장기 계약을 제안해야 합니다. 이런 제안을 받는 선수는 보통 경쟁이 치열하기에 당연히 위험 부담이 적은 장기 계약을 택합니다. 장기 계약이라면 부상이 있어도, 부진해도 연봉을 정해진 기간다 받습니다. 이뿐만이 아닙니다. 팀 내 위상도 높아집니다. 팀의 간판이 되며 함부로 할 수 없는 존재가 되죠. 부진해도 경기에 내보냅니다. 감독도 눈치를 보게 되죠.

이런 유리한 조건을 물리치고 굳이 매년 계약을 할 이유가 없어 보이지만, 실제로 하는 선수도 있습니다. 지금은 요미우리 자이언츠 감독인 아베 신노스케도 그중 한 명입니다. 그는 구단과 연봉 협상에서 줄다리기를 하지 않은 것으로 유명합니다. 다년 계약을 하면 아무래도 안이해지고 성적이 좋지 않은 해에도 똑같이 많은 연봉을 받는다면 스스로 용납할 수 없으리라는 이유에서였습니다. 하지만 그는 거의 매년 팀에서 최고 연봉자였습니다. 한번은 팀에서 6억 2000만 엔을 제시했는데 일본 시리즈에서 우승하지 못했다면서 6억 엔에 계약했습니다.

또 다른 방법은 이른바 〈혜자 계약〉을 하는 겁니다. 구단에 매우 유리한 조건으로 기꺼이 계약하면 부진하더라도 그렇게 욕먹지 않습니다. 다소 부진하더라도 웬만하면 넘어갑니다. 애당초 부담이 큰 계약이 아니기에 그럴 수 있습니다. 클리블랜드 가디언스의 호세 라미레스가 〈혜자 계약〉 선수입니다. 2022년에 7년 1억 4100백만 달러에 새로운 연장 계약을 체결했는데 이는 분명 〈혜자 계약〉입니다. 그는 클리블랜드에서만 뛰었는데 2013년부터 2024년까지 12시즌 누적 WAR은 fWAR 51.5, bWAR 52.4로 평균 4.3 정도입니다. WAR 1당 850만 달러로 계산하면 기대 연봉은 3655만 달러 정도인데, 그가 실제로 받는 평균 연봉은 새로운 연장 계약으로는 2000만 달러 조금 넘습니다. 차이가 크게 납니다. 이 정도면 반값 계약이란 말이 나와도 이상하지 않겠지요. 클리블랜드는 돈이 없는, 이른바 스몰 마켓에 속합니다. 라미레스를 잡을 능력이 안 되니 라미레스가 다른 팀으로 가도 비난할 사람은 없습니다. 하지만 그는 팀에 남았습니다. 자신은 팀을 사랑하며 이 팀에서 월드 시리즈 우승을 하고 싶다고 말합니다. 그리고 2억 달러나 1억 4000만 달러나 사는 데는 별 차이가 없다고도 합니다. 멋지군요. 그는 현재 메이저리그에서 가장 저평가된 선수라고 합니다. 작고 조금은 통통한 모습과 달리 주루에도 능하고 3루 수비도 좋습니다.

실업야구 시절이나 프로야구 초창기에는 먹튀란 말 자체가 없었습니다. 고액의 다년 계약 개념이 없었으니까요. 실업야구 선수는 회사 직원으로서 월급을 받았습니다. 자유계약선수 제도인 FA가 한국에서 시작된 해가 1999년 말이니 꽤 오랜 기간 먹튀가 나올 수 없었습니다. 첫 FA 계약은 1999년 말 송진우의 3년 7억 원이었던 것으로 기억합니다. 최고액은 지금까지 세 번에 걸친 FA로 최정이 벌어들인 302억으로 알고 있습니다.

요즘은 특히 FA 선수가 못하면 몸값, 돈값 좀 하라고 비난합니다. 그리고 계약을 추진한 단장이나 사장에게 화살이 돌아가기도 합니다. 예전에는 그저 4번 타자 노릇 좀 해라, 홈런왕이 왜 그 모양이냐, 어제 먹은 술이 덜 깼냐, 이런 말을 크게 외치는 정도였습니다. 물론 신문 기사는 좀 더 매서웠지만 돈 이야기는 하지 않았습니다. 이제 시대가 변한 거죠. 모두 돈으로 환산합니다. 돈의 크기가 선수의 가치이고, 선수의 가치는 돈으로 나타납니다. 그렇게 믿는 거죠. 돈값을 하고 있습니다, 아니 몸값 이상으로 잘해 주고 있어요, 이런 말이 자연스럽습니다. 저도 조금 전에 먹튀의 손실을 계산했습니다.

은퇴식

얼마 전 추신수 선수의 은퇴식이 있었습니다. 저는 보지 못했지만 여느 은퇴식과 달랐던 모양입니다. 구장 앞에 근조 화환이 등장했고 은퇴식이 열리기 전에 꽤 많은 관중이 자리를 떴다는 기사를 보았습니다. 그리고 온라인의 반응도 차가웠다고 합니다. 비난이 주를 이루었다니 의외의 현상인 것은 맞는 듯합니다. 기사에서는 추신수 선수가 구단 인사에 과도하게 그리고 부당하게 개입한 것이 사태의 원인이 아닐까 하고 추측하고 있습니다.

자세한 사정이야 알지 못합니다. 그래도 의아한 점이 남습니다. 왜 추신수 선수는 랜더스에서 은퇴식을 하나요? 어떤 구단에서 은퇴식을 한다는 것은 곧 오랫동안 그 팀을 위해 헌신했다는 의미입니다. 한두 해 반짝했다고 할 수 있는 행사가 아니지요. 추신수 선수가 아무리 랜더스의 우승에 이바지했더라도 거기서 은퇴식을 하는 것은 의아스럽습니다. 은퇴식은 누적의 결과이고 헌신의 결과입니다. 이대호 선수는 자이언츠를 위해 오랜 시간 뛰었습니다. 롯데의 상징이지요. 은퇴식 안 하면 구단이 욕먹습니다. 김강민 선수는 20년 넘게 랜더스에서 뛰었습니다. 한국 시리즈 우승에도 크게 공헌했습니다. 성실하고 꾸준하게 팀을 위해 뛰었기에, 프런트의 잘못으로 마지막 1년을 한화에서 보내긴 했지만, 결국 랜더스에서 은퇴식을 했습니다. 가득 찬 관중이 끝까지 자리를 지켰다고 합니다. 자연스러운 보상이지요. 쌓인 것이 없으면 은퇴식도 없습니다.

추신수 선수는 은퇴사에서 자이언츠를 먼저 언급합니다. 물론 부산 출신이니 한마디할 수도 있습니다. 하지만 내용이 이상합니다. 사과의 기미조차 보이지 않았습니다. 고등학교를 졸업하고 추신수는 자이언츠의 지명을 뿌리치고 미국으로 갔습니다. 거액 100만 달러를 받았습니다. 그 후로 자이언츠와의 인연은 전혀 없었습니다. 그런데 은퇴사에서 불쑥 자이언츠를 언급한 일 자체가 어색합니다. 그리고 언급을 한다면 사과부터 해야 하지 않았나요. 연고지라는 것 말고는 아무런 관련도 없는 팀, 그것도 자신이 거부한 팀에 대해 아무 일 없었다는 듯 말하는 태도는 이해하기 어렵습니다.

은퇴식은 팬과 하나가 되어야 하는 자리입니다. 팬과 선수 모두에게 축제이고 추억이며 그동안의 시간을 기억하는 이벤트입니다. 지금까지도 하나였고 앞으로도 영원히 하나일 거라고 다짐하는 자리이기도 하지요. 단순히 함께한 시간만으로는 부족합니다. 함께 헤쳐 나온 경험이 있어야 합니다. 기쁜 일, 어려운 일, 얼마나 많은 일이 있었겠습니까. 같은 마음으로 헤쳐 나온 경험을 공유하지 못하는 자리라면 은퇴식은 무의미합니다. 추신수 선수가 랜더스와 함께한 4년 동안 한국 시리즈 우승 등을 경험하기는 했지만, 과연 얼마나 팬들과 하나가 되어 기뻐했을까요?

그리고 중요한 것이 자기희생입니다. 팀이 어려울 때 팀을 위해 희생하고 헌신했어야 감동이 만들어집니다. 추신수 선수가 랜더스를 위해 어떤 희생을 했는지 잘 떠오르지 않습니다. 고액 연봉자였던 것은 알고 있습니다. 미국에서의 선수 생활 마지막 해에 그는 fWAR -0.1, bWAR 0.0을 기록합니다. 38세의 선수가 이 기록으로 메이저리그 계약을 하기는 거의 불가능합니다. 이런 상황에서 한국으로 돌아와 연봉 27억에 랜더스와 계약합니다. 그가 메이저리그에서 받은 연봉 총액은 1900억 원쯤 됩니다. 그 어디에도 희생은 없습니다. 한국 야구의 발전을 위해 돌아왔다고 여기기 어렵겠지요. 연봉 27억 가운데 10억을 기부했지만, 이미지가 변했는지는 잘 모르겠습니다. 스스로 최저 연봉을 받고 나머지는 형편이 어려운 선수들에게 나눠 주거나 2군 선수들을 위해 쓰거나 할 수도 있었을 겁니다. 말로야 얼마든지 한국 야구와 랜더스의 발전을 위한다고 할 수 있습니다. 어른의 마음 씀씀이를 알려면 그가 어디에 돈을 쓰는지를 보라는 말이 있습니다.

2014년 구로다 히로키는 시즌을 마친 후 선택의 갈림길에 섭니다. 이미 39세였으나 투수로서의 생명력은 아직 건재했습니다. 32경기에 등판하여 199이닝을 던지고 11승 9패를 기록했습니다. 4년 연속 200이닝에 단 1이닝이 부족했을 정도로 아직은 쓸모가 있었지요. fWAR도 3.1로 아주 훌륭했습니다. 양키스도 연장 계약을 제안했고 다른 팀은 1년 연봉 2000만 달러까지 불렀습니다. 하지만 그는 일본으로 돌아갑니다. 자신이 7년 전에 떠나왔던 히로시마 카프로 갔습니다. 연봉은 4억 엔 수준으로 미국의 5분의 1도 되지 않았지만, 약속을 지키기 위해 돌아간 거죠. 구단도 그가 돌아오리라 생각해 그의 등번호 15번을 비워 두었습니다. 그의 복귀전은 열광의 도가니였다고 합니다. 2015년 복귀전 히로시마 시청률이 65.8퍼센트에 이르렀으니 짐작할 수 있습니다.

그는 7년 전 미국 다저스로 떠나며 힘이 남아 있을 때 돌아오겠다고 약속했습니다. 던져서 이길 힘이 있을 때 돌아와 팀에 도움이 되겠다, 팀에 도움이 되지 않는다면 마운드에 서지 않겠다는 뜻이었습니다. 미국으로 가기 1년 전 그는 자유계약 선수가 됩니다. 요미우리에서 40억 엔을 제안하기도 했는데 그는 팬들이 보여 준 진심에 감동하여 10억 엔에 히로시마에 남습니다. 돈이 없는 시민 구단으로서는 잡을 수 없는 투수였는데 스스로 남겠다고 한 그를 보고 팬들도 감동했습니다. 그는 다른 팀으로 가서 히로시마 팀을 상대로 전력투구할 자신이 없다고 말하기도 했습니다.

1년 후, 그는 다시 돌아오겠다는 약속을 남기고 미국으로 떠났습니다. 2016년 히로시마가 센트럴 리그 우승을 차지하여 기념 퍼레이드가 열렸는데, 히로시마 시내에 31만 명이 모였다고 합니다. 시 인구의 4분의 1 정도가 모인 것이라니 굉장하군요. 이날 구로다는 은퇴합니다. 조금 이른 느낌이었습니다. 비록 나이는 41세였지만, 그해에 24경기 선발로 나서서 151과 1/3이닝을 소화했고 10승 8패에 평균자책점도 3.09로 좋았기 때문입니다. 하지만 그는 9회까지 힘껏 던질 자신이 더는 없기에 은퇴한다고 말했습니다. 팀에 도움이 될 자신이 없다는 것이었죠.

저는 TV 중계방송에서 처음 구로다를 봤습니다. 양키스의 줄무늬 유니폼을 입은 일본인 투수가 썩 잘 던지더군요. 강속구 투수는 아니었으나 요령이 좋아 보였습니다. 그런가보다 했는데 어느 날 구로다가 다년 계약을 거부하고 1년 계약을 고집한다는 기사를 보게 되어, 호기심이 일었습니다. 별난 투수가 다 있구나. 그리하여 알아보기 시작한 거죠.

고등학교 때 그는 그저 그런 투수로 별다른 인상을 남기지 못했습니다. 고등학교 시절 감독이 구로다가 140킬로미터를 던진다는 소식을 듣고도 누군지 잘 기억하지 못했다는 이야기도 있습니다. 센슈 대학에 진학하면서 그는 조금씩 발전했습니다. 대학 졸업 무렵에는 150킬로미터까지 던져 관심을 끌었는데, 그가 먼저 히로시마 팀을 지명했습니다. 역지명이었던 거죠. 아무도 자신에게 관심이 없던 시절 오직 히로시마 스카우트만 찾아와서 격려하고 인정해 주었기 때문이라고 합니다. 한마디로 신의입니다. 요즘은 프로야구에서 찾아보기 어려운 신의를 지키며 살아온 것이겠지요. 무명일 때 자신을 알아봐 주고 격려한 팀을 잊지 않고 그에 보답한다, 그 팀에서 성장하여 유명해진 다음에도 돈을 따라 움직이지 않고 팀을 위해 희생을 감수한다, 희생을 자랑하지 않고 팬의 사랑에 대한 보답으로 여긴다, 이런 자세 덕분에 그의 은퇴식에 수많은 사람이 모였겠지요.

그리고 하나가 더 있습니다. 자신을 언제나 벼랑 끝에 놓는 마음가짐입니다. 다년 계약을 하면 아무래도 힘을 분산하기 쉽습니다. 몸이 조금만 안 좋아도 어차피 다년 계약이니 쉬면서 하자는 마음이 들 수도 있습니다. 하지만 1년 계약은 내일이 없습니다. 매 경기 자신을 불살라야 합니다. 그러지 않으면 생존할 수 없으니까요. 신의와 불사름이 구로다 야구의 기둥이 아니었을까 합니다. 이런 기둥으로 야구 인생을 지탱했기에 그에게 감동의 은퇴식이 주어졌습니다.

체크 스윙

얼마 전 일본 요미우리 자이언츠 아베 감독이 시합에서 퇴장당했습니다. 감독 퇴장은 새삼스럽지도 않고 특별한 화젯거리도 아닙니다. 가끔 보는 일이긴 한데, 이날 아베 감독 퇴장은 요미우리 구단에서 51년 만의 일이었다고 합니다. 그래서 화제가 되었습니다. 아니, 어떻게 50년 넘게 감독이 퇴장당하는 일이 없을 수 있었지? 하는 생각이 들었습니다. 볼 판정에 불만을 제기하거나 상대 팀의 빈볼에 항의하거나 자기 팀 선수의 퇴장에 이의 제기를 하거나 해서 감독들이 곧잘 퇴장당하고는 하기에, 이해가 안 갔습니다.

그런데 다음 날 기사를 보니 아베 감독이 사과를 했습니다. 자기 잘못이다, 어린이에게 꿈과 희망을 준다는 구단 방

침을 어겨서 죄송하다는 것이었습니다. 그런 이유에서 그동안 요미우리 감독들은 퇴장을 피해 왔다고 하네요. 그런데 재미있게도 심판도 이와 관련해 챌린지 판정에 대한 항의는 규칙에 따라 무조건 퇴장이기에 어쩔 수 없었다는 취지의 말을 남겼습니다. 감독 퇴장의 발단이 된 홈에서의 접전을 그날 TV 뉴스를 통해 보았는데, 항의를 할 만하게도 보였습니다. 홈에 쇄도하는 한신 주자를 태그했는데, 판정하기가 쉽지 않았습니다. 첫 판정은 아웃이었지만 비디오 판독으로 뒤집혔고 그 한 점이 결승점이 됩니다. 제가 보기에는 아웃이었습니다.

감독 퇴장 하면 역시 메이저리그 애틀랜타 브레이브스의 바비 콕스 감독이 떠오릅니다. 그는 정말 자주 경기를 마치지 못하고 집에 갔습니다. 30년 넘게 감독 생활을 했는데 모두 158회 퇴장을 기록했으니 한 시즌에 5번 정도는 일찍 집에 간 셈입니다. 콕스는 선수 대신 퇴장당한 것으로 유명합니다. 선수가 퇴장당할 상황이 오면 먼저 달려 나가 들이받는 유형이었습니다. 거친 항의, 퇴장, 이른 퇴근, 이런 순서지요.

얼마 전 삼성 라이온즈의 박진만 감독이 퇴장당했는데, 체크 스윙 때문이었습니다. 중요한 순간에서 자기편과 상대

편에 일관성 없게 판정했다는 것입니다. 체크 스윙과 관련해서는 명확한 규정이 없습니다. 짧은 순간 심판이 판단하기 어렵기에 왼손 타자일 때는 3루심에게, 오른손 타자는 1루심에게 물어봅니다. 물론 그렇게 내려진 판단에도 모두가 동의하는 것은 아닙니다. 들리는 말로는 2025년 현재 2군에서 자동 판정을 시행하고 있는데 내년에는 1군 경기에서도 볼 수 있다고 합니다.

체크 스윙 판정은 심판 재량이라고 합니다. 체크 스윙에 대해 과거에 어떤 해설자가 그 여부를 배트의 끝부분이 돌았는지를 기준으로 삼는다고 말했던 기억이 납니다. 그리고 손목이 앞으로 나왔는가, 아니면 타자가 스윙 의지가 있었는가를 기준으로 삼는다는 말을 들은 기억도 있습니다. 그런데 심판 재량의 범위는 점점 줄어들고 있습니다. 전에는 태그아웃, 홈런, 스트라이크와 볼, 체크 스윙 등이 심판 재량이었으나, 지금은 태그아웃, 홈런 여부는 챌린지를 신청하면 비디오 판독으로 확인합니다. 저는 좋다고 여깁니다. 억울한 태그아웃이 꽤 많았다고 생각하기 때문입니다. 홈런의 경우도 같습니다. 아주 가끔이지만 애매한 경우가 있기에 비디오 판독으로 확실하게 판정하는 것이 좋겠지요.

예전에는 주심을 구심이라고도 했습니다. 스트라이크

와 볼을 판정하기 때문이었는데, 전달자에 불과하다면 더는 구심이 아니겠지요. 자동 판정 시스템이 볼 판정을 맡으면 공정성과 일관성을 향상하고 유지할 수 있다는 장점이 있습니다. 하지만 단순히 전달자인 구심을 팬은 어떻게 생각할까요? 시스템이 판정을 하고 0.1초 후에 구심이 콜을 한다고 하는데, 팬들이 보기에는 볼인데 구심이 스트라이크를 선언하면 조용히 넘어갈까요? 항의할 겁니다. 그리고 심판도 사람이니 오류를 저지를 수 있습니다. 볼이라고 들었으나 자신도 모르게 입으로는 스트라이크라고 외칠 수 있죠. 당연히 챌린지가 주어지겠지요.

하지만 그리 만만하지 않을 겁니다. 눈으로 보는 바와 기계로 찍는 바는 생각보다 다른 경우가 많기 때문입니다. 테니스를 예로 들어 보겠습니다. 인, 아웃 비디오 판독을 보면 깻잎 한 장 차이가 아닌 경우도 많이 있습니다. 라인에 묻기만 해도 인인데 언뜻 보기에는 아웃으로 보입니다. 테니스는 별문제가 없습니다. 2025년 윔블던 대회에는 선심이 없습니다. 잘되고 있다는 증거겠지요. 야구는 조금 다르지 않을까요. 존에 걸치기만 해도 시스템은 스트라이크로 판정할 텐데 이를 순순히 받아들일까, 하는 의구심이 듭니다. 요즘에 TV에서는 스트라이크 여부를 잘 보여 줍니다. 비디오 판독 효과와 다르지 않겠지요. 그런데 제가 보기에는 스트라이크인데 화면으로 보면 볼 반 개쯤 빠진 경우가 있습니다. 물론 반대 경우도 있고요. 볼로 보이는데 실제로는 존 구석에 걸쳐 있습니다. 이 차이를 좁히고 조정하는 데 상당한 시간이 들어가지 않을까요. 그리고 그 시간 동안 많은 항의와 고함이 있을 겁니다.

저는 계속 구심이 볼 판정을 하면 좋겠습니다. 한갓 전달자가 아니라 판단자이면 좋겠습니다. 그리고 태그아웃의 경우처럼 챌린지를 허용하는 겁니다. 한 경기에 5번 정도 챌린지 기회를 주어 수긍하지 못하는 판정에 대해 즉시 비디오 판독을 요청하는 거죠. 즉시 하지 않으면 의미가 없기에 감독이 스위치를 누르면 구심에게 즉시 전해져 게임을 중단하고 판독하는 겁니다. 결과야 금방 나오겠죠. 이렇게 하면 선수단은 물론 팬들의 잠재 불만도 먼저 줄일 수 있습니다. 체크스윙의 경우도 같습니다. 3번 정도의 챌린지 기회를 주는 겁니다. 이 또한 볼 판정과 같이 즉시 이루어져야 합니다.

윔블던 대회가 열리는 테니스 경기장은 말끔합니다. 예전에는 여러 명의 선심이 코트에 등장했습니다. 요즘에는 한 명도 없습니다. 경기 진행은 부드럽고 항의도 거의 없습니다. 분을 못 이기는 선수의 화풀이는 있어도 인, 아웃 관련 항의는 거의 없지요. 하지만 옛날 팬에게는 아쉬운 부분도 있습니다. 뭔가 허전합니다. 코트 안이 좀 북적대면 안 되나요. 선심의 표정이나 그가 공을 피하는 모습이 경기를 더 풍성하게 합니다. 시합이 꼭 승부만을 위한 것은 아닙니다. 공정한 승부가 곧 시합의 전부가 될 수는 없습니다.

야구도 마찬가지겠지요. 모두 기계가 대체할 필요는 없습니다. 기계는 안 보이는 데에 감춰 두고 필요할 때만 꺼내 쓰면 됩니다. 챌린지가 들어오면 그때 깔끔하게 보여 주면 충분합니다. 나머지는 하던 대로 사람이 하면 됩니다. 이번 볼에 대해 챌린지를 요구해야겠지요. 네, 했습니다. 결과는 번복이군요. 모서리에 깻잎 한 장만큼 걸쳤습니다. 아, 체크 스윙 여부 비디오 판독 들어갑니다. 체크 스윙 아니라고 하는군요. 심판이 옳았습니다!

군더더기

1980년대 초반, 대학 강의에서 어떤 교수님이 유머를 구사했습니다. 「군말, 군불, 군것질은 쓸데없는 군더더기를 말합니다. 그렇다면 군인은 어떤가요?」 남아도는 것, 쓰임이 다해 필요 없는 것 앞에 〈군-〉을 붙인다는 설명이었습니다. 그런데 저는 군더더기에 묘한 매력이 있다고 생각합니다. 밥 먹고 난 뒤의 케이크 한 조각은 정말 맛있습니다. 꼭 필요한 말만 하고 살면 얼마나 정이 없겠습니까. 때로는 쓸데없는 말도 하면서 살아야 삭막하지 않죠. 어떤 때에는 친구의 군말만 떠오릅니다. 여유가 느껴지고 때로는 재미도 있으니까요. 물론 지나치면 소음이 되겠지만.

야구에 이런저런 촉진 룰이 도입되었습니다. 저는 역시

옛날 팬이라 불만이 조금 있습니다. 우선 경기 시간입니다. 야구를 보는 데 3시간과 2시간 반이 무슨 차이가 있는지 모르겠습니다. 어차피 야구 한 경기 보기 위해 구장에 가거나 TV 앞에 앉는 것 아닌가요. 군대 훈련 시간도 아닌데 30분 단축이 무슨 의미가 있는지 모르겠습니다. 그렇게 바쁘면 안 보면 되지 않을까요. 먹고사는 일이 걸린 것도 아니고 취미로, 재미로 보는 야구인데 왜 그리 서둘러야 하는지 모르겠습니다.

연장전 시간을 단축하려고 10회부터 주자를 두는 촉진룰을 적용하고 있는데 이 역시 이해하기 힘듭니다. 뭐 그리 바쁜가요. 메이저리그는 원래 연장 제한이 없었습니다. 따라서 가끔 연장 명승부가 나오곤 했습니다. 그런 맛이 있었지요. 한국은 연장을 12회로 제한하고 동점이면 무승부로 처리합니다. 이런 규정 아래에서는 최동원 대 선동열 같은 명승부는 볼 수 없겠지요. 승부를 빨리 내려면 9회를 7회로 줄이는 방안도 생각해 볼 필요가 있습니다. 꼭 9회까지 해야 할 이유가 있나요. 5회만 넘기면 정식 경기로 인정되는 규칙이 있으니 아무 문제 없어 보입니다.

그리고 이제는 투수와 포수의 사인 교환도 수신호로 하지 않는 경우도 적지 않습니다. 무선으로 하면 물론 사인 훔치기에서 자유롭고 깔끔한 맛이 있습니다. 시간도 단축됩니다. 실제로 몇 분이나 단축되는지는 몰라도 되긴 되겠지요. 하지만 요란한 사인 교환을 보는 재미는 없어졌습니다. 퍼포먼스가 없어진 거죠. 그리고 가끔 사인이 안 맞아 마운드에 오르는 포수를 더는 볼 수 없어 조금 허전합니다. 물론 관성 탓이겠지요. 상대 팀의 흐름을 끊으려고 일부러 포수가 마운드에 오르기도 했는데 그런 재미는 이제 없네요. 여유가 사라지고 있습니다. 야구 경기도 속도에 지고 있는 거죠.

다음은 신경전입니다. 도루하려는 주자를 투수는 끊임없이 견제합니다. 도루의 책임은 포수보다는 투수에게 있기에 투수는 투구 자세부터 견제 동작까지 모두를 동원해 도루를 막으려 합니다. 처음에는 느린 견제구를 던졌다가 갑자기 빠른 볼을 던지기도 하면서 주자와 신경전을 벌입니다. 팬은 특정 투수와 주자 사이의 역사도 알고 있습니다. 나가기만 하면 자동문처럼 도루하는 주자도 어떤 투수에게는 유독 약한 경우가 있습니다. 이런 경우 팬은 주시합니다. 이번에는 성공할 수 있을까? 투수와 주자의 신경전이 지나쳐서 너무한다는 비명이 나올 때도 많았습니다. 해설자도 이제는 그만하는 게 좋다, 견제는 견제로 그쳐야 한다고 말할 정도였습니다. 이제 이런 모습은 없습니다. 두 번으로 제한하니 견제

다운 견제만 합니다. 신경전은 없지요. 깔끔할 뿐입니다.

투구 시간 제한 도입으로 투수의 템포가 빨라졌습니다. 예전에는 심판이 주의를 주기 전까지는 투수에게 상당한 재량이 있었습니다. 쓸데없는 동작이나 루틴도 많았습니다. 어떤 투수의 루틴이 재미있어 따라 하기가 유행한 적도 있습니다. 지금은 여유가 없습니다. 여유가 없으니, 투수의 고뇌를 읽을 수 없습니다. 포수의 사인이 투수 모자로 전달되고 투수는 바로 던지는 느낌입니다. 간혹 거부하는 때도 있으나 예전보다는 훨씬 빨리 던집니다. 어떤 때는 기계처럼 보입니다. 키오스크 분위기죠. 메뉴를 보고 누르면 바로 처리됩니다. 깔끔하긴 한데 무엇인가 허전합니다. 물론 예전 방식에 익숙한 탓입니다. 잃어버린 과거를 찾아 헤매는 모습이지만, 아쉬운 면이 있다는 거죠.

예전에는 감독이 항의할 때 심판에게 손을 대면 바로 퇴장이기에 뒷짐을 지고 심판에게 다가가 배로 밀곤 했습니다. 이를 〈배치기〉라고 했는데 당연히 배가 나온 감독이 유리했습니다. 심판 입장에서는 기분이 언짢지만 그 자체가 퇴장 사유는 되지 않았습니다. 게다가 항의하는 시간도 아주 길었습니다. 분이 다 풀릴 때까지 항의하는 느낌이 들 정도였으니까요. 요즘은 바로 퇴장입니다. 더그아웃에서 욕만 해도 퇴장당할 수 있습니다. 감독이 항의할 수는 있지만 길게 하면 퇴장 분위기가 됩니다. 감독 항의와 퇴장조차 예전에 비해 간소화된 느낌입니다.

세상은 변합니다. 야구도 예외가 아니라 그 변화에 적응해야 합니다. 다른 방법은 없으니까요. 야구를 아예 안 보면 그만이겠지만, 이제 와 그럴 수는 없지요. 간혹 사라진 풍경에 대한 아쉬움을 표할 뿐입니다. 여러 가지 촉진 룰은 시대 변화에 따른 흐름이겠지만, 슈퍼마켓 냉장 코너에 있는 손질된 포장 생선 느낌이 듭니다. 깔끔하고 편하고 효율적이지요. 하지만 가끔은 시장에서 파는 생선 생각이 납니다. 값을 흥정하는 것도, 가게 주인이 생선을 토막 내면서 손질하고 신문지에 말아 싸주는 풍경도 분명 매력 있습니다. 눈으로만 본 게 아니라 무엇인가 몸으로 한 기분입니다. 돌아보면 좋은 시간, 돌아가고 싶지는 않아도 그리운 시간이 됩니다.

야구장에서 표를 사던 생각이 나는군요. 동대문도 잠실도 표 사기는 어려웠습니다. 인기 있는 시합은 예나 지금이나 똑같이 표 사기 어렵죠. 당시 암표상이 많았는데 보통 2배에서 3배 정도 받았던 기억이 납니다. 실랑이가 벌어지기 마련이었습니다. 정말 있는 자리냐, 중복 판매 아니냐, 왜 이리 비싸냐, 깎아달라, 시작 시간이 다 되었으니 반값에 해달라,

이런 대화가 오갔습니다. 요즘은 인터넷 예매이기에 역시 깔끔하지만, 그렇다고 암표가 사라지지는 않습니다. 방법이 바뀔 뿐입니다.

생활은 바쁘고 틈이 없습니다. 출근 시간에 맞춰야 하고 업무도 분초를 다툴 때가 많습니다. 요즘은 모두 휴대폰이 있어 약속 시간에 늦기도 쉽지 않습니다. 어디에서 무엇을 하는지 서로 파악할 수 있기에 마음의 여유가 없는 편입니다. 시간이 우리를 통제하는 기분이 듭니다. 이런 기분에서 벗어나 여유를 즐기는 방법은 여럿입니다. 캠핑, 낚시, 등산, 여행, 독서, 영화, 게임 등을 하면서 시간을 잊는 사람이 많습니다. 시간의 속박에서 벗어나려는 몸부림이죠. 야구도 그 가운데 하나 아닐까요.

탁 트인 야구장에 오면 해방감을 느낍니다. 푸른 초원이 좋습니다. 사바나 가설이지요. 그런데 요즘 야구는 시간 제한이 너무 심합니다. 투수가 여유 있게 공을 던지지 못합니다. 모든 규정이 시간을 제한하고 경기 진행의 효율을 높이며 경제 원리에 충실하도록 만들어지고 있습니다. 그리고 충분히 효율을 올리고 있는 듯 보입니다. 이제는 관람객이나 시청자가 여유를 느낄 수 있는 방안이 나오면 좋겠습니다. 투구 제한 시간도 1이닝에 3번까지는 풀어도 되지 않을까요.

연장전도 예전처럼 문제가 없어 보입니다. 진정한 투수전을 보면 시간 가는 줄 모를 겁니다. 시간 단축에만 초점을 맞추지 말고, 시간 가는 줄 모르게 빠져들게 하는 쪽이 더 좋아 보입니다. 야구 보느라 시간 가는 줄 몰랐다는 말이 나오도록 해야 합니다. 요즘 사람들은 시간을 잊을 정도로 빠져들 수 있는 무엇인가를 원합니다. 야구는 훌륭한 후보입니다. 시간 관리 야구가 아니라 시간 망각 야구로 가야 합니다.

바깥쪽 약점

타자가 강점을 보이는 코스에서 공 하나 옆에 약점이 있어요, 이런 해설을 자주 들었습니다. 물론 아주 오래되었지요. 그런 줄 알았지요. 자기가 좋아하는 코스로 공이 들어오면 타자는 자동적으로 반응하는데 이 점을 노려 그 코스 바로 위나 아래로 공 하나만큼 빠지게 던지면 된다는 뜻이었습니다. 그런데 요즘은 스트라이크 존을 9개로 나누어 타자가 강한 영역과 약한 영역을 색으로 보여 줍니다. 보통 빨간색이 짙을수록 강한 영역입니다. 이 그림을 보면 공 하나 차이를 이야기하는 해설은 별 의미가 없어 보입니다. 투수는 이런 자료를 보고 던지겠지요. 데이터가 충분하다면 타자로서는 곤혹스러울 겁니다.

하지만 현실은 그렇지 않습니다. 타자가 약한 영역을 알고 있어도 원하는 곳으로 정확히 던진다는 보장이 없고, 또 실제로 그렇게 던지지 못할 때가 많습니다. 오히려 공이 가운데로 몰려 장타를 허용하기도 합니다. 타자가 약한 곳에 던져도 공이 위력이 없다면 오히려 통타당합니다. 위력 없는 공은 어느 코스에 던져도 위험합니다. 그리하여 요즘은 전광판에 투구의 회전수도 나옵니다.

박병호 선수가 메이저리그에 진출한 적이 있습니다. 성과는 미미했습니다. 적응하지 못하고 돌아왔는데, 빠른 공에 대처하지 못했다는 평이 있었습니다. 그 약점을 알고 메이저리그 투수들이 집요하게 높은 속구로 대결했다는 겁니다. 이를 극복하지 못했다는 거죠. 메이저리그 투수들의 속구는 질이 다르지 않았을까요. 한국 투수들의 공보다 더 빠르고 더 위력이 있었을 겁니다. 보통 약점은 환경이 바뀌었을 때 드러납니다. 초등학교 졸업하고 중학교 가면, 대학교 졸업 후에 취직하면 자신에 대해 몰랐던 면을 발견하기도 합니다. 회사 퇴직하고 자영업 시작하면 자신도 모르던 성격이 드러나 속으로 놀라기도 하죠. 물론 장점을 발견하게 되기도 하지만 약점 또한 알게 됩니다. 박병호 선수도 한국에서는 성공했지만, 메이저리그라는 낯선 환경에서 약점이 노출되었고 상대는 이 약점을 파고들었던 거죠.

선동열 선수는 일본에 진출하여 성공을 거둡니다. 훌륭한 세이브 성적을 올리죠. 하지만 첫해에는 매우 고전했는데, 투구 습관을 읽혔기 때문이라고 합니다. 직구와 변화구를 던질 때 보일 듯 말 듯 한 차이가 있었고 일본 타자들이 그 점을 공략했다고 하네요. 한국에서는 통했지만, 일본에서는 통하지 않았던 거죠. 그리하여 선동열은 겨우내 투구 폼을 고쳤습니다. 아마도 뼈를 깎는 노력이었을 테죠. 1, 2년도 아니고 아주 오랫동안 유지해 온 자세를 바꾸는 일이 얼마나 힘들었겠습니까. 하지만 결국 해냈습니다.

비슷한 시기에 같은 팀에서 뛰던 이종범 선수는 부상 후에 고전합니다. 좀처럼 슬럼프에서 벗어나지 못하고 수비에서도 에러가 잦아 곤경에 처하게 되었죠. 원형 탈모 증상을 보이기도 했습니다. TV 뉴스에서 그의 원형 탈모를 확인했는데 그의 처지가 확 와닿았습니다. 역시 객지 생활은 쉽지 않고 새로운 환경에 적응하는 일은 도전이구나, 하는 생각이 들었습니다.

이승엽 선수가 일본 요미우리에서 뛰던 때의 모습은 TV 중계로 자주 보았는데, 언젠가부터 타격 슬럼프에 빠졌습니다. 특히 바깥쪽으로 흘러 나가는 볼에 속수무책으로 당하곤 했지요. 허리가 빠지면서도 공을 따라가는 모습은 무기력하게 비치기까지 했습니다. 바깥쪽으로 흘러 나가는 볼에 신경 쓰다 보니, 안쪽으로 들어오는 볼에도 타이밍을 못 맞췄습니다. 안쪽, 바깥쪽 모두 약점이 되고 말았죠. 요즘 메이저리그에 간 이정후가 타격 침체에 빠졌다는 기사가 자주 나옵니다. 역시 바깥쪽에 약점을 보여 수비 시프트를 오른쪽으로 심하게 건다는 이야기도 실립니다. 그리고 안쪽 꽉 차는 공에 역시 막히고 있다고요. 장점마저 사라지고 있다는 겁니다.

약점 보완은 피할 수 없는 선택으로 보입니다. 바깥쪽이 약하면 연구해야 합니다. 그러지 않으면 계속 당할 수밖에 없고 계속 당하다 보면 안쪽까지 흔들리기에 해결하지 않으면 안 되는 과제입니다. 엄청난 노력으로 극복할 수도 있지만, 왠지 실패하는 경우가 더 많아 보입니다. 빠른 볼에 적응 못 하면 리그를 떠나야 합니다. 다른 대안은 없을 겁니다. 어떻게 느린 직구만 쳐서 생존할 수 있겠습니까.

그런데 바깥쪽 약점을 해결하지 못한다면 차라리 바깥쪽을 포기하는 방법도 있습니다, 극단적으로 보이는데, 바깥쪽 공을 아예 치지 않는 게 아니라 못 쳐도 좌절하지 않는 것입니다. 대신 바깥쪽 외의 공은 자신 있게 때릴 수 있으면 됩니다. 그러면 약점을 보완하려다 장점마저 잃게 되는 최악의 상황은 피할 수 있을지도 모릅니다. 다 잘할 수는 없다, 못하는 것은 깔끔히 포기하지만 잘하는 것은 사정없이 잘하겠다는 자세가 더 나을 수도 있습니다. 안쪽, 바깥쪽 다 잘 치는 타자는 실제로 드뭅니다. 예전에는 이런 타자를 일컬어 부채꼴 타법을 가졌다고 했습니다. 야구장 모든 지역으로 타구를 날릴 수 있는 타자라는 의미인데, 이 정도면 스타이겠지요.

필라델피아 필리스에서 뛰는 카일 슈와버라는 선수가 있습니다. 10시즌 동안 평균 타율은 .230, OPS는 .834, WAR은 16쯤 되고, 홈런은 284개입니다. 타율은 낮아도 한 시즌 홈런 30개쯤 치는 OPS가 좋은 타자라고 할 수 있습니다. 그런데 이 선수는 바깥쪽에 약점이 있습니다. 바깥쪽 콘택트율이 51퍼센트에 불과해 하위 10퍼센트에 들어갑니다. 리그 하위 10퍼센트라면 바깥쪽은 헤매는 타자라고 보아야 하겠죠. 그런데 슈와버가 바깥쪽을 스윙하면 삼진, 바라보면 볼넷이라는 말이 있습니다. 그만큼 선구안이 좋다는 것이죠. 실제로 그는 최근 3년 동안, 리그 6위, 2위, 3위를 차지할 정도로 볼넷을 많이 얻었습니다. 그리고 한 방이 있죠. 매년 30개 정도의 홈런을 기록한다면 안쪽에 무척 강하다고 할 수 있습니다. 투수들은 안쪽으로 던지기를 꺼리겠지요. 바깥쪽으로 던져야 하는데, 그걸 신경 쓰다 보면 조금씩 빠질 수 있겠지요. 그는 자신의 강점을 더 강하게 키워 매년 홈런을 양산하고, 약점인 바깥쪽은 선구안으로 대처합니다. 어차피 바깥쪽 쳐봐야 정타가 안 됩니다. 스트레스받을 이유가 없지요. 현명한 대처입니다. 그는 수비, 주루 모두 나쁩니다. 그래도 WAR은 평균 1.6은 되니 연봉 값은 충분히 하고 있습니다.

학교 다닐 때 성적표를 받으면, 못하는 과목이 눈에 띕니다. 수학 점수가 특히 낮으면 수학을 중점적으로 보완하려 애씁니다. 수학에 시간을 뺏기다 보니 잘하던 국어 성적이 떨어집니다. 그럼 다시 국어로 노력이 옮겨 가지요. 이런 과정은 누구나 겪어 보지 않았나요. 약점을 없애고 모든 과목을 골고루 다 잘해야겠다, 이런 생각입니다. 물론 자연스러운 과정이지만, 노력할 만큼 한 후에도 수학 성적이 오르지 않으면, 다른 방법을 택해야 합니다. 장점을 극대화하는 것이지요. 국어만은 확실하다, 역사만은 확실하다, 아니면 글쓰기만은 잘한다, 이런 평가를 받도록 선택과 집중을 하는 거죠. 어차피 모두 다 잘할 수 없다면 선택과 집중이 현명한 선택입니다. 성격도 마찬가지입니다. 욱하는 성격이 약점이라면 물론 고치려 노력해야 하지만 정 안 되면 남에게 베푸는 장점을 더 키우는 쪽이 좋습니다. 남에게 베푸느라 욱할 기회를 줄이는 방식입니다.

　예전 해설자는 바깥쪽이 약한 타자에게 이런 충고를 했습니다. 무리하게 바깥쪽 공을 밀어 치려고 할 필요 없어요, 맞지도 않고 타격 밸런스만 무너집니다. 그냥 커트하면 됩니다. 커트 자주 하면 투수가 안쪽으로 던질 수밖에 없어요, 그때를 노려 치면 됩니다. 그런데, 커트가 쉽지 않습니다. 연습 많이 해야 한다고 하네요. 살다 보면 중요한 고비에서 둘 중 하나는 포기해야 하는 경우가 있습니다. 그러지 않고 둘 다 손아귀에 넣으려 하면, 밸런스가 무너져 넘어진다네요.

직구와 변화구

요즘 메이저리그 시합을 보면 투수가 던진 구종이 즉시 화면에 나옵니다. 포심 패스트볼, 싱커, 스위퍼 등등. 그런데 저는 구종을 눈으로는 구별하지 못합니다. 우와, 빠르네, 혹은 커브볼이구나 하는 정도입니다. 직구와 커브볼 외에는 식별하지 못하니 화면이 알려 주는 구종이 도움이 됩니다. 아, 조금 전 볼이 투심이었네. 하지만 왜 투심인지는 정확히 모르죠. 어렸을 때는 간단했습니다. 직구 아니면 변화구. 변화구에는 슬라이더와 커브가 있었고, 다른 구종도 있었던 모양인데 기억이 가물가물합니다.

그런데 요즘은 직구도 여러 가지입니다. 우선 직구를 패스트볼이라고 부릅니다. 속구라고 해야겠지요. 종류를 보니,

포심 패스트볼, 투심 패스트볼, 컷 패스트볼, 싱커, 라이징 패스트볼 등이 있습니다.

컷 패스트볼은 커터라고 합니다. 예전에 마리아노 리베라의 주무기였지요. 타자들의 배트가 자주 부러져 기억에 남아 있습니다. 이 가운데 제가 직구라 생각하는 구종은 아마도 포심 패스트볼일 겁니다. 쭉 직선으로 날아오니까요. 말그대로 직구이지요.

투심은 실밥 잡는 곳에 따라 오른손 투수가 던지면 오른손 타자 안쪽으로 향한다는데 느린 화면이 아니면 저는 잘 모릅니다.

커터는 리베라 덕에 많이 보았습니다. 투심과 반대 방향으로 갑니다. 오른손 투수가 던지면 왼손 타자의 안쪽으로 가게 되어 배트를 자주 부러뜨립니다.

싱커는 말 그대로 가라앉는 볼인데 보통의 속구보다 조금 느립니다. 투심과 같은 방법으로 공을 쥐되 엄지를 공 바로 아래쪽에 둔다고 합니다. 그래서 홈 플레이트에 오면 뚝 떨어진다고 하네요. 뚝 떨어지는 볼이니 직구는 아닌데 구속은 빠르고 잡는 방법이 투심과 같아서 패스트볼에 속하는가, 이런 생각이 드네요.

라이징 패스트볼은 구속이 대단해 홈 플레이트를 지나

스트라이크 존 꼭대기에서 솟아오르는 것 같다고 합니다. 가끔 타자가 어이없이 높은 볼에 스윙하는 경우를 보는데 해설자에 따르면 빠른 볼이 눈 가까이 오면 자신도 모르게 배트가 나간다고 합니다.

변화구에는 커브볼, 슬라이더, 체인지업, 스플리터, 너클볼, 스위퍼 등이 있습니다. 커브볼에도 종류가 있습니다. 그 가운데 하나가 너클커브입니다. 슬라이더는 커터와 비슷해 보이는데 요즘은 백도어 슬라이더를 가끔 봅니다. 바깥쪽에서 안쪽으로 급작스레 들어오는 느낌입니다. 물론 고속 슬라이더와 저속 슬라이더가 있습니다. 커브볼에도 느린 커브볼과 빠른 커브볼이 있듯이 구속 차이가 있군요.

체인지업은 구속 변화가 요점입니다. 패스트볼과 똑같은 폼으로 던지지만 손바닥 전체로 공을 잡기 때문에 구속이 보통 15킬로미터 차이가 난다고 합니다. 타자가 보기에는 패스트볼이라서 스윙을 시작하는데 아직 공이 도착하지 않은 겁니다. 효과가 있겠네요. 서클 체인지업도 있습니다.

야마모토 요시노부가 잘 던지는 스플리터는 직구처럼 날아오다 홈 플레이트에 오면 뚝 떨어집니다. 타자가 보기에 분명 직구인데 배트를 휘둘렀을 때는 공이 떨어져 버린 셈입니다. 효과가 꽤 좋아 보입니다. 검지와 중지 사이를 한껏 벌

리고 공을 거기에 끼워 던지는데, 더 넓고 깊게 잡으면 포크
볼이 되어 더 큰 각도로 떨어집니다. 느린 스플리터라고 할
수 있지요. 뉴욕 메츠의 센가 고다이가 이 구종으로 유명한
데, 그의 글러브에서는 유령과 함께 바로 옆에 그려진 포크
를 볼 수 있습니다. 그의 포크볼이 홈 플레이트에서 워낙 큰
낙차로 떨어지기에 사람들이 〈유령 포크볼〉이라 불러서 자
기 글러브에 유령과 포크를 그려 놓은 거죠.

너클볼은 어깨와 팔꿈치만 이용하기에 손가락 관절과
는 무관하다고 하는데, 회전하지 않아서 공의 방향을 예측
할 수 없습니다. 전담 포수가 있을 정도입니다. 제 기억에 너
클볼 투수는 보스턴에서 뛴 팀 웨이크필드가 유일합니다. 그
전의 필 니크로는 이름만 들었습니다. 웨이크필드는 보스턴
에서 17시즌을 보내며 3,006이닝, 186승 168패, 2,046개의
삼진을 기록했습니다. WAR도 평균 1.8이니 훌륭합니다.

그리고 요즘 많이 볼 수 있는 스위퍼가 있습니다. 오타
니의 스위퍼를 보면 왼쪽 타자 바깥으로 가다가 홈 플레이트
위에서 타자 쪽으로 횡으로 향합니다. 느린 화면으로 보면
직선으로 가다가 갑자기 횡으로 왼쪽으로 휘는 느낌입니다.
공 잡는 손의 모습은 투심과 거의 같다고 하네요.

구종만으로 타자를 상대할 수 있다면 얼마나 좋겠습니

까. 스플리터를 던지면 못 친다, 이런 공식이 있다면 투수는 모두 스플리터를 연마하겠지요. 물론 현실은 아닙니다. 밋밋한 스플리터, 한가운데 몰리는 스플리터는 맞아 나갑니다. 다른 구종도 같습니다. 스위퍼도 각이 예리하지 않으면 맞습니다. 따라서 구종에 구질과 제구력이 더해져야 합니다. 공이 위력이 있어야 통합니다. 속도, 회전수, 움직임 등 투구의 질이 높아야 좋은 투수가 된다고 하네요. 갈수록 어렵습니다. TV 화면에서 보는 구종은 참고가 될 뿐이지요. 커터를 던졌고 시속 140킬로미터다, 이런 기본 정보를 제공하고 때때로 회전수도 알려 줍니다. 하지만 공의 움직임은 느린 화면으로 보여 주지 않으면 알 수 없습니다.

그랙 매덕스는 위대한 투수인데 공은 그렇게 빠르지 않았지만, 공의 움직임은 아주 좋았다고 합니다. 구종, 속도, 회전수를 알아도 움직임을 느낄 수 없다면 매덕스 투구의 핵심을 놓치는 게 아닐까, 하는 생각이 듭니다. 언제나 질을 양으로 바꾸는 문제에 부딪힙니다. 투구의 모든 요소를 양으로 표시하려 합니다. 그리하여 구종, 구속은 물론 회전수까지 등장했지만, 뭔가 중요한 것이 빠져 있는 느낌입니다. 그 가운데 하나가 공의 움직임인데 공 배합도 여기에 들어가지 않을까요. 같은 공도 언제 어느 때 던지느냐에 따라 효과는 크게 달라지기 때문입니다.

해설자가 자주 말합니다. 아, 이번에는 변화구 던질 타이밍이었는데 직구 던지다 맞았어요. 공은 좋은데 말이죠. 배합에 문제가 있다는 겁니다. 예를 들어, 투수가 보통 네 가지 구종을 던진다면, 3구까지 던질 때 구사할 수 있는 배합은 4×4×4=64가 됩니다. 64개의 조합으로 던질 수 있다면, 어떤 조합이 가장 좋을까요? 타자의 성향과 그동안의 기록을 바탕으로 뽑아 볼 수 있겠지요. 이 결과를 포수가 투수에게 전달할 겁니다. 그런데 아무리 세밀하게 분석해서 타자를 공략하려 해도, 투수가 그대로 수행하지 못하면 허사입니다. 이는 통계 영역이 아닙니다. 아무리 제구력이 좋은 투수라도 모든 경기에서 승리할 수는 없습니다. 물론 예외가 있습니다. 2013년 다나카 마사히로는 24승 무패를 기록했습니다. 하지만 잊어 주세요. 제구력을 항상 유지할 수는 없습니다. 제구력에 영향을 주는 외부 요소가 너무 많기 때문입니다. 실제로 15승 8패 정도면 훌륭한 성적이지요.

제구력은 어떻게 수치로 나타낼 수 있을까요? 투수 지표 가운데 제구력 지수가 있나요? 저는 못 보았습니다. 투수의 제구력 평가는 아직도 주관적인 판단에 의존합니다. 제구력이란 투수가 자신이 던지고 싶은 곳에, 자신이 원하는 구속과 구질로 던지는 능력을 말합니다. 한마디로 마음먹은 대로 공을 던지는 능력이죠. 투수에게는 제구력이 가장 중요하다는 말은 끊임없이 듣고 있습니다. 160킬로미터를 던질 수 있는 투수보다 제구력이 좋은 투수를 택하겠다고 거의 모든 감독이 말합니다. 아무리 구속이 빨라도 제구가 안 되면 시합에 도움이 안 되니까요.

한화에서 뛴 이상군 투수는 제구력이 좋다고 소문이 났었습니다. 심판들이 스트라이크 존을 설정할 때 이상군 투수에게 던져 보라고 했다네요. 메이저리그에서는 역시 그렉 매덕스가 떠오르는군요. 공을 많이 던지지 않고도 칼 같은 제구력으로 100구 이내 완봉승을 거두곤 했으니까요.

잘 던지던 투수도 심하게 흔들리는 순간이 있습니다. 5회까지 무안타로 잘 던지고 있었는데 6회에 갑자기 난조에 빠집니다. 계속 볼넷을 내주고 영점을 잡지 못합니다. 투수 코치가 올라가 조언합니다. 아마도 심리에 관한 이야기겠죠. 제구력에 심리가 끼치는 영향이 크다면, 제구력을 수치로 표시할 수 있을 때까지는 꽤 시간이 걸리지 않을까요.

돌버츠

로스앤젤레스 다저스 감독인 데이브 로버츠는 한동안 〈돌버츠〉로 불렸습니다. 포스트 시즌에서 좋은 성적을 거두지 못하자 그의 작전이나 투수 교체 등을 마음에 들어 하지 않던 한국 팬들이 붙인 별명입니다. 좋은 전력으로도 월드 시리즈 우승 못 한다는 책임 추궁의 한 예였습니다. 이후 기막힌 투수 교체와 대타 기용 등으로 월드 시리즈 우승을 거두자, 이 별명은 사라졌고, 그는 거액의 연장 계약에 성공합니다. 4년 3250만 달러로 감독 최고액입니다. 그 전에는 5년 4000만 달러의 크레이그 카운셀이었는데 드디어 최고 연봉자가 된 거죠. 연 평균 약 120억 정도이니 좋겠습니다.

그런데 이는 미식축구나 미국 프로 농구 감독 연봉에 비하면 초라한 수준입니다. 미식축구에서는 치프스 감독이 연 2000만 달러, 농구에서는 스티븐 커 감독이 연 1750만 달러를 받습니다. 이유야 당연히 다른 종목에 비해 감독의 역할이 크지 않기 때문입니다. 메이저리그에서 감독이 승패를 좌우하는 시합은 다섯 게임 정도라는 말을 들은 적이 있습니다. 사실이라면 한 4000만 달러는 받아야 하는데 현실은 그렇지 않네요. 5게임 정도 승리를 만들 수 있다면 지구 우승을 시킬 정도이니 조금 과장된 발언으로 보이긴 합니다.

야구 감독은 선발 선수 명단을 짜고 투수 교체를 하고 대타 기용을 결정하며 때때로 작전을 지시합니다. 챌린지 결정도 하고 심판에게 항의도 하며 가끔 마운드에 올라 투수를 다독이기도 합니다. 그리고 무엇보다 팀을 하나로 만들기 위해 애쓴다고 하네요.

그런데 감독의 선택에 대해 한번 생각해 보면 재미난 점이 있습니다. 번트냐 강공이냐, 이런 선택을 할 때가 있습니다. 감독은 강공을 지시합니다. 타자는 최선을 다했으나 병살타로 끝나고 맙니다. 그러면 결과론이 나옵니다. 아, 이번에는 말이죠, 안전하게 번트 댔어야 합니다. 지금 무사 1, 2루 찬스이고, 0 대 2로 뒤지고 있잖아요. 벌써 6회인데 안전하게 갔어야죠. 너무 욕심을 내다가 좋은 기회 놓치네요. 해설자는 이렇게 말하지요. 하지만 강공에 성공하면, 말이 싹 바뀝니다. 예, 과감한 작전 좋았습니다. 단숨에 한 점 만회하고 다시 무사 1, 2루가 되었습니다. 그러고는 감독을 칭찬합니다.

여기서 잠깐 생각해 봅시다. 번트를 시도했는데 실패했다면 비난은 선수에게 돌아가게 됩니다. 만약 이 시합이 0 대 2 패배로 끝났다면 아마도 이 장면을 이날 시합의 분수령이라 할 겁니다. 그 기회에서 번트에 실패하지 않았다면 어떻게 될지 아무도 몰랐다고 하겠지요. 아니면 강공에 실패하여 패했다고 하면서 무모한 작전이 패인이라고 할 겁니다. 그런데 어떤 특정한 상황이 시합의 승패를 가른다는 생각은 조금 이상합니다. 예를 들어, 번트 실패 후 1사 1, 2루에서 다음 타자가 홈런을 치면, 3 대 2로 역전이 됩니다. 이 점수를 유지하여 승리한다면 번트 실패는 묻히겠지요. 강공 실패도 같습니다. 병살타로 2사 3루에서 다음 타자가 홈런을 치면 동점이 됩니다. 패배를 면하지요. 그럼, 강공 실패도 묻힙니다. 한 시합에서 특정한 순간이 승패를 가른다는 판단은 받아들이기 힘듭니다.

앞의 예에서 병살타로 득점하지 못하고 점수가 그대로 유지되어 시합에서 졌다고 합시다. 병살타가 패인일까요? 저는 아니라고 봅니다. 보통 한 시합에서 양 팀에 두세 번은 기회가 옵니다. 그런 기회에 왜 점수를 못 냈나요. 6회 전이든 6회 후든 2점 이상을 뽑았으면 패배는 없었을 테니 패인도 없었겠지요. 아무리 홈런을 많이 쳐내도 더 많이 실점하면 지는 겁니다. 승패는 팀 전체 전력의 문제이지 특정한 순간의 문제는 아닙니다. 에러는 상황에 따라 묻힐 수도 있고 도드라질 수도 있습니다. 4번 타자가 타점 기회 때마다 안타를 못 날린다면 다른 선수가 해주면 됩니다. 그것이 팀워크입니다.

옛날에 한국 축구가 월드컵에 나가길 온 국민이 염원하던 시절이 있었습니다. 중요한 결전에서 그만 페널티킥을 실축하고 맙니다. 패배하고 출전은 좌절됩니다. 실축한 선수는 나중에 이민 갔다는 소문이 돕니다. 왜 그 선수만의 잘못입니까. 그 많은 시간에 왜 다른 선수들은 골을 못 넣었습니까.

야구 감독은 꽤 멋있어 보입니다. 많은 선수를 지휘하고 코치의 조언을 들으며 팀을 하나로 만드는 리더입니다. 그런데 한편으로 생각보다는 극한 직업인 것 같습니다. 우선 잘 잘립니다. 한국 프로야구 감독은 파리 목숨이라는 말이 있을 정도인데, 항상 성적 부진이 이유입니다. 물론 성적이 좋아도 해고되는 경우가 있긴 합니다. 구단주 마음이지요. 성적 부진이나 팀 분위기 쇄신을 이유로 감독을 교체하는데 과연 그게 효과가 있는지는 잘 모르겠습니다. 선수와 코치, 프런트는 그대로인데 감독만 바꾸었다고 성적이 크게 좋아진다면 당연히 감독 역량으로 생각하겠지만 그런 경우를 본 적은 별로 없는 듯합니다.

제가 보기에는 우선 구단의 투자가 있어야 합니다. 메이저리그를 보면 역시 돈 많은 구단이 잘합니다. 다저스, 메츠, 양키스, 컵스, 레드삭스 등은 거의 언제나 상위에 오릅니다. 일단 좋은 선수가 많으니까요. 야구는 선수가 한다는 평범한 진리, 연봉 높은 팀이 잘한다는 더 평범한 진리를 보여 줍니다. 물론 성적이 꼭 연봉순인 것만은 아니지요. 그렇다면 야구 볼 맛이 나겠습니까. 가끔은 스몰 마켓의 반란이 있어야 긴장감이 생기지요. 하지만 평범한 진리는 무시 못 합니다.

메츠는 후안 소토에게 15년 7억 6500만 달러 계약을 안겼습니다. 거의 종신 계약인데 연봉 값을 하려면 연평균 WAR 6 정도를 해야 합니다. 나이가 들면서 보통은 수치가 떨어지니 전성기에는 그 이상을 해야겠지만, 못 할 정도는 아닌 것으로 보입니다. 지난 7년 동안의 평균 WAR이 5.2 정도이니 어느 정도 사정권 안입니다. 터무니없는 계약은 아니지요. 그런데 앞서 말한 대로 메이저리그 감독 가운데 로버츠 감독의 연봉이 약 800만 달러로 가장 높습니다. WAR

1을 최대치로 본 거죠. 보통 감독 연봉은 300~400만 달러로 추정합니다. 그러면 WAR은 0.5에도 미치지 못합니다. 구단에서 감독에게 원하는 것은 숫자가 아닌 것으로 보입니다. 다른 용도가 있는 거죠.

한국 프로야구 감독의 경우 3년 26억이 최고입니다. 연평균 9억 가까이 되는 거죠. 가장 적게는 연봉 3억 정도입니다. 평균 내기는 애매하지만 대략 5억 정도 아닐까요. 그런데 선수 평균 연봉은 1억 6000만 원 정도입니다. 감독이 선수보다 평균 3배 조금 넘게 받습니다. 다소 특이한 현상입니다. 메이저리그 감독 평균 연봉은 300~400만 달러로 추정하는데, 선수 평균 연봉은 480~500만 달러입니다. 선수가 감독보다 조금이나마 높습니다. 일본 선수 평균 연봉은 우리 돈으로 4억 5000만 원 정도인데, 감독은 잘 모르겠습니다. 우리나라 감독은 선수보다 몇 배 더 받는데 이는 감독의 역할이 크다는 뜻이겠지요. 물론 고액의 다년 계약 선수는 예외로 합니다. 어떻게 보면 미국은 감독을 그저 평범한 선수 가운데 하나로 여기는 거죠. WAR 0.5에도 미치지 못하는 존재이니까요.

프로야구 감독은 외로운 자리라고 합니다. 혼자 결정을 내려야 하고 그 책임도 혼자 져야 하기에, 팀 성적에 대해서도 혼자 책임질 일이 많기에 그렇다고 하네요. 하지만 권한이 크면 책임도 큰 법이니, 실제로 감독의 권한이 크다면 해임되어도 그리 외로울 건 없겠지요. 그게 아니라면 외로울 법도 합니다. 요즘은 감독 혼자 앉아 있는 모습을 보기 힘듭니다. 예전에 김응용 감독은 거의 혼자 앉아 있었던 것 같습니다. 뭔가 마음에 들지 않는다는 듯한 표정이었고 선수들도 그를 어려워하는 분위기가 더그아웃에 있었습니다. 하지만 요즘은 감독이 코치, 선수와 수시로 대화하면서 더그아웃에 서 있는 경우를 많이 봅니다. 지휘자라기보다는 여러 코치 가운데 한 명으로 보입니다. 하지만 시합이 끝나고 집이나 숙소에서 그날 경기를 복기하는 시간에는 가끔 외로움을 느끼지 않을까요.

트레이드

비유하자면 물물교환과 같습니다. 보통은 선수를 맞교환하지만 때로는 선수와 현금을 교환하기도 하지요. 한국 프로야구 최초의 트레이드 대상자는 서정환 선수입니다. 1982년 당시 삼성에서 해태로 옮겼는데 선수가 먼저 요청했다고 합니다. 팀에 자기 자리가 없음을 알고 자청한 거죠. 해태가 삼성에 1500만 원을 지급하고 데려갔는데 결과는 대성공이었습니다. 펄펄 날았죠. 훗날 삼성, 기아 감독까지 했습니다. 물론 트레이드에 성공 사례만 있지는 않겠죠.

메이저리그 보스턴 레드삭스의 최근 트레이드를 보겠습니다. 2024년 보스턴은 투수 크리스 세일을 애틀랜타 브레이브스로 보냅니다. 일대일 맞교환이었는데 당시에는 보스턴이 잘한 일로 보였습니다. 그전에 훌륭한 성적을 거둔 세일은 5년 1억 4500만 달러에 연장 계약을 했으나 그 기간 동안 단 56경기에 나섰을 뿐이었고 부상에 시달려 이 트레이드는 보스턴이 그를 처분한 것으로 느껴질 정도였습니다. 당연히 애틀랜타를 이해하기 어렵다는 반응이 주를 이루었습니다. 2024년 연봉 2710만 달러 가운데 1700만 달러는 보스턴이 부담한다는 조건이었으니, 아마도 1000만 달러 정도라도 아끼자는 마음 아니었을까요. 그런데 희한하게도 팀을 옮기자마자 바로 연장 계약을 제안합니다. 2년 3,800만 달러 계약이었습니다. 도대체 무엇을 보고 이런 모험을 감행했을까요. 보스턴이 놓친 무엇인가를 본 모양입니다. 세일은 이적하자마자 맹활약하여 2024년 사이 영상까지 수상했으니까요. 2025년에도 순항하고 있습니다. 선수 평가에 실패한 사례이지 않을까요.

그런가 하면, 계약 조건 때문에 일어나는 맞교환도 있습니다. 보스턴은 무키 베츠와 계약에서 합의를 보지 못하자 그를 다저스로 넘깁니다. 2014년부터 2019년까지 OPS .993을 기록한 강타자이자 뛰어난 수비수로 누구나 보스턴에 남으리라 예상했으나 비즈니스 논리에 따라 결국 다저스로 갑니다. 그리고 다저스에서도 지금까지는 잘하고 있습니다. 최근에는 보스턴의 강타자 라파엘 데버스가 샌프란시스코로 트레이드되어 충격을 주었습니다. 계약 조건이나 부상 때문이 아니라 선수가 구단과 원만한 관계를 맺지 못한 탓이라고 봅니다. 2023년에 이미 11년 3억 3100만 달러의 장기 계약을 맺었고 올해도 잘하고 있었으나, 수비 위치를 둘러싼 대립으로 결국 팀을 떠났습니다. 원래 3루수인 데버스에게 구단에서는 지명타자를 맡으라고 요구했고 그다음에는 1루수를 맡으라고 해서 감정이 대립하게 된 모양입니다. 아무리 뛰어나고 팀에 도움이 되는 선수라도 구단주 마음에 안 들면 언제든 맞교환 매물이 된다는 사실을 다시 한번 보여 준 사례입니다.

트레이드에 언제나 따라붙는 말이 있습니다. 매물 가치가 있으니, 트레이드도 된다는 것입니다. 가치가 없으면 퇴출당하지 트레이드는 불가능하다는 뜻입니다. 그리고 트레이드는 기회가 될 수도 있으니 선수는 흔쾌히 받아들일 필요가 있다고 덧붙입니다. 맞는 말이죠. 누가 가치 없는 매물에 관심을 보이겠습니까. 상호 이해관계가 맞아떨어지니, 맞교환도 이루어지겠지요.

보통 7월 초중반에 트레이드 예측이 많이 나옵니다. 가을 야구 가능성이 있는 팀은 당장 쓸 수 있는 선수를 원하고,

가을 야구 희망이 사라진 팀은 미래를 위해 유망주를 필요로 하기에, 이해가 맞아떨어질 가능성이 크기 때문입니다. 계약 기간이 반년이나 1년 반 남은 거물 선수를 잡을 수 없다고 판단하면, 트레이드에 나서기도 합니다. 일반적으로는 유망주나 갓 메이저리그에 올라온 선수 4, 5명과 맞바꾸죠.

트레이드의 이유는 여러 가지입니다. 선수의 부상, 계약 조건, 선수와 구단주의 마찰, 가을 야구와 미래 대비 등입니다. 또한 잉여 자원 처리도 포함됩니다. 예를 들어 유격수 자원이 넘쳐 난다면 다 보유할 필요가 없지 않습니까. 앞서 언급한 서정환 선수도 여기에 포함되는 사례입니다. 당시 삼성에는 오대석, 장태수 등 유격수가 많았습니다. 경쟁에서 밀리면 출전 기회를 얻을 수 없으니 자연스럽게 트레이드 요청을 한 거죠.

그런데 선수들의 권리 보장 문제가 트레이드의 원인이 된 경우가 있었습니다. 1988년 11월 22일 최동원과 김시진의 트레이드를 알리는 기사가 대문짝만하게 신문에 실렸습니다. 눈을 의심했죠. 아니, 최동원과 김시진을 맞바꾼다니! 이게 무슨 일인가! 롯데에서 최동원의 위상을 고려할 때 이 트레이드는 그 자체로 큰 충격이었습니다. 정확하게는 3 대 4 트레이드로 롯데에서 최동원, 오명록, 김성현 선수가 삼성으로, 삼성에서 김시진, 전용권, 오대석, 허규옥 선수가 롯데로 갔습니다. 누가 보아도 최동원 선수를 내보내기 위한 트레이드였습니다. 삼성과 롯데가 본보기를 삼았다는 평이 자자했던 것 같습니다. 제 기억에 당시 김시진은 조금 주춤했었는데 그렇다 해도 삼성에서 팀을 대표하는 투수를 내보내기로 했다는 것에 놀랐습니다. 한마디로 팀을 위해 충성을 다한 선수를 힘이 조금 떨어졌다고 내치는 모양새로 보였습니다. 이 트레이드 이전에도 많은 트레이드가 있었지만, 대부분 별 충격을 주지는 않았습니다. 하지만 이 트레이드는 여러모로 정말 낯설고 비상식적이었다고 기억합니다.

저는 이 트레이드가 평생직장 개념을 한순간에 취약하게 만들었다고 여깁니다. 이 트레이드를 보면서 사람들은 평생직장이라는 것은 없을 수도 있겠다는 전조를 느끼지 않았을까요. 최동원, 김시진도 내보내는 마당이니 하물며, 하는 인식을 갖게 되었겠지요.

트레이드는 양쪽의 이해가 맞아야 이루어집니다. 비즈니스입니다. 하지만 이 트레이드는 여기에 해당하지 않았습니다. 선수에게 특별한 부상도 없었고 계약 조건 문제도 아니었으며, 가을 야구 대비나 유망주 보충을 위한 것도 아니었습니다. 구단과 선수의 마찰로 볼 수도 없습니다. 팀 운영

등을 놓고 롯데와 최동원, 삼성과 김시진은 갈등을 빚지 않았습니다. 오로지 선수협 문제 때문이었고, 이는 비즈니스가 아니었습니다.

한국 프로야구 팀은 독립 기업이라는 이미지가 별로 없습니다. 삼성 라이온즈는 삼성이란 기업의 자회사, 기업을 홍보하는 수단 정도로 보입니다. 뉴욕 메츠의 구단주는 세계에서 몇 번째 부자다, 이런 말은 한국 프로야구 팀에서는 들을 일이 없습니다. 한화 이글스 사장은 한화그룹에서 인사 발령을 합니다. 독립적이지 않지요. 이런 형편인데 무슨 큰 비즈니스가 있을까 싶습니다. 야구단 운영으로 돈을 벌기는 버는지 의심스러울 정도입니다. 한 통계를 보니, 2021년 삼성 라이온즈가 총 가치 1000억으로 1위이고, 그 뒤로 두산 베어스 918억, 엘지 트윈스 891억입니다. 미국 메이저리그 팀들은 독립 구단으로 구단주가 사망하면 상속 문제로 법정에 가는 사례도 있습니다. 2024년 메이저리그 팀 가치를 보니, 마이애미 말린스가 10억 달러로 꼴찌이고, 1위는 뉴욕 양키스로 75억 5000만 달러입니다. 우리 돈으로 11조 가까이 됩니다. 꼴찌조차 1조 4000억은 되니 프로가 맞네요. 흔히 프로는 돈의 세계라고 하는데 이는 메이저리그에나 어울리는 말이 아닐까요.

　현실적으로 한국 프로야구는 대놓고 돈 이야기를 할 필요는 없습니다. 규모로 보아도 돈이 아닌 다른 기준으로 운영해야 실상과 어울립니다. 자유계약 선수에게 큰돈을 몰아주는 것은 어설픈 메이저리그 흉내로 보입니다. 그보다는 선수단 전체 연봉과 복지, 연금 등에 더 신경을 써야 합니다. 이런 면에서 최동원은 옳았습니다.

시시콜콜

기아 타이거즈, 한신 타이거스, 디트로이트 타이거스 이 세 팀의 공통점은 〈타이거〉라는 명칭을 쓰고 있다는 겁니다. 디트로이트는 왜 호랑이를 팀 이름으로 쓸까 궁금했습니다. 미국에는 호랑이가 없지 않나요. 호랑이가 미국에서 사랑받는다는 이야기도 들어 본 적이 없기에 더욱 의아했죠. 그런데 이 이름은 초창기에 선수들의 스타킹 줄무늬가 호랑이 줄무늬와 비슷해서 붙여졌다고 하네요. 다소 싱거운 이야기입니다. 한신 타이거스는 팀 이름을 디트로이트 타이거스에서 따왔다고 합니다. 한신의 연고지인 오사카시와 미국 디트로이트시가 자매결연을 맺은 사이여서 같은 이름을 쓰게 되었다고 하네요. 기아의 전신인 해태는 이와는 다릅니다. 창단 시

정통성과 민족 기상의 표상이 되는 호랑이를 팀 이름으로 정했다고 합니다. 프로야구 구단이지만 원대한 뜻을 품었습니다.

로스앤젤레스 다저스의 이름은 조금 이상합니다. 〈다저(dodger)〉를 사전에서 찾아보면, 〈재빨리 피하는 사람〉이라고 합니다. 뭘 피하나요? 노면 전차입니다. 노면 전차를 피하는 사람을 〈다저〉라고 부르죠. 로스앤젤레스 다저스는 원래 뉴욕 브루클린에 연고지를 두고 있었습니다. 19세기 말 뉴욕 브루클린은 노면 전차로 위험했다고 합니다. 전차가 양방향으로 상당히 빨리 달려 조심하지 않으면 사고가 났었나 봅니다. 그래서 사람들이 전차가 오면 재빨리 선로에서 벗어났다고 하네요. 이런 사람들을 당시에 〈전차 피하는 사람들〉이라 했고 스포츠 기자들이 자기 지역 팀에 이 이름을 붙였는데, 1930년대에 그냥 〈피하는 사람들〉, 즉 〈다저스〉라고 부르기 시작했다고 합니다.

시카고 컵스의 리글리 필드는 무엇보다 외야 펜스의 담쟁이넝쿨이 눈을 사로잡습니다. 여느 구장과는 확연히 다릅니다. 펜스 너머에 폭포가 있어 테마파크 분위기를 연출하는 구장도 있으나, 역사와 품격에서 리글리 필드가 앞서는 느낌입니다. 이 구장의 담쟁이넝쿨은 1937년으로 거슬러 올라갑니다. 구단주 리글리는 팬이 팀을 응원할 때 즐길 수 있는 야외 환경을 조성하라고 지시합니다. 이 지시에 따라 펜스 아래 담쟁이넝쿨을 심어 팬들이 잠시나마 도시에서 벗어난 느낌으로 경기를 보면서 긴장을 풀 수 있도록 했습니다. 그리고 이 계획은 성공을 거둡니다. 지금까지도 잘 유지되고 있고요.

그런데 시카고 리글리 필드에는 또 다른 사연이 있습니다. 야간경기가 1988년이 되어서야 이루어졌다는 것입니다. 우리나라도 1963년에 야간경기가 시작되었는데 메이저리그 팀이 1988년에야 야간경기를 시작했다니 믿기 어렵네요. 하지만 사실입니다. 초창기에는 야간경기를 반대하는 구단주들이 의외로 많았습니다. 하지만 야간경기를 하면 관중이 더 늘어난다는 논리 앞에, 1941년 시즌이 끝난 후에는 14팀 가운데 9팀이 야간경기를 진행했습니다. 하지만 리글리는 야간경기가 교통 체증을 일으킨다는 이유 등으로 그 후에도 계속 반대했습니다.

초창기에 야구공은 크기, 무게 등이 제각각이었다고 합니다. 시간이 지나면서 하나둘 통일하게 되었는데, 실밥의 색도 한 가지로 정해집니다. 바로 빨간색입니다. 간단하고 실용적인 이유에 따른 것입니다. 타자 눈에 잘 보인다는 거죠. 실밥의 색이 하얗다면 아무래도 잘 안 보이겠죠. 타자는 0.4초 안에 타격 여부를 결정해야 한다고 하니, 아무래도 가장 눈에 잘 띄는 색을 쓰는 게 맞겠지요. 저는 빨간색이 공의 바탕색인 흰색과 잘 어울린다고 생각합니다. 한마디로 예쁩니다. 한 땀 한 땀 손으로 작업해서 그런지 더 소중해 보이기도 하고요.

〈게임은 끝나 봐야 안다〉 혹은 〈끝날 때까지 끝난 게 아니다〉로 번역하는 요기 베라의 말은 실제로 그가 한 말입니다. 1973년 뉴욕 메츠 감독 시절, 지구 꼴찌를 하고 있던 그에게 기자가 빈정대자 한 말이라고 합니다. 그해 메츠는 지구 1위를 차지하고 월드 시리즈에까지 진출했으니, 이 말이 명언으로 남았겠지요. 예상대로 꼴찌로 끝났다면 명언이 아니라 허언이나 허풍이 되어 아무도 언급조차 하지 않았을 겁니다. 그런데 이 말 자체는 동어반복입니다. 당연히 끝날 때까지 끝나지 않은 거죠. 〈빨간색은 빨갛다〉는 말과 같습니다. 물론 이 말은 경기가 아직 끝나지 않았으니 열심히 해서 역전하자는 뜻이지요. 2019년 워싱턴 내셔널스는 시즌 초반 19승 31패를 기록했는데 이때 월드 시리즈 우승 확률은 1.6퍼센트였습니다. 하지만 그해 월드 시리즈에서 우승합니다. 정말 끝나 봐야 알겠군요.

요기 베라는 평소에 수다스러웠다고 하는데『내가 했다고 하는 말 대부분은 사실 내가 하지 않았다(I Never Said Most of the Things I Said)』라는 제목의 책도 냈습니다. 과연 그럴까요? 그 책을 읽지 않아서 모르겠으나 포수석, 타석, 더그아웃, 식당 등 장소를 가리지 않고 말을 많이 했던 것으로 보아 저는 판단 유보입니다. 요기 베라는 말로만 유명한 선수나 감독이 아니라 명예의 전당에 들어간 뛰어난 선수였습니다.

멘도사 라인은 보통 규정타석을 채우고도 타율이 상당히 낮은 선수를 말합니다. 규정타석을 채울 정도면 주전이라고 해야겠죠. 하지만 타격이 아주 아쉽다, 적어도 2할 5푼은 해줘야 하는데, 그 정도도 못 하면 곤란하다는 의미로 쓰는 모양입니다. 여기에 등장하는 멘도사는 1970년대에 선수 생활을 한 마리오 멘도사를 가리킵니다. 마리오 멘도사는 선수 생활을 하는 내내 한 번도 타율이 2할 밑으로 떨어진 시즌이 없었다고 합니다. 통산 타율은 .215로 변변치 않지만, 단 한 시즌도 2할 이상을 못 친 적은 없으니, 2할 밑으로 떨어지는 선수를 가리켜 멘도사 라인이라 하면 마리오 멘도사는 의문의 1패를 당하는 꼴이 되겠네요.

재미있는 타격 기록이 하나 더 있습니다. 1931년 이후

3할을 치지 못했는데도 그해 최우수 선수상을 받은 선수가 31명이나 된다고 합니다. 3할을 치지는 못했어도 홈런이나 타점에서 뛰어난 성적을 거두었겠죠. 애런 저지에게 단일 시즌 홈런 신기록이 기대되던 해에 그는 타율에 더 신경 쓰고 있다면서 좋은 타자는 다 3할을 넘겼다고 말합니다. 2022년에 저지는 62개로 아메리칸 리그 홈런 신기록을 세웠고, 동시에 .311를 기록했습니다.

그리고 김응용 감독의 발언도 재미있습니다. 사람들은 자신을 홈런 타자로 기억하지만 실제로는 3할 밑으로 타율이 떨어진 적이 없는 교타자였다는 것입니다. 덩치카 커서 〈코끼리〉라는 별명이 붙었기에 사람들이 오해했다는 취지로 보입니다. 더불어 자신은 단순한 홈런 타자가 아니라 타격 달인이라는 이야기를 하고 싶었던 게 아닐까요.

그가 김성근 감독을 〈야신〉이라고 부른 이야기도 떠오르는군요. 시합(2002년 한국 시리즈 6차전)에서 이긴 후 김응용 감독이 상대 팀 김성근 감독을 위로하는 차원에서 〈야구의 신〉이라고 언급했는데, 그 후로 김성근 감독에게 최고라는 이미지가 만들어졌다는 겁니다. 그럼 야신을 이긴 김응용 감독은 무엇일까요?

100안타보다 100홈런을 먼저 칠 수가 있을까요? 메이저 리그에서 조이 갈로가 이걸 해냅니다. 이런 기록이야말로 전무후무 아닐까요. 그는 10시즌을 뛰었는데 통산 타율이 .194로 2할이 채 안 됩니다. 그런데 홈런 개수가 208개이고 수비가 좋아서 골드 글러브를 2번이나 받았고 통산 WAR은 14 정도입니다. 제가 가장 재미있다고 생각하는 기록은 10시즌이나 뛰었는데 그의 통산 희생플라이가 단 2개뿐이라는 사실입니다. 정말 믿거나 말거나 수준입니다.

아직도 그대는 내 사랑: 타격 3관왕

미겔 카브레라는 베네수엘라 출신 강타자입니다. 제가 처음 그를 TV에서 본 것은 아마도 2003년이었을 겁니다. 그해 데 뷔한 신인이라는 소개와 함께 등장했는데, 카브레라는 데뷔 후 8경기 만에 4번 타자가 되었습니다. 아니, 신인이 메이저 리그에 등장하자마자 4번? 잘 치더군요. 체격이 마른 편이었 는데 스윙이 예사롭지 않아 보였습니다. 그는 2008년 디트 로이트 타이거스로 이적하여 큰 업적을 세웁니다. 통산 21시 즌 동안 타율 .306, 안타 3,174개, 홈런 511개, wRC+ 139, fWAR 68.7, bWAR 67.2을 기록했으니, 대단한 타자이지요. 3할이 넘는 타율에 3,000안타, 500홈런 이상이라니 엄청납 니다. 2012년에 그는 요즘은 보기 드문 타격 3관왕에 오릅니다. 타율 .330, 홈런 44, 타점 139개였습니다. 그해 최우수 선수상도 받았습니다.

예전에는 타격 3관왕을 대단하게 여겼습니다. 쉽게 세울 수 없는 기록이라 그해의 최고 타자로 인정하였습니다. 타율 1위는 정교한 타자, 홈런 1위는 장거리 타자, 타점 1위는 득점 찬스에 강하다는 인식을 주어, 못하는 게 없는 타자라 여겼습니다. 하지만 요즘에는 타격 3관왕에 별 의미를 두지 않는 듯합니다. 우선 3관왕이란 명칭 자체가 마음에 안 든다고 합니다. 테니스 메이저 대회 3관왕이면 대단한 업적입니다. 대회마다 코트가 다릅니다. 하드 코트, 클레이 코트, 잔디 코트 등. 따라서 성격이 다른 코트에서 모두 우승한다면 전천후라고 봐야 합니다. 이런 경우에는 3관왕이 의미 있지만, 야구는 늘 거의 같은 환경에서 치르기에 테니스 같은 급으로 볼 수 없다는 주장입니다. 일리 있습니다. 축구도 그렇지요. 자국 리그 우승과 유럽 국가 대항전 우승 그리고 유럽 클럽 대회 우승은 성격이 다르기에, 모두 우승하면 흔쾌히 3관왕 달성이라고 부릅니다.

그런데 문제는 다른 데 있습니다. 우선 타율은 모든 안타를 평등하게 다룹니다. 볼넷 등 출루율은 무시한다는 비판도 있습니다. 이런 이유에서 출루율, 장타율과 같은 지표를 추가로 만들었지요. 어쨌거나 타율은 타자의 능력을 제대로 반영하지 못하기에, 그렇게 대단한 지표가 아니라는 것입니다. 동의합니다. 하지만 타율은 직관에 호소합니다. 3할 타자는 2할 5푼 타자보다 안타를 칠 확률이 높습니다. 배트에 잘 맞힙니다. 조금 더 믿을 수 있다는 표시입니다. 단타와 3루타를 구별하지 않고 평등하게 취급한다지만, 찬밥, 더운밥 가릴 처지가 아닙니다. 일단 안타를 많이 친다는 것은 사실이지 않습니까. 볼넷보다는 안타가 앞의 주자를 진루시킬 확률이 높습니다. 그리고 요즘 팬들은 타율, 출루율, 장타율 등을 모두 속속들이 알고 있습니다. 예전처럼 타율을 맹신하거나 과대평가하지 않습니다. 타율이 높으면 그냥 공을 잘 맞힌다, 타격 솜씨가 있다, 정도로 인식합니다. 그리고 그것은 타자의 기본입니다. 타율은 타자의 기본 능력을 보여 줍니다.

홈런과 타점을 나누어서 보는 것이 잘못이라는 비판이 있습니다. 보통 홈런 많이 치는 타자가 타점도 많기에 하나로 묶어 보는 편이 더 낫다는 것입니다. 메이저리그에서 홈런 1위와 타점 1위를 동시에 달성한 비율은 약 45퍼센트라고 합니다. 결코 낮은 비율이 아닙니다. 이 정도로 홈런과 타점이 서로 연관된다면 굳이 둘로 나눌 필요가 없고, 따라서 3관왕도 의미가 없다고 합니다. 타격 3관왕은 이상한 개념이라는 겁니다.

그런데 우선 타점은 불평등해 보입니다. 앞의 타자가 잘 치거나 볼넷을 골라 많이 나가야, 같은 안타를 치더라도 타점을 많이 올릴 수 있습니다. 8, 9번 타자는 타점 올릴 기회가 3, 4번 타자보다 훨씬 적은 게 현실입니다. 그러므로 타점은 평등하다고 할 수 없다는 주장이 있습니다. 하지만 그렇지 않습니다. 3, 4번 타자는 추첨으로 뽑지 않습니다. 통산 성적과 감독의 판단, 그 타순에 배치된 이후의 성적 등을 토대로 정합니다. 우연은 없습니다. 실력이 있어야 그 타순에 들어갈 수 있으니 공평하다고 해야겠지요. 팀은 많은 득점으로 승리하길 바라기에 누가 그 자리에서 더 많이 기회를 살릴 수 있는가를 심사숙고할 수밖에 없고, 그 결과 3, 4번 타자가 정해집니다. 하지만 좋은 결과를 내지 못하면 3, 4번 타자도 하위 타순으로 내려가거나 엔트리에서 제외됩니다. 따라서 타점이 많은 선수는 그만큼 자신의 기회를 잘 살렸다고 보아야 합니다.

한 팀의 중심 타선은 다른 팀의 중심 타선과 경쟁합니다. 그 경쟁에서는 홈런이 당연히 큰 효력이 있습니다. 한 방에 전세를 뒤집을 수도 있고 침체된 팀 분위기를 끌어 올리기도 하며 상대 팀의 사기를 꺾기도 하니까요. 한 시즌에 홈런을 20개 정도 때릴 수 있는 타자는 기대감을 줍니다. 30개 정도면 상대 팀에는 상당한 부담이 되며, 40개 이상이면 경계합니다. 팀에 큰 도움이 됩니다. 이러한 홈런이 별 가치가 없다거나 그 영양가를 따져야만 한다고 주장하기는 어렵습니다. 숫자만 보아도 알게 되는 바가 많습니다. 타격 3관왕을 과소평가하는 사람들은 그런 주장을 하는 게 아니라 홈런과 타점을 하나로 묶자는 주장을 하는 거겠죠. 홈런과 타점은 연관성이 높으니까요.

2012년 미겔 카브레라가 차지한 타격 3관왕은 무려 45년 만의 기록입니다. 1967년 칼 야스트라짐스키 이후 처음이라고 하니 놀랍습니다. 메이저리그 전체를 보아도 17회 13명밖에 없었는데, 1960년대 이후로 한정하면 1966년 프랭크 로빈슨을 포함하여 단 3명뿐입니다. 이런 기록을 별 의미 없다고 폄하하면 곤란하지 않을까요. 정확한 타격과 장타, 기회를 놓치지 않는 타점 능력을 동시에 갖추기는 그야말로 어려우니까요. 마이크 트라웃, 애런 저지, 알버트 푸홀스, 배리 본즈, 데릭 지터, 조 디마지오 등도 해내지 못한 일입니다. 이와 달리, 투수 부문 3관왕은 39회, 24명이 달성했습니다.

1980년 겨울 올림픽에서 에릭 하이든은 남자 스피드스케이팅 전 종목에서 우승합니다. 500, 1,000, 1,500, 5,000,

1만 미터입니다. 육상으로 치면 100미터부터 마라톤까지 한 선수가 전부 우승한 셈이니, 믿을 수가 없네요. 각각 전혀 성격이 다르지 않습니까. 단거리, 중거리, 장거리, 마라톤. 이런 때 5관왕이란 표현은 적절합니다. 야구에서도 타율과 홈런은 서로 상당히 다른 것으로 보입니다. 따라서 타율, 홈런 부분에서 모두 1위에 오르면 2관왕이란 표현을 써도 무방한 듯합니다. 타점 부문은 별도로 타점왕이라 하면 되겠지요. 하지만 현실에서 이런 구분은 별 효과가 없어 보입니다. 전통이 있기 때문이고 또한 전통에는 이유가 있기 때문입니다.

우선 타자는 잘 쳐야 타자입니다. 이게 전통이지요. 출루율이 높으면 물론 팀에 도움이 되지만, 관중은 타자가 잘 치길 바랍니다. 치고 나가야 경쾌한 타격음도 들을 수 있고 기분도 시원해지니까요. 담장을 넘어가는 홈런은 스트레스를 날려 줍니다. 장벽을 넘어 훨훨 날아가는 기분이 들지요. 베이브 루스는 1년에 10개 정도 치면 홈런왕이 되던 시절에 20~30개를 쳐서 야구 붐을 일으켰습니다. 1년에 한 선수가 50개 정도 홈런을 치면 시합 내용과 관계없이 관중이 몰립니다. 그리고 주자가 있을 때 타점을 올리는 선수는 예쁩니다.

타율, 홈런, 타점은 기초 자료입니다. 이 자료를 바탕으로 여러 가지 지표를 만들기에 없어서는 안 됩니다. 그리고 원천 자료이기에 직관과 잘 어울립니다. 복잡한 분석 없이도 쓸 만한 정보를 얻을 수 있지요. 기본 자료이기에 존중해야 합니다. 타격 3관왕은 투수 부문 3관왕과 달리 좀처럼 나오지 않습니다. 홈런도 펑펑 치고 짧은 안타도 적시에 치고 타점도 많이 올리는 타자를 보고 싶습니다.

원천 자료이기에 직관과 잘 어울립니다. 복잡한 분석 없이도

팬

팬이 없다면 야구는 어른들의 유치한 공놀이일 뿐이라는 말이 있습니다. 맞는 말이죠. 취미생활에 그치겠죠. 이 말 속에는 아마도 팬을 소중히 여겨야 한다, 팬에게 욕먹을 짓 하지 말고 팬서비스에 정성을 기울여야 한다는 야구단과 팬 모두의 뜻이 담겨 있겠지요. 팬들이 열렬히 응원하니 선수들이 연봉도 받고 이름도 얻는 것 아니겠습니까. 팬이 없으면 프로야구는 운영이 불가능하겠지요.

그럼, 팬들은 선수에게 무엇을 원할까요? 크게 세 가지라고 생각합니다. 우선, 성적입니다. 선수가 잘하길 바랍니다. 잘하길 바라지 않는 팬은 아마 없을 겁니다. 타격도, 수비도 모두 잘하길 원하지요. 하지만 개인 능력의 차이가 있기에, 모두 잘할 수는 없지요. 당연히 팬들도 압니다. 그래서 최고도 물론 좋지만, 최선을 다하는 플레이를 더 보고 싶어 합니다. 타자가 홈런을 친 줄 알고 산책 주루를 하다가 2루에서 아웃되는 경우가 있습니다. 욕을 바가지로 먹지요. 현역 시절 양준혁 선수는 타구가 일단 페어 지역에 들어갔다고 판단하면 1루까지 최선을 다해 뛰었습니다. 저는 방망이를 거꾸로 잡아도 3할을 친다는 양준혁, 만세 타법의 양준혁보다는 1루로 전력 질주하는 양준혁을 더 잘 기억합니다. 그리 빠른 것 같지도 않는데 열심히 뛰니 더 인상에 남습니다. 발이 빠른 선수는 내야안타의 확률이 높으니 전력으로 뜁니다. 발이 빠르지도 않은데 열심히 뛴다면 그것은 최선을 다하는 자세입니다. 그런데 의외로 구장에서 최선을 다하는 선수가 많지 않아 보입니다. 눈에 불을 켜고 한다는 말이 있는데 개인적인 느낌이지만 저는 대부분의 선수에게서 그런 투지를 보지 못했습니다.

다음으로, 팀을 위한 헌신입니다. 오타니 선수는 다저스와 계약할 때 10년 3억 달러에 사인했으나 연봉의 97퍼센트는 10년 후에 받기로 했습니다. 우수한 선수 유치를 위해 자신의 연봉을 지급 유예하는 방식으로 팀에 헌신한 것입니다. 물론 광고료로 매년 엄청난 돈을 벌겠지만요. 구단이 아니라 오타니가 먼저 제안한 것이라는 데서 자기 자신보다 팀을 우선시하는 자세를 볼 수 있습니다. 물론 팀이 월드 시리즈에서 우승하면 광고료가 더 오를 테니 손해 볼 것이 없을지 몰라도 미래 일은 아무도 모르니 모험이라 할 수도 있습니다. 오타니의 이런 자세는 아무래도 팀 분위기에 영향을 주겠지요. 최고의 선수가 자신을 희생하는데 우리도 뭔가 해야 하지 않을까, 하는 마음이 들지 않겠습니까.

아주 가끔 트레이드 거부권을 행사하는 선수가 있습니다. 전 구단 혹은 특정 팀을 적시합니다. 물론 실력이 뛰어난 선수에게만 해당하는 이야기입니다. 그만한 실력이 있으니 트레이드 거부권을 계약에 포함할 수 있는 것이겠죠. 하지만 이러면 팀에서 트레이드가 필요할 때 방해 요소가 될 위험이 큽니다. 필요한 시기에 필요한 조건으로 트레이드가 이루어지지 않으면 팀에 손해입니다. 그리고 트레이드 거부권에는 선수의 또 다른 요구 사항이 담겨 있습니다. 특정 팀으로 가는 것을 거부할 수 있으나 특정 조건하에서는 받아들일 수 있다는 것입니다. 저는 팀보다 선수 개인을 우선시하는 트레이드 거부권이 탐탁지 않습니다. 팀에서 원하면 얼마든지 다른 팀으로 갈 수도 있는 거죠. 계약 조건이 변하지도 않습니다. 갑자기 멕시코나 일본으로 가라는 것도 아니지 않습니까. 이 장면에서 반값 계약으로써 팀에 헌신한 클리블랜드의 호세 라미레스를 또다시 떠올리지 않을 수 없군요.

부상을 딛고 투혼을 발휘하여 팀 승리에 이바지하는 모습은 보기 좋습니다. 팀을 위해 육체적 고통까지 견디는 모습이 팬에게 감동을 주곤 합니다. 2004년 월드 시리즈에서 투수 커트 실링이 보여 준 모습을 아직도 기억합니다. 부상 때문에 양말이 피로 물들었으나 투구를 이어 갔습니다. 그런 상태로 마운드에서 힘차게 투구하는 모습은 아마도 동료들을 자극했을 겁니다. 우리도 힘을 내자. 그리하여 저주를 끊고 우승합니다. 커트 실링은 대단한 투수입니다. 통산 216승 146패를 기록했고 탈삼진은 3,116개나 됩니다. 평균자책점도 3.46으로 준수합니다. 게다가 가을 야구에는 더 강해서 11승 2패, 평균자책점 2.25를 기록합니다. 이 정도면 명예의 전당에 들어갈 만합니다. 하지만 끝내 실패합니다. 커트 실링은 은퇴 후 사회적 문제를 일으키곤 했는데, 특히 무슬림을 나치라고 한 발언으로 명성에 커다란 손상을 입게 됩니다. 경기장 안에서는 훌륭했지만, 경기장 밖에서는 그렇지 못했습니다. 활동 시기가 겹치는 투수 마이크 무시나는 통산 270승 153패, 탈삼진 2,813개, 평균자책점 3.68을 기록했는데, 고전했지만 그래도 명예의 전당에 입성했습니다. 아마도 누적 성적 때문이겠지요.

팬이 선수에게 원하는 것은 성적, 팀을 위한 헌신, 그리고 사회 기여로 보입니다. 저스틴 터너는 저스틴 터너 재단을 설립하여 노숙자를 돕고, 로스앤젤레스 지역 어린이 병원에 7만 개의 장난감, 1만 4000여 대의 자전거를 기증하는 등 다양한 자선 활동을 했다고 합니다. 또한 앤드류 맥커친은 파이어리츠 자선 재단, 메이크어위시 재단, 피츠버그 어린이 병원, 노숙 아동을 위한 교육 기금, 생명의 빛 구조 단체 등을 직간접적으로 도왔다고 합니다. 존 스몰츠는 1992년부터 애틀랜타 지역의 푸드뱅크와 불우 어린이 의료 구제 사업을 꾸준히 도왔고, 삼진을 잡을 때마다 100달러씩 기부했다고 합니다.

사회에서 물의를 일으키는 경우 메이저리그의 제재는 엄합니다. 무엇보다도 경기 출전이 금지됩니다. 그리 드문 일은 아닙니다. 그런데 사이 영상을 받은 투수 트레버 바우어의 경우, 폭행 혐의가 없다고 검찰이 기각했는데도 지금까지 메이저리그에 복귀하지 못하고 있습니다. 기각은 되었으나 물의를 일으켰기 때문일까요? 일본 요코하마 DeNA 베이스타즈로 팀을 옮긴 그는 성적은 괜찮았으나 일본에서 교통사고 사망 사건을 낸 미군을 옹호하는 발언으로 비난받은 적이 있습니다. 바우어는 메이저리그 복귀를 원하지만, 안 되고 있습니다. 무엇인가 생각보다 엄격한 기준이 존재하는 느낌입니다.

사회적 물의를 일으킨 선수로는 아마도 피트 로즈가 으뜸일 겁니다. 그는 통산 4,256개의 안타를 기록한 전설입니다. 4,000개의 안타를 치려면 20시즌을 뛰면서 매 시즌 200개 안타를 쳐야 합니다. 하지만 그는 감독 시절 자신의 팀을 상대로 도박을 한 혐의로 메이저리그에서 영구 제명 됩니다. 선수가 아닌 감독이, 다른 시합도 아니고 자기 팀 시합에 돈을 건 행위는 팬들의 분노를 불러일으켰습니다. 게다가 처음에는 사실을 부인하며 거짓말을 하기도 했고 나중에는 탈세도 드러났습니다. 메이저리그 오명의 대명사가 되었지요. 결국 명예의 전당 입회 자격도 박탈되었습니다. 아주 오래전 시카고 화이트삭스 승부 조작 사건을 작게 만들 정도의 충격을 준 피트 로즈 추문은 아직 끝나지 않았습니다. 2025년 복권되어 2028년 베테랑 위원회의 결정으로 명예의 전당에 들어갈 수도 있기 때문입니다. 하지만 가능할까요?

〈팬(fan)〉이란 말은 〈광신도의(fanatic)〉라는 말에서 나왔다고 합니다. 처음에는 종교에 지나치게 몰두하는 사람을 가리켰는데, 지금은 열성적인 지지자 혹은 후원자를 뜻합니

다. 이미 열정 가득한 사람이 팬인데, 요즘에는 〈찐팬〉까지
등장했습니다.

인생극장

야구를 비롯한 스포츠를 좋아하는 가장 큰 이유는 스포츠가 공정하기 때문입니다. 사회가 공정하지 않기에 스포츠에서 잃어버린 공정을 찾게 됩니다. 스포츠는 정해진 규칙에 따라 공정하게 진행됩니다. 그런데 사회에도 규칙이 있습니다. 법률이 있지요. 법을 어기면 제재를 받습니다. 법을 준수해야 사회가 유지될 수 있습니다. 규칙을 따라야 한다는 점은 스포츠나 사회나 다르지 않습니다. 그런데도 우리가 스포츠에서 공정을 찾을 수 있는 이유는 스포츠가 사회에 비해 단순하고 즉각적이기 때문 아닐까요.

사회는 생각보다 훨씬 복잡하고 느립니다. 예를 들어 불법 주차 차량이 아파트 지하 주차장 입구를 막아도 처리하는데 시간이 한참 걸리고 절차도 복잡합니다. 금방 안 됩니다. 그리고 따져야 할 규칙도 많을뿐더러 관계된 사람들의 반응도 제각각이라 일이 더 복잡해집니다. 해결되기까지 며칠씩 걸리기도 하지요. 정의는 그 자리에서 즉시 시행되지 않습니다. 재판까지 가는 경우도 꽤 많습니다. 그리고 공정하게 해결되어도 이미 너무 오래전 일이 되어 버려 피부에 와닿지 않습니다.

하지만 야구장에서는 다릅니다. 즉시 나타납니다. 투수가 속임 동작을 취하면 즉시 보크가 선언됩니다. 빠르게 결론이 납니다. 주자가 한 베이스를 더 갑니다. 도루 시도가 아웃으로 선언되면 즉시 챌린지를 합니다. 역시 빠르게 결과가 나옵니다. 시원시원하지요. 그 자리에서 즉시 해결 안 되는 것이 없습니다. 이 얼마나 좋습니까. 사회도 이렇게 시원시원하면 얼마나 좋을까요. 이런 맛에 야구장에 온다고 합니다.

야구 관람은 연극을 보는 것과 비슷합니다. 우리는 관객으로서 무대에서 펼쳐지는 극을 통해 자신의 인생을 되돌아봅니다. 이 점이 중요합니다. 무대 위 배우들의 행동, 결정, 선택, 고뇌 등을 보면서 자신의 인생과 가까운 사람들의 인생을 다시 생각하게 됩니다. 아, 맞아, 그런 거였구나, 나도 그럴 때가 있었지, 하며 인생을 복기합니다. 저는 야구장에도 이런 되돌아보기가 있다고 여깁니다. 인생의 축소판이죠. 계속 해야 하는 선택, 그에 따른 책임, 마음의 갈등, 그리고 그 결과 등을 구장에서 다시 보게 됩니다.

그런데 이보다 더 공감하게 되는 점이 두 가지 있습니 다. 하나는 세상 일이 노력만으로 되지 않는다는 평범한 진 리입니다. 세상은 노력하는 사람이 승리한다고 말합니다. 노 력을 강조하지요. 하지만 현실은 다릅니다. 노력은 성공의 필요조건일 뿐입니다. 노력 없이는 성공할 수 없다는 이야기 일 뿐 노력만으로 성공할 수는 없습니다. 충분조건은 아닌 거죠. 이 말은 스포츠에서 특히 실감이 납니다. 2군에서 노력 하지 않는 선수가 어디 있습니까. 더 많이 노력한 선수가 1군 으로 올라오지는 않습니다. 잘하는 선수가 올라오지요. 똑같 이 노력해도 타고난 재능이 다르기에 한 번도 1군에 올라오 지 못하는 선수도 있습니다. 1군에서도 마찬가지입니다. 노 력만으로 주전 자리를 차지하는 일도, 노력만으로 스타가 되 는 일도 없는 것이 현실입니다.

야구를 보면 노력이 필요조건일 뿐이라는 사실을 새삼 느낍니다. 이승엽 선수는 노력파로 유명합니다. 선수 시절에 는 명절에도 집에 가지 않고 연습했다는 말이 있습니다. 이 런 유명 선수가 누구보다도 많이 노력했다는 것이 알려지면 노력으로 부족한 재능을 채울 수 있다는 생각이 퍼집니다. 하지만 적어도 프로에서는 재능의 차이를 노력으로 극복하기는 어렵다고 봅니다. 일본의 홈런 타자로 유명한 오 사다하루는 메이저리그의 강타자가 약물로 홈런을 양산하자 약물 복용을 한다고 아무나 그렇게 많은 홈런을 칠 수 있는 것은 아니라고 말한 적이 있습니다. 물론 약물을 두둔하는 발언은 전혀 아니고 타고난 재능 차이를 말하려는 것이었습니다. 수비는 훈련으로 배울 수 있지만, 타격은 가르쳐서 되는 게 아니라는 야구 속설도 있지 않습니까.

다른 하나는 운입니다. 운이 아니라 낮은 확률이라고 해야 한다는 주장이 있습니다. 일단 페어 지역으로 들어온 공에 무슨 일이 일어날지는 아무도 모릅니다. 물론 확률은 존재합니다. 평범한 내야 땅볼이라면 아웃될 확률이 아주 높겠지요. 하지만 100퍼센트는 아닙니다. 평범한 외야 플라이 볼을 놓칠 확률은 아주 낮을 겁니다. 하지만 이 또한 100퍼센트는 아닙니다. 이것이 문제입니다. 0.001퍼센트의 확률이라도 예상치 못한 일이 일어날 수 있습니다. 월드 시리즈같이 중요한 경기에서 1루수가 평범한 땅볼을 어처구니없이 알까 패배하는 일이 있었습니다. 1986년 월드 시리즈 6차전에서 연장 10회 말 보스턴의 1루수 빌 버크너는 평범한 1루 앞

땅볼을 알을 까고 말았습니다. 그 결과 패배하여 시리즈 전적은 3승 3패가 되고 결국 시리즈 우승에 실패합니다. 이런 일이 어디 한두 번 있었겠습니까. 예전 고교야구에도 많이 있었고 지금도 야구에는 항상 존재합니다. 문제는 왜 특정한 상황에서 그런 일이 일어냐느냐는 겁니다. 1루수가 평범한 땅볼을 아웃시킬 확률이 99.9퍼센트라고 합시다. 그런데 일어날 확률이 0.01퍼센트밖에 안 되는 일이 특정한 상황에서 일어납니다. 왜 이런 것일까요?

〈밤비노의 저주〉는 이에 대한 답입니다. 왜 보스턴은 그런 어처구니없는 에러로 월드 시리즈 우승을 놓쳤는가? 밤비노의 저주가 아직 풀리지 않았기 때문이라고 합니다. 1920년 보스턴 레드삭스가 베이브 루스(밤비노)를 뉴욕 양키스로 트레이드한 후 86년 동안 월드 시리즈 우승을 못 한 걸 두고, 사람들은 밤비노의 저주에 걸렸다고 말합니다. 여기에서 저주라는 말에 주목할 필요가 있습니다. 저주는 이성이나 과학과는 거리가 멀어 보입니다. 합리적으로 설명할 수 없다는 뜻이지요. 확률 같은 것으로는 그 에러를 설명할 수 없다, 그러니 신비의 세계로 장을 옮겨서 설명하겠다, 뭐 이런 사고로 보입니다. 이성의 끝에 신비가 자리하는 셈입니다.

1986년 월드 시리즈에서 보스턴이 예상하지 못한 에러로 지면서 시리즈 전적 3승 3패가 되었지만, 7차전에서 이겼다면 우승했겠지요. 그럼 7차전 패배도 역시 저주 때문인가요? 이런 설명은 통하지 않습니다. 그저 답답한 마음에 신비주의까지 받아들여 아쉬움을 달래고 정신 건강을 지키려는 동물적 감각 아닐까요. 시카고 컵스의 〈염소의 저주〉도 마찬가지이겠지요. 1945년 한 팬과 염소가 시카고 컵스의 리글리 필드에서 쫓겨나면서 다시는 월드 시리즈 우승을 못 하는 저주에 걸렸다는 풍문으로, 그 후 71년 동안 컵스는 실제로 우승하지 못했습니다.

시합이 안 풀리는 날이 있습니다. 상대의 빗맞은 타구가 절묘한 지점에 떨어져 안타가 되고, 다음 타자가 친 공도 제대로 맞지 않았으나 회전이 많이 걸려 3루수 앞에서 튀어 오르는 바람에 안타가 됩니다. 이쯤 되면 불길해집니다. 아, 안 풀리는 날이네, 이런 생각이 드는 순간 제대로 안타를 맞으면 불길한 느낌은 현실이 됩니다. 빗맞은 타구가 연속으로 안타가 될 확률은 얼마나 될까요? 아주 낮겠지요. 이런 현실을 설명하기 매우 어려우니 운에 기댈 수밖에 없습니다. 이런 모습이 인생과 비슷합니다. 얼마 전 경기도 한 도시에서 10대 소녀가 건물 옥상에서 뛰어내렸는데 마침 그 밑을 지나던 모녀 위로 떨어져 여러 명이 사망한 사고가 있었습니다.

이런 사고를 어떻게 설명할 수 있을까요?

　　노력은 때때로, 아니 자주 우리를 배신합니다. 타고난 재능이 뛰어난 사람이 노력도 남보다 더 하니 당할 재주가 없습니다. 야구를 보면 위안받습니다. 세상에 나 혼자만 그런 처지가 아니란 사실을 선수를 보며 새삼 실감합니다. 애쓰는 선수의 모습에서 자신을 봅니다. 응원하게 됩니다. 힘내라! 선수가 어느 날 시원하게 한 방 날려 팀을 승리로 이끕니다. 이것은 자신의 승리이기도 하기에 마음껏 축하해 줍니다. 하지만 병살타를 두 번이나 치는 날에는 함께 울어 줍니다. 그 또한 자기 모습이기에. 시합이 안 풀리는 날이면 불운을 떨치라고 평소보다 더 큰 소리로 등장 응원가를 부릅니다. 악귀를 쫓듯이 온 힘을 기울여 부르고 또 부릅니다. 마침내 역전에 성공하면 기쁨이 넘칩니다. 불운을 쫓아냈으니, 앞으로는 행운이 찾아올 거라 믿습니다. 노력과 재능, 행운과 불운이 혼재하는 야구장은 인생과 많이 닮았습니다.

동네 형

2007년 여름, 일본에 머물게 되어 프로야구 중계를 많이 보
았습니다. 마침 이승엽 선수가 요미우리 자이언츠에서 뛰고
있어 더 관심을 두게 되었지요. 잘 쳤습니다. 그 전해의 41개
홈런에는 미치지 못했지만 그래도 30개 홈런을 날린 시즌이
었습니다. 오가사와라라는 선수가 기억나군요. 호쾌한 스윙
이 예술이었습니다. 툭 갖다 대는 경우는 거의 본 적이 없습
니다. 사무라이를 연상시키는 외모(특히 콧수염이 인상적이
었습니다)와 잘 어울렸습니다. 그런데 7월쯤인가, 고졸 신
인 선수가 바로 유격수 자리를 차지했습니다. 조금 의외였
죠. 고등학교를 졸업한 지 몇 달 안 되었는데 주전 유격수라
니. 수비를 잘하는 것 같지는 않았지만, 타격에는 꽤 소질이

있어 보였습니다. 도회적인 곱상한 얼굴에 체격도 호리호리한 편이었습니다. 나중에 이 선수는 요미우리의 스타가 되는데 바로 사카모토 하야토입니다. 최근에는 스캔들로 더 알려졌는데 생김새와는 달리 고등학교 시절에는 불량했다고 하네요.

그해에는 다나카 마사히로도 라쿠텐에서 데뷔합니다. 역시 고졸이었던 그는 바로 선발투수로 투입되었습니다. 그해 11승 7패를 기록하여 신인왕에 올랐습니다. 신인이기에 여러 가지 어려움이 있었으리라 짐작할 수 있는데, 당시 라쿠텐 감독이었던 노무라의 놀림이 아마 가장 큰 어려움이 아니었을까요. 물론 농담입니다. 노무라는 시합이 끝난 후 이루어지는 인터뷰에 다나카를 부르곤 했습니다. 특히 잘 던져 승리를 거둔 날 기자들 앞에 툭 불러내 잘 던졌지만 아직 멀었다고 말하곤 했습니다. 물론 유쾌하게 웃으면서요. 노무라 감독은 전설의 포수로 통산 500개 이상의 홈런을 친 대선수이고 데이터 야구를 도입한 명장입니다. 당시 뉴스에는 선수보다 노무라 감독이 더 자주 등장했는데 그 이유는 입담이 좋아서였습니다. 거침없고 솔직하며 다정하게 말하는 유형입니다. 다나카는 2013년 28경기에 등판해 24승 0패, 1.27의 평균자책점을 기록하고 뉴욕 양키스로 갑니다. 양키스에서

7시즌 동안 78승 46패, 평균자책점 3.74, WAR 약 18이라는 기록을 남겼으니 대단한 활약이었습니다.

두 선수는 어렸을 때 같은 팀에서 뛰었습니다. 효고현 이타미시의 시립 고야노사토 초등학교입니다. 사카모토는 투수, 다나카는 포수였습니다.

여기에 오래된 사진 한 장이 있습니다. 초등학교 시절로 보이는데 박재홍, 김기태, 이종범 선수가 보입니다. 야구복을 입고 있습니다. 박재홍 선수는 잘 모르겠으나, 김기태 선수와 이종범 선수는 같은 동네에서 자랐다고 합니다. 김기태 선수가 동네 형이었던 거죠. 김기태 선수가 가까운 이웃인 이종범 선수네 집에서 자전거를 빌리곤 했을 정도로 두 사람은 친했다고 합니다. 그런데 동네 형이 한 명 더 있습니다. 염경엽 선수입니다. 김기태 선수와 친구였으니 이종범에게는 역시 동네 형이었던 거죠. 염경엽 선수네 집은 부유했다고 하네요. 2층에 자기 방이 따로 있었고 방에는 오디오 시스템과 고급 침대가 있었으며 워크맨도 갖고 있었다고 하네요. 후에 모두 야구계에서 유명 인사가 된 걸 보니 조금 신기하기도 합니다.

메이저리그의 브라이스 하퍼, 크리스 브라이언트, 조이 갈로는 아홉 살 때 라스베이거스의 한 어린이 팀에서 함께 운동했습니다. 인원이 많지 않은 작은 팀에서 세 명씩이나 메이저 리거나 나온 것 역시 신기합니다. 저는 하퍼의 스윙을 좋아합니다. 뭔가 시원합니다. 과대평가되었다는 이야기도 있지만, 저는 하퍼를 보기 위해 필라델피아의 시합을 보는 편입니다. 워싱턴 시절도 좋았지요.

아마 2007년이었을 겁니다. 미국 국무부 대변인이 정례 브리핑에서 기자의 스포츠 부문 질문에 일본 투수 마쓰자카 다이스케의 메이저리그 보스턴 레드삭스 이적에 대해 농담 비슷한 언급을 했습니다. 일본이 보물을 미국으로 보내 주어서 고맙다고 했던 것 같습니다. 2007년 여름은 여러모로 기억에 남는 해네요.

하이라이트

극장에서 영화 보던 시절, 한창 영화 상영 중에 화장실 갈 일이 생기면 난감했습니다. 사람들을 헤치고 나가는 것도 힘들지만 그보다 화장실에 다녀왔을 때 영화 내용이 연결이 안 되었기 때문이지요. 2, 3분만 못 보아도 내용을 못 따라가는 경우가 있으니까요. 그래서 웬만하면 참고 끝까지 보려 했던 기억이 나네요. 야구장에서도 마찬가지였지요. 혹시 자리 비운 사이에 안타 치면 어떡하나, 홈런 치면 더 큰 일이지, 이런 마음에 자리 지키려 애를 썼지요. 중요한 것은 흐름이지요. 다른 스포츠와 같이 야구도 흐름의 시합입니다. 한번 흐름이 넘어가면 되돌리기가 아주 어렵습니다. 상대 팀의 어이없는 실수, 우리 팀의 기막힌 수비 플레이, 뜻하지 않은 비 같은 것도 흐름이 바뀌는 계기가 됩니다. 그런 결정적 계기가 언제 찾아올지 모르기에 한순간도 놓칠 수 없으니, 자리를 사수해야 합니다.

프로야구 하이라이트가 있습니다. 그날 치러진 시합들의 주요 장면만 모아서 제공합니다. 득점, 홈런, 삼진, 호수비 장면을 중심으로 매 이닝을 요약하여 보여 주기도 하고 전 게임을 한 시간 정도로 축약해서 보여 주기도 합니다. 바쁜 사람들을 위한 서비스인 게지요. 3시간이 너무 길어 부담스럽다면 1시간이나 20분짜리로 감상하십시오, 효과는 거의 같습니다, 이렇게 선전하는 소리가 들립니다. 요즘은 뭐든 짧게 핵심만 보는 것이 유행입니다. 강연도 요약본으로, 책도 핵심 정리로, 영화도 편집된 〈짤〉로 봅니다. 중요한 장면은 모두 보았으니 다 본 거나 마찬가지라고 자신 있게 말할 수 있는 분위기입니다.

하지만 하이라이트에는 빠져 있는 것이 있습니다. 우선 맥락이 없습니다. 홈런이 나왔습니다. 앞뒤 맥락이 있겠지요. 0 대 2로 뒤진 상황에서 나온 3점 홈런이면 역전 홈런인데 그 전 상황을 알아야 그 홈런의 의미를 알 수 있고 의미를 알아야 기뻐하든 비통해하든 할 수 있습니다. 단순히 두 명의 주자가 나간 과정을 보여 주고 홈런 장면을 보여 주어서는 별 소용이 없습니다. 그 전의 2점 실점 상황을 알아야 하는 거죠. 아깝게 득점에 실패한 장면이라든가 간신히 실점을 막는 장면 등을 보여 주어야 이 경기의 맛을 느낄 수 있을 겁니다. 다시 말해서, 하이라이트에는 과정이 없습니다. 토막 장면을 모아 놓은 더미입니다. 디테일도 없기에 타자나 투수의 숨결을 느낄 수 없습니다. 감독의 긴장감이 전해 오지 않습니다. 투수가 이닝을 거듭할수록 구위가 더 좋아지는 모습을 보고 느낄 수 없습니다. 토막 장면들을 연결하느라 중간 단계나 과정은 생략할 수밖에 없으니까요. 그러니 경기의 뼈대만 다루었다고 할 수도 없을 겁니다. 그저 토막 장면들을 이어 붙였다고 하는 것이 맞는 말이겠지요.

소설 『서유기』를 한마디로 요약하면, 불경을 구하러 천축으로 떠난 삼장법사 일행의 모험담입니다. 뭐, 틀린 말은 아닙니다. 하지만 이런 요약이 도대체 무슨 정보를 제공하나요? 이 한 줄을 읽은 사람과 그렇지 않은 사람의 뇌는 과연 차이를 보일까요? 서유기는 꽤 방대한 소설입니다. 줄거리는 곁가지일 뿐 실제로 읽어 보면 거의 판타지 형식을 차용한 철학 소설입니다. 특히 소설 속의 시가 압권입니다. 당시 중국 사상을 시로 표현합니다. 요약하면 이런 요소는 감쪽같이 사라집니다. 요약에 이런 시가 들어갈 리가 없지요. 내용을 추리는 작업만도 벅차니까요.

　야구도 마찬가지입니다. 어제 경기에서 어느 팀이 어느 팀을 4 대 3으로 이겼다고 써놓으면 이것은 사실이긴 하지만 아무 정보도 없는 것이나 다름없습니다. 이런 메마른 정보를 얻어 봐야 무슨 소용이 있나요. 경기는 실제로 보아야 맛입니다. 처음부터 끝까지 쭉 보면서 이런저런 감정도 느끼고 이런저런 생각도 하면서 또 다른 사람들과 같이 기뻐하기도 하고 아쉬워하기도 하고 같이 울기도 해야 야구의 맛을 보는 거죠. 토막 난 장면들을 이어 붙인 영상은 사실 아무것도 전달하지 않습니다. 직관이 3차원이라면 처음부터 끝까지 TV로 보는 야구는 2차원, 하이라이트는 1차원입니다.

오타니와 저지

로스앤젤레스 다저스의 오타니 쇼헤이와 뉴욕 양키스의 애런 저지는 지금 메이저리그를 대표하는 스타입니다. 2024년에는 월드 시리즈에서 만나기도 했지요. 다저스의 승리로 끝났는데 정작 월드 시리즈에서는 두 선수 모두 성적이 별로 좋지 않았습니다.

오타니는 19타수 2안타로 겨우 .105를 기록합니다. 타점도, 홈런도 없이 2루타 하나에 볼넷 2개가 전부였습입니다. 정규 시즌에는 날아다녔지만 월드 시리즈에서는 이름값을 전혀 못 했습니다. 2024년이 처음 맞이한 가을 야구였는데 타율은 .230에 그쳤습니다. 홈런은 3개로 괜찮았지만 OPS는 .766밖에 되지 않았습니다. 월드 시리즈보다 챔피언십 시리즈 등에서 잘했다고 볼 수 있습니다. 겨우 한 시즌 자료에 지나지 않으므로 앞으로의 활약을 기대할 만하겠지요.

애런 저지는 18타수 4안타에 그쳐 타율이 .222밖에 안 되었습니다. 홈런 하나로 타점 하나 올린 게 다입니다. 실망스러운 결과인데 저지는 늘 포스트 시즌에 약한 모습입니다. 일곱 번의 포스트 시즌 통산 타율이 .205에 그치고 있고, 통산 홈런도 16개에 불과해서 한 해 2개 정도 친 꼴입니다. 이 정도면 홈런 타자라 부르기도 머쓱하죠. 게다가 OPS도 .768밖에 되지 않습니다. 포스트 시즌에서는 거포 역할을 못한다고 보아야겠죠.

물론 포스트 시즌에는 홈런 타자에 대한 견제가 더욱 심해집니다. 단기전이기에 홈런 타자에게 신경을 많이 쓸 수밖에 없겠죠. 큰 거 한 방 맞으면 흐름이 넘어가기에 홈런을 맞느니 볼넷으로 내본다는 생각으로 로케이션에 최대한 집중합니다. 그러니 좋은 타격을 하기가 힘듭니다. 하지만 스타라면 그런 압박도 이겨 내야 하지 않겠습니까. 역시 오타니다, 역시 저지다라는 말을 들어야 합니다. 왕관의 무게를 견뎌야지요. 저는 포스트 시즌 가운데에서도 결정적인 시합에서 잘하는 선수를 좋아합니다. 큰 게임에 강한 선수를 기억합니다.

그럼, 두 선수는 정규 시즌에서는 누가 더 잘했을까요? 성적만 보겠습니다. 오타니의 메이저리그 7시즌 통산 타율은 .282, 홈런은 225개, OPS는 .946입니다. 예상대로 훌륭합니다. 그리고 wRC+는 153, WAR은 28.6 정도입니다. 저지의 9시즌 통산 타율은 .288이고 홈런은 315개, OPS는 1.010입니다. 오타니와 큰 차이는 없습니다. 그리고 wRC+는 173, WAR은 52를 기록하고 있는데, 이 역시 오타니의 기록과 별 차이 없어 보입니다.

그런데 오타니는 투수로도 뛰고 있습니다. 7시즌 통산 38승 19패, 평균자책점 3.01에 WHIP 1.082이니 빼어난 투수입니다. WAR 13은 투수 공헌도인데 역시 좋습니다. 두 선수는 영역이 달라 직접 비교는 어렵습니다. 오타니가 투수이기도 하니 역시 WAR을 합산하는 방식이 좋아 보입니다. 팀 승리 공헌도는 모든 요소를 고려하니까요. 오타니는 타격 WAR은 28.5 정도이고 투수 WAR은 13 정도이므로 합하면 41.5가 되며 이를 7시즌으로 나누면 연평균 6 정도입니다. 저지는 타격 WAR만 있는데, 52 정도이므로 9로 나누면 약 6 정도입니다. 두 선수의 WAR은 거의 비슷하네요.

참, 두 선수의 다른 점이 또 있습니다. 저지는 양키스의 캡틴입니다. 유니폼 가슴 부분에 대문자 C가 새겨져 있습니다. 정확히 무엇을 하는지는 몰라도 팀 전체를 아우르는, 팀 전부를 신경 써야 하는 자리가 아닐까요. 반면 오타니가 속한 다저스에는 지금 캡틴이 없습니다. 오타니는 자기 자신만 신경 쓰면 될 겁니다. 두 선수의 가장 다른 점을 찾자면, 광고 수입일 겁니다. 2025년 오타니의 광고 수입은 1억 달러인데 저지는 800만 달러에 불과합니다. 오타니 수입의 채 10퍼센트가 되지 않으니, 차이가 나도 너무 나는군요. 아마도 오타니가 일본 전체를 광고주로 삼고 있어 생기는 일이겠지요.

저는 두 선수 모두 좋아하는데, 그들의 성적이 좋아서만은 아닙니다. 경기에 임하는 태도와 자세가 좋습니다. 매우 유해 보입니다. 항상 부드럽고 매끈한 인상입니다. 신사인 거죠. 홈런을 쳐도 대놓고 좋아하지는 않으며 항상 겸손한 태도를 보입니다. 그리고 자기 자신보다 팀을 우선한다는 느낌을 줍니다. 무엇보다도 두 선수 모두 미소가 환하고 깨끗합니다.

장훈

한국에서 장훈이란 이름은 2000년 이전까지는 꽤 유명했습니다. 일본에서 활약하는 강타자, 통산 3,000안타를 기록한 선수, 한국 국적을 포기하지 않고 차별을 이겨 낸 민족정신의 상징, 한국 프로야구의 출범과 발전에 크게 기여한 야구인 그리고 그 공로로 두 번이나 훈장을 받은 재일 교포 등으로 알려졌지요. 그런 그가 2024년 자기는 몇 년 전에 일본에 귀화했다고 밝혀 작지 않은 충격을 주었습니다. 묘한 배신감마저 들기도 했습니다. 하지만 속사정을 알 수 없고 그의 선택에 대해 왈가왈부할 필요도 없기에, 그저 한 야구인으로서의 삶에 대해서만 짧게 생각해 보겠습니다.

고등학교 시절 오 사다하루와 장훈은 유명했다고 합니

다. 일본을 양분했다고 하죠. 오 사다하루는 훗날 일본 최고의 홈런왕이 됩니다. 도대체 어떻게 해야 홈런을 800개 이상 칠 수 있을까요. 두 사람은 공통점이 있었는데, 오는 중화민국, 장훈은 한국 국적으로, 둘 다 외국인이었습니다. 중화민국, 즉 대만과 한국 모두 일본 식민지 경험이 있는 국가입니다. 그런 두 사람은 프로 데뷔 때부터 매우 친하게 지냈다고 하네요. 오가 장훈의 집에서 잘 정도였습니다.

마침내 두 사람은 1976년부터 요미우리에서 함께 뜁니다. 이른바 〈OH 타선〉이 탄생한 거죠. 그러다 1979년을 끝으로 장훈이 지바 롯데로 옮깁니다. 그 당시 3,000안타까지 단 39개만을 남기고 있었기에, 조선인이 요미우리에서 대기록 세우는 꼴이 보기 싫어 트레이드했다는 소문이 있었지만, 사실과는 거리가 있어 보입니다. 당시 오는 구단주에게 장훈이 3,000안타를 요미우리에서 칠 수 있게 해달라고 대들었으나 구단주는 불쾌감을 표했다고 합니다. 실제 이유는 아마도 성적이겠지요. 장훈은 1979년 타율 .263에 OPS .732를 기록했는데 부상으로 많은 시합에 나가지 못했습니다. 그 전해인 1978년의 타율 .309, OPS .854와 비교하면 내림세가 뚜렷했고 이미 노장이었습니다. 그러니 그의 이적은 비즈니스 차원에서 이루어진 일이었지 민족 감정 개입 때문은 아니라고 해야 할 겁니다.

　장훈은 은퇴 후 감독직을 맡지 못했습니다. 해설자로 일하면서 한 민간 TV 방송 일요일 아침 프로그램에 오랫동안 고정 패널로 출연했지요. 저도 본 적이 있는데 거침없는 입담을 자랑했습니다. 제가 보기에는 은퇴 후 사회생활에 성공한 스포츠 스타처럼 보였습니다. 한편, 오 사다하루는 아주 오랫동안 감독으로 활동했습니다. 일본 시리즈 우승은 물론 국가대표 팀 우승을 일구기도 했습니다. 현재는 소프트뱅크 야구단 회장입니다. 국적은 여전히 중화민국으로 중화민국에서 훈장도 두 개나 받았지요. 두 사람의 공통점은 많습니다. 무엇보다도 둘 다 외국인으로서 일본 야구의 전설이었습니다. 하지만 성향은 달랐나 봅니다. 오는 지도자에 잘 맞았고 장훈은 해설이나 방송에 더 잘 맞았던 것 같습니다.

　저는 장훈 선수의 정체성은 일본 프로야구에 있지 않나 생각합니다. 일본 프로야구가 곧 자신인 거죠. 그는 통산 타율 .319, 안타 3,085개, 홈런 504개, 도루 319개 등을 기록한 자신과 일본 프로야구를 동일시했다고 봅니다. 그는 메이저리그에 진출하는 일본 야구 선수들을 못마땅하게 여겼습니다. 미국 야구에 별것도 없다면서. 그래서 다르빗슈와 가끔 충돌하기도 했습니다. 요즘 말로 꼰대 같은 발언을 자주 했으니까요. 그런데 요미우리 출신인 우에하라는 칭찬했습니다. 우에하라 공은 미국 애송들이 못 친다고 했지요. 오타니 경기는 본다는데 오타니가 메이저리그에서 최고의 선수로 군림하기 때문이겠지요. 일본 선수가 메이저리그를 지배한다는 즐거움을 맛보는 기분 아닐까요. 그는 한국 선수들에게 많은 도움을 주었습니다. 백인천을 물심양면으로 도왔고 이승엽이 슬럼프에 빠졌을 때도 어김없이 그를 응원했습니다. 일본 프로야구와 함께 한국도 분명히 그의 소중한 일부였을 겁니다.

김병현

축구 예능 프로그램에서 오랜만에 김병현 선수를 보았습니다. 예상과 달리 허당 같은 구석이 있어 조금 놀랐습니다. 벌써 몇 년이 흘렀네요. 축구 규칙은 전혀 모르는 듯, 손으로 축구공을 잡기도 하고 오프사이드는 아무리 알려 주어도 별 소용이 없었습니다. 그래도 별일 아니라는 듯 씩 웃고 말더군요. 곧 하차할 분위기로 보였는데 재미를 유발해서 그런지 계속 출연했습니다. 그런데 다른 재주가 있더군요. 기막힌 패스를 하기도 하고 좋은 슛으로 득점도 한 것입니다. 간헐적 천재 분위기가 엿보였습니다.

1998년 아시안 게임에서 성균관대 재학 중이던 김병현 선수를 처음 보았습니다. 중국전인가에 나와 연속 삼진을 잡아 눈길을 끌었는데 상대가 약체라서 그리 큰 감흥은 없었고 언더핸드인데 구위가 좋다는 인상이었지요. 그런데 그해 6월 미국 투산에서 열린 한미 대학 국가대표 대항전에서 6.2이닝 동안 15개의 삼진을 잡았다는 뉴스를 보고, 아, 다르구나, 하는 생각이 들었습니다. 미국 대학 대표팀이라면 인정해야죠. 물론 미국은 자원이 많아서 비슷한 수준의 대표팀을 20팀은 꾸릴 수 있다 해도, 어쨌거나 중국과는 차원이 다르니까요. 1999년 김병현은 미국으로 갑니다. 당시 계약금이 225만 달러였는데 지금으로 보아도 엄청난 금액이네요.

메이저리그 통산 성적은 54승 60패 86세이브, 평균자책점 4.42, WAR 11.0입니다. 9시즌을 보냈으니 평범한 편입니다. 애리조나 다이아몬드백스 시절이 전성기로 삼진 잡기에 탁월했지요. 그 후 일본, 도미니카, 호주, 한국 등에서 선수 생활을 이어 갔는데 큰 인상을 남기지는 못했고, 오히려 여러 발언으로 화제가 되었습니다.

김병현은 2006년 제1회 WBC 당시 이치로가 한 이른바 〈30년 발언〉(이치로는 「한국이 앞으로 30년은 일본에 손댈 수 없다는 느낌이 들도록 이기고 싶다」고 말했습니다)을 두고, 그가 만화를 많이 봐서 그런 말을 하는 것 같다며 이치로가 정말 그런 취지의 발언을 했는지 되물었습니다. 일본 라쿠텐으로 이적했을 때는 보직에 관해 묻자 자기가 감독이라면 자신을 기용하지 않는다고 답해 모두를 놀라게 합니다. 또한국에서는 마침 더그아웃에 서재응, 최희섭과 함께 있는 모습이 잡힌 적이 있었는데, 같은 고등학교 선후배로 모두 메이저리그를 경험한 희귀한 경우라고 하면서 소감을 묻자 아, 그러냐, 하고 맙니다. 보통 사람과는 많이 다른 반응이지요. 그리고 야간 특별 훈련 도중 기아 김기태 감독이 매번 기도하는 심정으로 시합에 나선다고 말하자, 그럼 오늘은 기도가 부족했던 모양이라고 말했습니다. 팀이 진 날이었습니다. 사회성 부족인지 공감 능력 결핍인지 알 수 없는 이런 모습에 그는 〈4차원〉이라는 별명도 얻습니다. 여러 가지 요식업을 한다는데 TV를 통해 광주 구장에서 햄버거를 파는 모습도 보여주었습니다. 광주에서 라면 가게도 했다고 합니다. 어떤 사람이 라면 가게 어디냐고 물으니, 라면은 집에서 먹는 거 아니냐고 반문했다는 믿기 힘든 전설이 내려오기도 합니다.

저는 김병현 선수가 월드 시리즈 우승 반지 두 개에 무관심한 점에 관심이 갑니다. 하나 얻기도 무척 힘든 우승 반지를 두 개나 손에 넣었으니 얼마나 기쁘겠습니까. 가문의 보물이 되어 마땅하죠. 저 같으면 집에서 제일 좋은 자리에 모셔 놓을 겁니다. 그런데 김병현은 하나는 있는데 다른 하나는 어디 있는지 잘 모르겠다며 이사하는 중에 잃어버렸을 지도 모르겠다고 합니다. 후에 다행히 찾았다고는 했지만 도무지 이해하기 힘듭니다. 왜 그럴까? 그에게 야구는 즐거운 기억이 아니었기 때문 아닐까 추측해 봅니다. 야구가 즐거운 기억이었다면 야구와 관련한 모든 것을 소중히 여기지 않을까요. 월드 시리즈 우승 반지야 말해 뭐 합니까. 하지만 그에게 그런 물건은 아무 의미가 없었나 봅니다. 다 지나간 일이고, 현재와 관련 없는 일이라면 신경 쓰지 않는 거죠. 지금은 햄버거가 제일 중요합니다. 그러니 햄버거 가게에 모든 신경을 집중합니다. 예전에 공 하나하나에 집중할 때처럼 말이죠.

고등학교를 졸업할 때 성균관대에서 장학금 2억 원을 제시하자 그는 기쁜 마음으로 받아들입니다. 가족에게 아주 잘된 일이었기에 흔쾌히 동의합니다. 그는 한국 야구판이 좁아서 메이저리그로 가야겠다는 생각은 한 번도 해본 적이 없다고 합니다. 집에 돈이 떨어진 시기에 마침 메이저리그에서 거액의 제안이 들어왔기에 받아들였다고 합니다. 그는 가족을 위해 공을 던졌습니다. 타고난 승부욕과 부단한 노력으로 자신의 재능을 꽃피웠지만, 그 과정은 그리 즐겁지 않았을 겁니다. 가족을 위해 외로움과 싸우면서 타지에서 이를 악물고 던졌겠지요.

보살팬

6 – 7 – 8 – 3 – 9 – 10 – 10 – 10 – 9 – 8. 2015년부터 2024년까지 10년간 한화 이글스의 정규 시즌 순위입니다. 색깔이 확실합니다. 만년 약체. 특히 3년 연속 꼴찌는 압권이군요. 이 정도면 소리 없이 약한 팀입니다. 꼴찌도 약팀답게 소리 없이 하는 거죠. 그런데 한화 구장은 다릅니다. 시끄럽습니다. 8회만 되면 모두 일어나 최! 강! 한! 화! 하고 소리 높여 외칩니다. 맨날 지는 팀이니 정신 승리의 한 장면으로 보아야 할까요? 팬들이 홈구장만 찾는 것이 아니라 원정 구장에도 많이 모인다고 하니 전국구 팀이라고 해야겠죠. 1992년 이후 우승한 적이 없고 매년 성적이 바닥인데도 변함없이 열정적인 응원을 계속하니 〈보살팬〉이란 말이 생겼습니다. 구

장에 보살 가면을 쓴 사람까지 등장했지요. 이해하기 힘든 흐름이지만 이해해 보도록 하겠습니다.

메이저리그의 오클랜드 팀과 마이애미 팀 모두 약체이고 인기가 없습니다. 오클랜드는 연고지를 라스베이거스로 옮깁니다. 마이애미는 아마도 팀 가치가 꼴찌일 겁니다. 당연히 팬도 별로 없지요. 이유는 크게 두 가지로 보입니다. 우선 성적이 나쁩니다. 마이애미는 월드 시리즈 우승을 한 적도 있으나 전체적으로 보면 약체입니다. 성적이 좋지 않으면 팬이 줄어든다는 평범한 진리를 보여 줍니다. 그런데 이유가 하나 더 있습니다. 투자가 빈약합니다. 구단주가 투자를 안 합니다. 오클랜드는 어떤 선수가 유명해지면 잡을 돈이 없기에 빠르게 팔아 치웁니다. 마이애미도 마찬가지입니다. 월드 시리즈 우승 후 바로 세일에 돌입했습니다. 팬 입장에서는 팀을 키울 생각이 없다는 분명한 신호로 볼 수밖에 없겠지요. 한마디로, 구단주가 팀에 대한 애정이 없다는 겁니다. 이런 사실을 확인하게 되면 팬은 떠날 수밖에 없지 않을까요.

일본의 히로시마 카프는 가난한 구단이라 할지라도 시민 구단이기에 진정성이 있습니다. 잡아야 할 선수가 있으면 최선을 다해 액수와 조건을 제시합니다. 서로가 미안해합니다. 하지만 그것이 애정을 확인하는 계기가 되기도 합니다.

팬은 구단이 팀에 헌신한 선수를 홀대하거나 버리면 분노합니다. 팀과 선수 그리고 팬이 하나 되기를 원하지요. 이것이 팬의 진정한 바람이라고 저는 생각합니다. 성적은 그다음이지요. 그래도 한화처럼 저렇게 10년 동안이나 죽을 쓰면 팬심도 식을 것 같은데 신기하긴 하군요.

그럼, 한화와 선수와 팬은 하나인가? 팀을 위해 별로 하는 일이 없는 구단을 팬이 좋아할 리 없습니다. 구단이 뭔가 열심히 하니까 팬도 저조한 성적을 감수하는 게 아닐까요. 구단이 투자를 꾸준히 성심껏 했는가? 그렇다고 할 수 있습니다. 김응용, 김성근 감독을 초빙했고 외국인 선수 영입도 소홀하다고 할 수 없으며 자유계약 선수 시장에서 정근우, 이용규를 비롯해 알짜 선수를 꾸준히 영입했습니다. 새로운 구장도 지었고 구단주도 다른 구단주들보다 자주 경기장을 찾았습니다. 뭐, 구단은 할 만큼 했다, 이런 분위기 아닐까요. 팀 성적이 나쁘면 기업 홍보 효과가 떨어지기에, 자연스럽게 매각 이야기가 나옵니다. 투자 대비 성과가 좋지 않다는 경영 진단이 나와도 역시 매각 이야기가 나오고, 또 실제로 매각이 이루어집니다. 야구단을 경영의 관점에서 보는 거죠. 한마디로, 돈이 되느냐? 하는 질문에 부정적인 답이 나오면 팀은 팔릴 위기에 처합니다.

한화는 1986년에 창단했으니 역사가 벌써 40년이 되었습니다. 돈이 문제였다면 지금까지 유지할 이유가 없었겠지요. 만년 하위 팀을 뭐 하러 손해 보면서 유지합니까. 우승을 자주 하면 홍보 효과라도 있지만, 만년 하위는 오히려 그룹 이미지에 마이너스 아닌가요. 그런데도 한화는 야구에 계속 투자했고 팬들은 팀을 믿기 시작하지 않았을까요. 아, 이 팀은 우리를 버리지 않는다, 팬을 생각한다, 새로운 구장도 짓는다, 그럼, 우리도 응원한다, 이런 것 아닐까요.

팬이 구단을 신뢰하지 않는다면 보살팬은 등장하지 않았을 겁니다. 믿으니까 기다리고 응원하고 기대하는 거죠. 그런데 신뢰는 수동태입니다. 능동태가 아닙니다. 나는 구단을 믿습니다, 이런 믿음은 겉으로 보기에는 능동태이지만, 실제로는 수동태입니다. 믿게 된 거지 애써서 믿은 게 아닙니다. 구단이 어떻게 하는지 오랫동안 살피면서 자신도 모르게 믿게 된 것이지, 구단이 무엇을 하든 팀 성적이 아무리 나빠도 팬이니까 응원하겠다고 결심한 것은 아닙니다. 물론 나중에는 그런 결심을 할 수 있겠지만, 순서로 보면 믿게 되는 일이 먼저입니다. 그런데 그렇게 믿게 되는 과정이 간단하지 않습니다. 시간이 필요하고 서사가 쌓여야 합니다. 30년 정도면 제가 보기에는 충분한 시간입니다. 2015년 즈음부터 보살팬이 등장하지 않았나요. 신생 팀에는 보살팬이 없습니다. 있을 수 없죠. 함께한 시간이 짧으니까요. 오랜 시간과 그 시간이 낳은 희로애락의 공유가 보살팬 탄생의 토대입니다.

　한화의 사훈이 〈신용과 의리〉라고 합니다. 고개를 갸웃하게 하는 사훈입니다. 〈산업보국〉 같은 사훈은 본 적이 있지만, B급 영화 속의 단기 대부업체 사무실에 걸려 있을 법한 사훈이라 눈길을 잡아끕니다. 서로 믿고 의리를 지키자, 뭐 이런 의미 같습니다. 독특하긴 한데, 기업 위상에 걸맞게 조금 손질하면 어떨까 싶습니다. 줄여서 〈신의〉라고 하면 품위 있어 보이고 좋지 않나요. 한화는 팬에게 신의를 지켰습니다. 그리고 팬도 신의를 지킨 지 꽤 오래되었습니다. 야구계에서 보기 드문 관계입니다. 한화는 2025년 전반기를 52승 3무 33패, 1위로 마친 데 이어, 2025 정규 리그를 2위로 마무리했고, 그해 한국 시리즈에서는 준우승을 차지했습니다.

불문율

1999년 4월 23일 세인트루이스 소속의 페르난도 타티스는 투수 박찬호를 상대로 한 이닝 한 투수 한 타자 만루 홈런 2방이라는 메이저리그 역사에서 전무후무한 기록을 세웁니다. 한 타자가 같은 투수를 상대로 한 이닝에서 2개의 만루 홈런을 칠 확률은 아마 계산이 안 될 겁니다. 한 타자가 다른 투수가 아닌 같은 투수를 상대로 한 이닝에 어떻게 그냥 홈런도 아니고 만루 홈런을 2방이나 날릴 수 있겠습니까. 앞으로도 영원히 없을 기록이지요.

페르난도 타티스의 아들인 페르난도 타티스 주니어는 2020년 8월 19일 텍사스와의 경기에서 10 대 3으로 앞선 8회 초에 볼카운트 3 – 0에서 만루 홈런을 날렸습니다. 훌륭하지요. 그런데 그는 즉시 비난받았습니다. 야구의 불문율을 어겼기 때문입니다. 메이저리그에서는 이미 승패가 결정 난 분위기에서 3볼 노 스트라이크에서 타자가 스윙을 하면 불문율 위반이라고 합니다. 우리나라 프로야구에는 아직 이런 불문율은 없습니다. 불문율을 어겼으므로 상대 팀 감독은 항의했고, 타티스 주니어는 결국 사과했는데 팬 사이에서는 갑론을박이 이어졌습니다.

야구에는 불문율이 존재합니다. 몇 가지 보겠습니다. 우선, 홈런을 치고 나서 상대를 자극할 정도로 방망이를 과하게 던져서는 안 됩니다. 우리나라는 이 배트 플립에 관대한 편입니다. 메이저리그에서는 보복 투구를 부르는 행위입니다. 같은 맥락에서, 홈런을 친 타자는 베이스를 빨리 돌아야 합니다. 느릿느릿 돌거나 지나치게 좋아하면서 돌면 빈볼을 부릅니다. 예전에 이만수의 홈런 세리머니는 과했지요. 일본의 오 사다하루는 고개를 좀 숙이고 기쁜 표정 없이 빠르게 베이스를 돌았습니다. 이승엽도 무표정으로 빠르게 돌았는데 경기 후 인터뷰에서는 항상 투수가 정면 승부를 해줘서 고맙다고 했습니다. 투수가 삼진을 잡았을 때에도 지나치게 기쁨을 표현하는 것은 상대 팀 감정을 자극할 수 있어 삼가는 게 불문율입니다. 또한 이미 승부가 난 상황에서 번트나 도루를 하여 상대를 자극할 필요도 없겠지요. 그리고 부상 방지를 위해 과도한 태클은 삼가고, 빈볼을 던질 때에도 등이나 엉덩이 등 맞아도 그나마 덜 아픈 부위를 겨냥해야 합니다. 불문율의 기본 정신은 동업자 정신입니다.

불문율은 매너를 말합니다. 규정이나 규칙에는 없지만 지키지 않으면 수준 떨어지는 선수로 보이게 됩니다. 예절을 어기면 상대를 존중하지 않는다, 무지하다, 이런 인상을 주기 마련입니다. 결국 품위 문제입니다. 야구가 단순한 놀이나 스포츠에 그치지 않고 문화가 되려면 불문율을 지켜야 합니다. 투수 마운드는 투수 외에는 밟거나 가로지르지 않는 게 예의입니다. 상대 투수가 노 히트나 퍼펙트게임을 앞두고 있을 때 이를 깨려고 일부러 번트를 대는 것은 예의가 아닙니다. 시구에서도 마찬가지입니다. 시구한 볼을 냅다 정통으로 때리면 위험할 뿐만 아니라 시구자에 대한 예의도 아닙니다. 시구나 시타에서도 인성이 드러나는 때가 의외로 많습니다. 시구자가 유니폼을 제대로 갖추어 입고 마운드에 오르면 보기 좋습니다. 야구를 존중하는 자세가 보이니까요.

다시 보기

울주 반구대 암각화에는 고래가 아주 세밀하게 새겨져 있습니다. 몇천 년 전 사람들은 왜 이런 작업을 했을까요? 유럽 동굴벽화를 보면 동물의 모습이 살아 있는 듯 그려져 있습니다. 왜 이런 그림을 그렸을까요? 저는 단순하게 생각합니다. 인간의 본능이라고. 인간은 지난 시간, 지난 일, 지난 경험을 다시 생각하는 본능이 있습니다. 다시 보기죠. 반성, 성찰, 재조합, 리뷰 등 다양한 이름을 붙일 수 있는데, 핵심은 생각에 대해 생각한다는 겁니다. 그리고 그 결과를 표현하는 데에서 또 즐거움을 느낍니다. 고래잡이를 봅시다. 사람들은 고래를 잡으면서 온갖 경험을 했을 테고 여러 감정이 교차했겠죠. 여러 생각을 했을 겁니다. 그리고 어느 날 그런 경험, 감정, 생각에 대해 생각합니다. 그럼 또 다른 생각이 나지요. 그러다 어느 날 그 생각을 그립니다. 즐겁지요. 사람은 생각에 대해 생각하면서 즐거움을 얻는다고 뇌과학자들은 말합니다.

우리가 자기 잘못을 추적하거나 성공이나 실패에 대해 곰곰이 생각하는 것을 2차 판단이라고 하는데, 2차 판단은 동물도 인간 못지않게 한다고 합니다. 동물의 자기반성은 놀라울 정도로 복잡하다고 합니다. 이런 능력을 생각에 관한 생각을 즐기는 메타 인식 능력이라고 부른다네요. 생각에 관한 생각의 결과를 표현하는 수단은 다양합니다. 소설, 시, 에세이, 그림, 조각, 이야기 등등. 사람에게는 이런 메타 인식 능력이 있는데, 초점은 생각에 관한 생각을 즐긴다는 겁니다. 심각하게 반성하거나 스스로를 성찰하여 심오한 세계로 나아가기보다는 즐거워하는 것이 우리의 본능에 더 맞습니다.

우리는 흉내 내기를 즐깁니다. 코미디언이 유명인 흉내를 내면 파안대소하지요. 테니스 선수 조코비치가 동료 선수 샤라포바 흉내를 내면 테니스장에 모인 관객들 모두 즐거워합니다. 이 또한 메타 인식의 한 종류로 보입니다. 내가 아는 유명인 흉내 내기를 보면서 우리는 2차 인식을 합니다. 우선 유명인의 특징을 알고 있습니다. 이것은 1차 인식이지요. 그리고 우리 스스로가 그것에 관해 다시 생각하면 이는 2차 인식인데, 그 작업을 코미디언이 해줍니다. 우리는 아무 힘도 들이지 않고 즐거움을 맛보는 거죠.

야구도 마찬가지입니다. 구장에서, 혹은 TV로 일단 경기를 봅니다. 1차 인식입니다. 그리고 그 경기에 관해 쓴 글을 읽거나 그 경기를 본 친구와 이야기를 나눕니다. 아니면 TV에서 해설을 들을 수도 있습니다. 승패의 요인은 무엇인가? 대타 작전은 효과가 있었나? 3루 주루 코치가 주자의 홈쇄도를 제지한 일은 적절했는가? 8회 좌완 투수 투입은 의문부호 아닌가? 많은 질문이 떠오르고, 질문에 답하고 싶어집니다. 즐거우니까요. 그럴 때 야구 책이 도움이 됩니다. 여러분도 이 책을 통해 잠시나마 즐거우셨다면 좋겠습니다.

참고 문헌

배우근, 『메이저리그, 나를 위한 지식 플러스』, 넥서스, 2017.

배우근, 『야구, 나를 위한 지식 플러스』, 넥서스, 2017.

포모사, 댄·햄버거, 폴, 『야구 룰 교과서』, 문은실 옮김, 보누스, 2018.

햄플, 잭, 『야구 교과서』, 문은실 옮김, 보누스, 2023.

Castrovince, Anthony, *A Fan's Guide to Baseball Analytics*, Sports Publishing, 2020.

McCollister, John, *The Baseball Book of Why*, Lyons Press, 2020.

낭만의 그라운드, 완투에서 불펜까지

발행일　2026년 3월 30일 초판 1쇄

지은이　탁석산
발행인　홍예빈
발행처　주식회사 열린책들

경기도 파주시 문발로 253 파주출판도시
전화 031-955-4000 팩스 031-955-4004
홈페이지 www.openbooks.co.kr 이메일 humanity@openbooks.co.kr

ISBN 978-89-329-2567-7 03810